| 考核 |

譚雅・馮・提古雷查夫少校

[有關性格品行的評鑑官意見]

富有忠誠心，奮戰精神卓越。

也極為遵守規範。

信仰心虔誠。

具有嚴重的獨斷獨行傾向。
儘管能幹，卻是難以駕馭之狂犬。

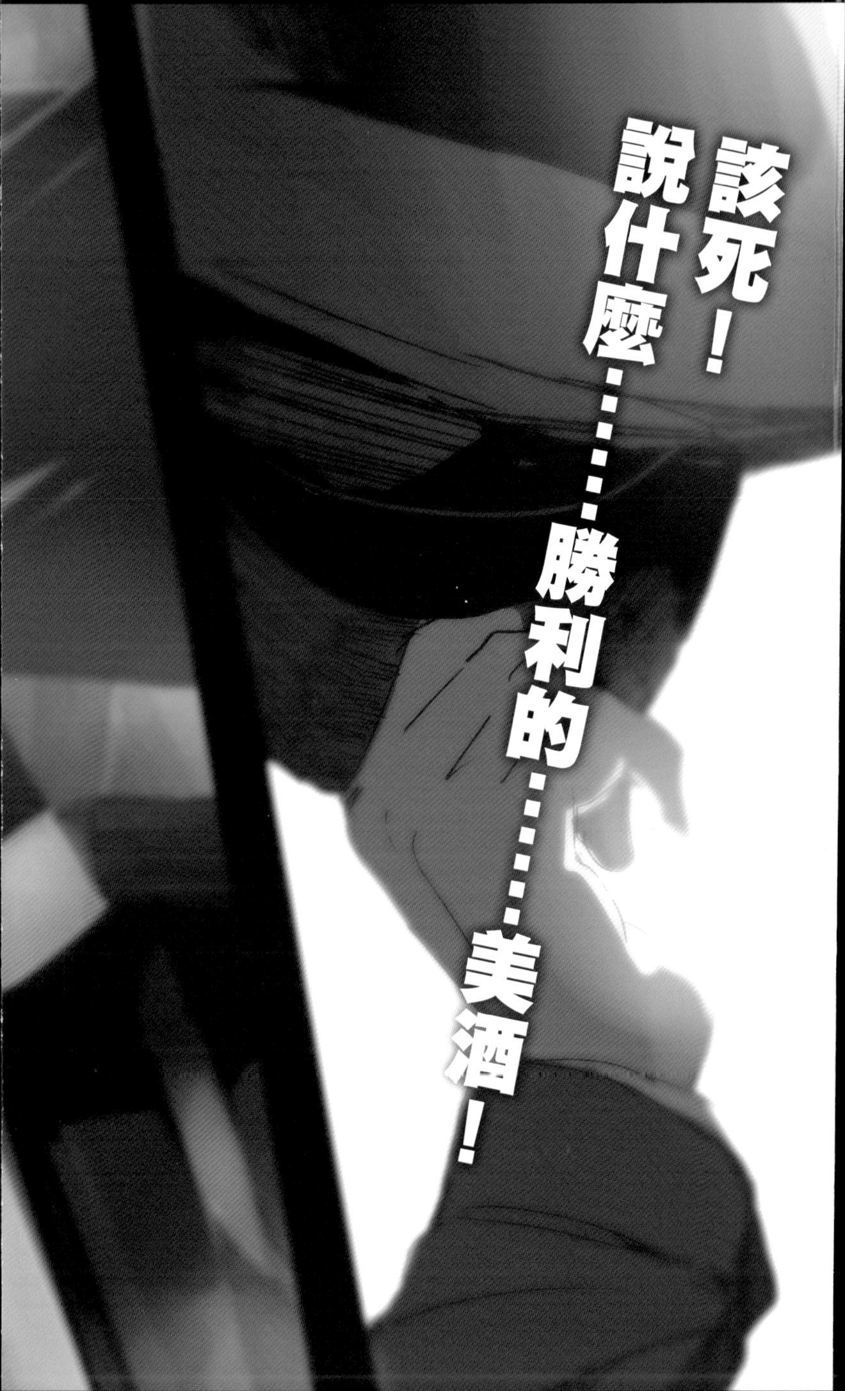
該死！
說什麼……勝利的……美酒！

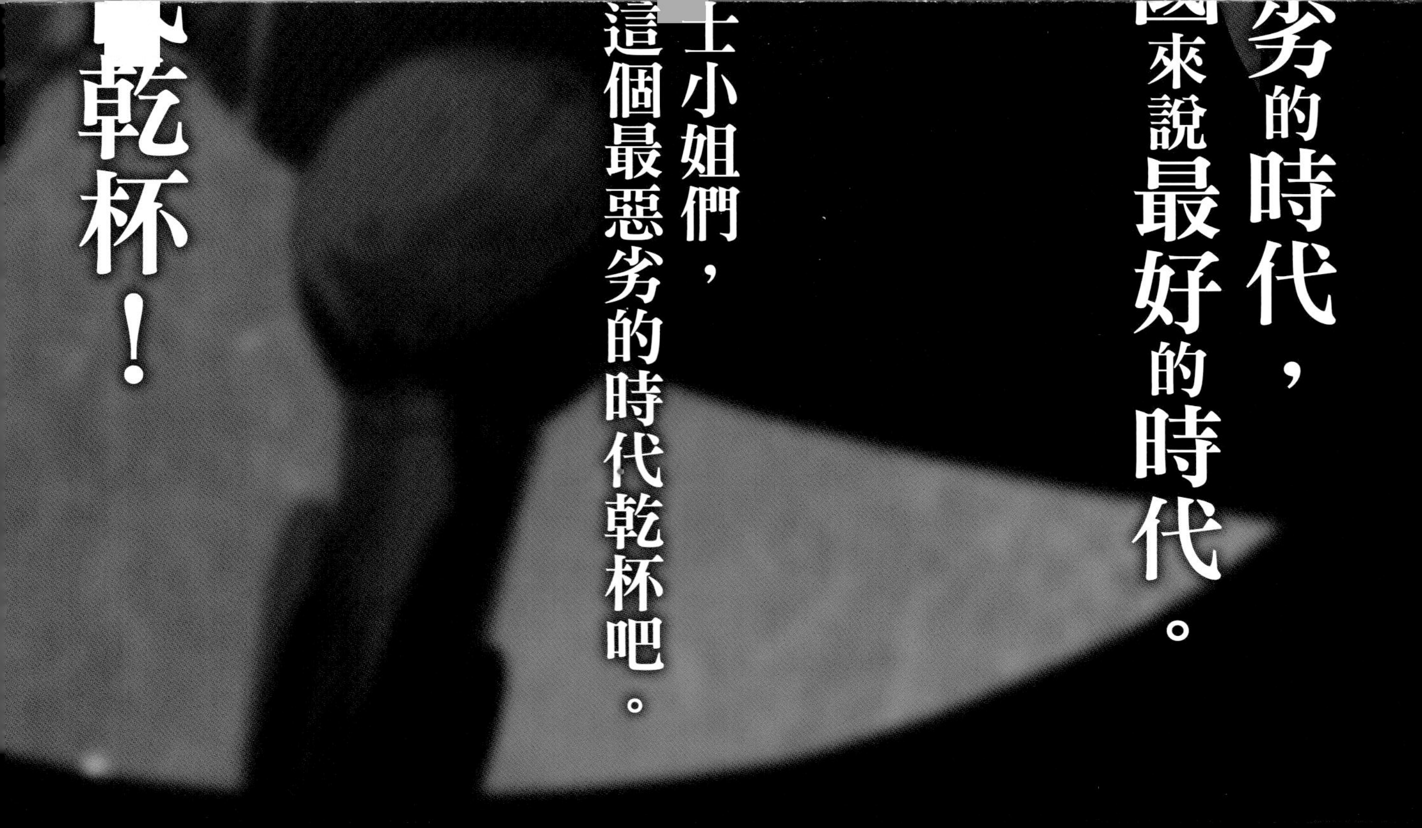
劣的時代，
國來說最好的時代。
士小姐們，
這個最惡劣的時代乾杯吧。
乾杯！

# 幼女戰記
## The Finest Hour
〔3〕

カルロ・ゼン
Carlo Zen

Kadokawa Fantastic Novels

contents

[chapter]

# I

第壹章

# 芝麻開門

# Open Sesame

我們無論如何都要找出邁向勝利的道路。
倘若沒有，就開闢出一條新的道路給世人看吧。

——傑圖亞少將（當時）　私下談話

## 統一曆一九二五年五月二十四日　合州國阿肯色州

在阿肯色州溫和的陽光照射下，她快步奔向最喜歡的外婆，遞出剛從鄰居那邊拿到的裝滿鮮紅色蘋果的袋子。

「外婆，鄰居送給我們的蘋果要放在哪裡？」

「哎呀，瑪麗。又拿到了嗎？卡洛斯的太太看來也很喜歡妳呢。」

老婆婆帶著和藹的笑容，從安樂椅上緩緩起身。此時自然地幫忙攙扶是孫女的體貼。看到她自然而然的關懷之舉，老婆婆感謝上帝將孫女養育成一個貼心的孩子。

將滿滿一袋鄰居自豪的蘋果拿回家的孫女笑容，是宛如太陽一般的微笑。與父親別離，來到雖是外婆家，卻也是異鄉土地上的她，所露出的開朗笑容就連個性乖僻的人也會受她擄獲。

而且，她還是個堅強的孩子。明明早已不是對自己周遭發生的事懵懂無知的年紀了，孫女大概是想激勵自己和母親，才會幫忙做一些自己做得到的家事吧。老婆婆以堅強的孫女為榮，所以更是對她的處境感到難過。

她盡可能努力維持開朗的態度，詢問孫女要不要一起烤蘋果派並欣喜起身的心境五味雜陳。

對於面對戰爭這種令人哀傷的悲慘現狀，自己卻只能心疼的事情感到焦慮難耐。

……這種殘酷的戰爭要是能趕快結束就好了。

老婆婆趁瑪麗沒注意到時偷偷嘆了口氣，踏著緩慢的步伐走向廚房。這陣子一直待在客廳相同的位置上，不停聽著收音機、看著報紙的女兒，臉上悲痛的表情看得她暗自落淚。

自從得知安森——她的女婿，那個前來懇求將女兒嫁給他的協約聯合軍人戰死的消息以來，瑪麗的母親——自己的女兒——心就已經不在這裡了。

她與頑固的丈夫起初拳腳相向，最後兩人卻莫名意氣相投。是女兒夫妻幸福洋溢的照片，讓她想起女婿安森不在這裡的事吧。早知道就收起來了，老婆婆如今也只能感慨自己的不小心。

合州國與協約聯合不僅物理上相距遙遠，當地的嚴重混亂也讓情報難以傳遞，老婆婆很清楚這點。儘管如此也依舊牽掛著戰爭的消息，但也不曾好好想像過安森戰死的情形。

所以女兒才會……為什麼，就唯有這種消息能傳過來呢？當天收到那一封令人錯愕的死亡通知書的情況，如今依舊是歷歷在目。

那也跟今天一樣是個平穩舒適的大晴天。

女兒在闊別許久的家鄉好不容易褪去疲憊，開始展露笑容，孫女則是在異鄉之地的新奇感驅使下四處亂跑。

這是她正瞇著眼眺望兩人，想說差不多該找她們喝下午三點的下午茶時所傳來的噩耗。

突然地，家門前停下一輛插著協約聯合旗幟的公務車，從車上走下一名表情僵硬的大使館官員。當女兒要代替腰不好的自己應門時，早知道就不應該這樣交給女兒，而是該說「我偶爾也想跟客人說說話」自己上前應門才對。

這樣一來，想必就能將他以凝重表情，伴隨微微顫抖遞出的那封書信偷偷藏起來吧。

「天呀！怎麼會──」

然而，聽到這句宛如悲鳴的話語，與準備茶水的瑪麗一起前往玄關的老婆婆，所看到的卻是崩潰痛哭的女兒，以及露出難受表情而茫然佇立的黑西裝男人們。明明只要好好看一下就會知道了，她當時真覺得粗心地在那裡悠哉喝茶的自己太蠢了。

黑西裝來訪者們的沉重表情，看起來就像是在穿喪服不是嗎？

要是這樣的話，他們來自己家中拜訪的理由就只有一件。

「死亡通知」。

當時，沒想到這一點，從女兒顫抖的手中搶過書信的老婆婆，在看到打印在信封上的這短短一行文字時，整個人頓時僵住。

女兒至今都還尚未從那股衝擊之中重新站起。豈止如此──她繼續想著。女兒的時間，大概依舊停留在那個時候吧。

不論是瑪麗的鼓勵還是自己的安慰，都只會回以空虛的微笑，開始不停聽著戰爭報導。

她一面在廚房陳列廚具，一面陷入沉思。

戰爭終將結束吧。就她從新聞報導上聽來的消息，帝國似乎正在逐漸撤退。雖說實際上究竟怎樣了她並不是很清楚……但既然大家都在傳戰爭就快結束了，就希望應該會結束吧。因此，她只能祈禱。既然要結束，就請務必趕快結束。

女兒會在收音機前宛如祈禱似的不斷聆聽，大概也是在祈求神能對奪走丈夫性命的帝國降下制裁吧。

當然，復仇是空虛而且悲哀的行為。看在像自己這樣的老人眼中，過去的悲痛總有一天能跨越過去。但這件事對女兒與孫女來說，衝擊依舊還是太大了。所以在她們的悲痛緩和之前，自己要與她們一同分擔痛楚。

「好，瑪麗，我們來做蘋果派吧。」

「好的！」

## 統一曆一九二五年五月

作戰最好是基於明確的目的與目標執行。

就這點來講，傑圖亞與盧提魯德夫兩位少將所起草的命名為《Schrecken und Ehrfurcht》（衝擊與恐懼）的作戰，對參謀本部來說有著可評為是模範的明確性。

這項作戰的目的是既單純又明瞭。

也就是藉由「直接打擊敵司令部的衝擊」癱瘓「指揮系統」，最後將「敵戰線導向崩潰」這種激烈且單純的手法。

就僅僅如此。投入單一部隊遂行唯一目標，這就某方面來講，有著等同是二加二會等於四的合理性，簡潔有力。

道理很明確。沒有腦袋的軍隊沒辦法打仗。

光看這點，就連軍官學校的學生都能立即明白作戰的箇中道理吧。這是因為，這種戰法的重點，就只是要一舉砍掉對現代軍隊來說攸關生死的腦袋——重要的司令部機能。

不過正因為如此，作戰的成功率很快就受到許多重大質疑。

這也是當然的事，畢竟是如此重要的司令部。不論是怎樣的軍隊，都會理所當然地把司令部設置在距離敵軍魔手遙遠的安全地帶。

基於常識判斷，既然是共和國軍萊茵戰線的司令部，就不得不假設該處會受到嚴密的防護。而這項預測也經由付出慘重犧牲的武裝偵查獲得證實。

倘若無法突破敵軍濃密的迎擊網，以及周邊展開的迎擊戰力，成功機率就相當渺茫。不過考慮到這些因素的參謀軍官大半都認為，縱使要無視損害強行突破，所產生的損害恐怕就連旅團規模的航空魔導師都不得不受到全滅判定吧。

所以在得知作戰目的與手段時，大多數的參謀都覺得下達這種命令的人腦子肯定有問題。甚至有人鄭重其事地提出反對，指責這種行為只是讓士兵白白送死。

雖是理所當然的事，但對現實主義者集團的參謀們來說，他們對作戰的目的毫無異議。倘若能突破敵戰線，以突擊敵司令部的方式瓦解敵軍的指揮系統，不論受到再大的損害都在所不惜；只要有把握，不論要付出怎樣的犧牲都在所不辭吧。

這種讓參謀們想無視損害的冒險總是充滿魅力，卻被認為太過缺乏把握而遭到廢棄。對他們而言，將寶貴的戰力賭在成功率極低的作戰上，就只是照道理來講絕不會納入考量的暴行。

要是成功率很高，就甚至不惜犧牲。然而就算回報再怎麼高，要將打破戰局的可能性賭在沒有把握的作戰上？只要是將校都會異口同聲的表示，這樣已經是無藥可救的末期症狀了吧。

況且要是有辦法直接打擊敵司令部，萊茵戰線根本就不會陷入膠著。這種低語是大多數帝國軍參謀們的真心話。

所以本來的話，這種作戰計畫書應該會被眾人不屑一顧，直接塞進紙簍裡遭到遺忘吧……假如這項作戰的立案人上，沒有傑圖亞與盧提魯德夫兩位少將的連署簽名的話。

當理解到身為大規模機動戰權威的兩人，似乎是將這作為實際可行的戰術行動一環提議時，任誰一開始都會感到困惑。然後在勉強讀起所提出的計畫案，直到仔細看完之後才總算醒悟到，這項愚蠢至極的提案有著值得認真檢討的價值。

到頭來，儘管不甘願……沒錯，儘管相當不甘願，也還是得承認「或許能說這是有可能辦到的事也說不定」這項事實。

只要有能在近乎無法迎擊的高度，以無法追蹤的速度飛行的「追加加速裝置」，以及「白銀」這個優美別名正在不知不覺中漸漸變成「鏽銀」這種充滿畏懼與恐怖的俗稱的譚雅．提古雷查夫少校所指揮的，身經百戰的第二〇三航空魔導大隊的話。

追加加速裝置的型錄規格，外加上投入部隊所累積的實際成績，至少讓這項提案具備起足以端上檯面討論程度的魅力。

不過這反過來說，也是在看到如此優秀的手牌之後，仍舊讓人感到猶豫的方案。

畢竟，傑圖亞與盧提魯德夫兩位少將偏偏暗示著，要將這項《Schrecken und Ehrfurcht》（衝擊與恐懼）作戰與接下來的大規模計畫——解鎖作戰連結起來的意圖。特別是唯有在解鎖作戰之前毅然執行衝擊與恐懼作戰，才有希望讓解鎖作戰圓滿成功的但書引來許多議論。

這可不是件簡單的事。畢竟將一切賭在解鎖作戰會成功之上的參謀本部，已經鋌而走險做出讓萊茵戰線後撤這種通常來講絕不可能准許的行動。他們早已渡過盧比孔河了。聽到要讓這場賭博受到這種有如孤注一擲的作戰的成功左右，想保持冷靜絕不是件簡單的事。

不僅內部爆發相當的反對意見，在會議室內外所引發的爭論，就算要說程度已激烈到讓參謀們分為兩大派互相對立，也還算是溫和的說法吧。在白熱化的爭議當中，揪住對方的領口、互罵對方不懂事理的軍官們，粗暴的模樣實際上幾乎算是扭打成一團了。最後甚至出現好幾名在官方紀錄上自行提報「跌倒受傷」的參謀，就知道在參謀本部內部爆發的火爆場面多驚人了吧。

不過到最後，參謀本部對本計畫「直接攻擊敵司令部」這個明確的軍事目標有著極高評價。主要是他們判斷，縱使無法讓敵司令部喪失機能，相信也能在直接攻擊成功之際，達到擾亂的效果吧。

而強力航空魔導部隊發動襲擊的威脅，就算是不現實的單程襲擊，只要成功執行過一次，往後共和國軍就不得不隨時防備這項戰術的意見也很重要。

縱使這次的襲擊作戰失敗，也能期待達成以下的成果。

也就是說，就算只有一次也好，只要帝國軍留下實行斬首作戰的實際成績，共和國軍就必須隨時警戒這項戰術。相信他們往後就必須長期將更多貴重的戰力分配到後方的萊因司令部附近，防衛自己重要的司令部吧。

這種狀況分析雖是常識性的解釋，不過以不做白不做的意思來看似乎並不壞。最起碼能將大量的敵戰力牽制在後方的這項推測是無庸置疑。

而且，還有數名參謀們在心中喃喃補上一句話。

所謂「如果是那個提古雷查夫少校，或許能強行製造出一些成果出來也說不定」。

儘管如此，也無人能否定這是一項高風險的作戰。弄得不好，這也是一如字面意思，將身經百戰的精銳投入徒勞無功的作戰上導致全滅的豪賭。當然，縱使他們全軍覆沒，也能獲得對敵軍產生威脅的一定成果。雖有成果……卻是昂貴的犧牲。

更別說預定投入的還是第二〇三航空魔導大隊，這批可說是參謀本部無可取代的壓箱寶，擁有豐富實戰經驗的快速反應展開部隊。

實驗性編成的這個大隊就一如字面意思是參謀本部的役用馬，在各個戰場上創下超乎期待的成果。外加上儘管不起眼，也無法無視他們在新戰術的實戰實驗與新兵器的評價上做出重要貢獻的事蹟。

這是絕非一朝一夕就能準備好替代部隊的問題，以及正因為是如此優秀的精銳才有可能成功的究極兩難。所以參謀本部儘管期待卻也猶豫不決，在這種二律背反的痛苦之下，最後決定投入一個中隊規模執行作戰。這是考慮到能投入的戰力與必要人數的結果。

而一旦決定好所要投入的戰力後，帝國軍隨即徹底發揮出其作為精密戰爭機器的機能。

當下就從第二〇三航空魔導大隊當中選拔出十二名魔導師，作為使用「追加加速裝置」（祕密代號V－1）突擊敵戰列後方的中隊，立即前往後方的發射據點。

一面聽取技術人員們教導操作方式的簡報課程，一面在針對敵地的講習中記下戰鬥任務的概要，毫無拖延地完成預備作業。

不過，指揮官提古雷查夫少校懇求的實機演習則基於保密因素，到最後終究還是無法實行。基於戰略性奇襲的性質，考慮到演習從保密防諜的層面上來看怎樣都難以放行的觀點，這也是無可奈何的決定。

當然，臨陣磨槍也有很高的風險。不用說，這甚至讓她向參謀本部提出大量的擔憂與建言。會不惜打壓這些意見也要強調奇襲的重要性，是因為作戰的把握完全建立在能否出乎敵人意料之上。針對這點，提古雷查夫少校儘管不甘願，最後也還是認同了保密防諜的必要性。

就連使用實機的操作演習都是採用吊架進行，沒有實際發射。相對地也在提古雷查夫少校的要求下，更加仔細地對追加加速裝置進行整備。

嚴密地制定作戰行程，將作戰計畫的目標制定為至少要對共和國軍指揮系統造成打擊，或暫時性地破壞其通訊能力。在對敵司令部造成直擊後，隨即北上經由友軍潛艇或艦隊回收。

參謀本部的議論最後也獲得相關人員的大致同意，並將內容傳達給祕密代號V－1部隊，然後迎來那個X－DAY的日子，即是五月二十五日。

結果，就一如今日看到也會大吃一驚的一樣。（摘錄自聯合王國軍戰史編纂局《萊茵戰線史第三卷》）

## 統一曆一九二五年五月二十五日　帝國軍V－1發射祕密據點

當天，譚雅．馮．提古雷查夫少校毅然地昂首佇立在機場的跑道上，茫然地在心中喃喃道聲「Guten Morgen」（註：德文的「早安」），睜著就連死魚也會被嚇跑的混濁眼神，眺望著一如往常從地平線上升起的太陽。

根據受領到的軍令，自己要帶著所指揮的選拔中隊直接攻擊敵司令部，執行斬首行動。也就是以外科性的一擊進行致命性的切除手術。

別說是以選拔中隊打擊敵司令部這種亂來的內容，就連為達成這個戰術目標所準備的手段也讓譚雅感到鬱悶。

靠尋常的手段無法突破敵軍的防禦。上頭似乎也很清楚這點。但不知為何，上頭伴隨著突破命令，在只能靠不尋常手段的決心之下拿過來的裝備卻是火箭。不過是靠人力導引的火箭。

說得直截了當一點，就是要把他們當人肉火箭射過去。要不是怕人聽到，譚雅早就抱頭大叫「為什麼會這樣」了吧。

理性上能理解，自己現在即將受命實行的作戰行動絕不單是有勇無謀的賭博。沒錯，就合理性來看確實是有把握。然後只要聽過說明，就能理解這在軍事上很合理。

同時也不能忘記，常識基本上說不定是一種偏見的懷疑觀點，挑戰典範、帶來革新也是邁向進步的常規。基於這種立場來看，也可以理解自己的憂鬱情緒在軍事觀點上，不能不說是一種不合理的表現。

但是，倘若以合理性觀點之外的視點來思考，就會發現戰爭本來就是一種巨大浪費。當然，從必須要將這種恐怖且等同無意義的各種資源浪費抑制在最低限度以減少虧損的視點來看，我也不反對這麼做。這就叫作道理。

經由各種統計得到的一切數據，都表示有必要減少虧損。更進一步來講，還知道這些數據也暗示著要從某處確保財源以彌補這些損失的必要性。要是沒透過和平條約等手段從共和國身上敲詐一筆，帝國也毫無疑問會被沉重的戰爭經費壓垮吧。看在推測上頭應該是無論如何都想要拿到賠償金的譚雅眼中，這道理其實很簡單。

活用統計資料進行討論佐證常識，再顛覆這種常識出奇制勝的理論也有其道理。譚雅在道德與感情上並不否定這點。

不用說，統計確實是一種謊言。但卻是最值得信賴的謊言。

在統計上，一般而言沒有人會認為使用普通存款帳戶、加入人壽保險的人會進行自爆恐怖攻擊。如果是銀行員的話，反倒會想跟這種人長年打交道下去。所以行事合理的狡猾恐怖分子，就會反過來設置普通的存款帳戶、加入人壽保險來欺瞞監視者，這很符合道理。

換句話說，就是能說凡事都要看你如何運用。

所以不分青紅皂白就斷言「這不可能」或「這辦不到」有多麼愚昧，譚雅自認相當清楚。自認無時無刻都沒有遺忘要抱持著在否定他人之前，先自問自答對方是否才正確的健全心態。

所以，譚雅才會以宛如死魚一般的混濁眼神，一面眺望著坐鎮在視線前方的巨大物體，一面在得不到解答的狀況下反覆問著「為什麼會這樣」的自問自答。

所謂──究竟是打哪兒來的瘋狂科學家，好死不死竟然將如此瘋狂的構想合理化到能讓軍方認同啊？

藉由祕密代號V─1的人力火箭發射中隊。擁有能將這種計畫合理化到讓傑圖亞與盧提魯德夫兩位少將做出決定的優秀腦袋的瘋子……啊，反正又是那傢伙吧。帝國軍的技術人員大半都或多或少居住在自己的世界裡，但那個修格魯就連在他們之中也是別具一格。

天殺的修格魯。甚至讓我一想起他，就想破口大罵：那個該死的混帳！

果然應該在那場啟動實驗的時候，藉機用術式的失控還是演算寶珠的事故殺掉他的。就算那傢伙遭到精神汙染，是可憐的存在X的傀儡，然而正因為如此，才應該讓還擁有著人類尊嚴的人殺掉他。

會恨他恨到這種程度，不對，是對譚雅而言，要是不放任情緒衝動在腦內拚命射殺修格魯工程師就無法收拾局面的理由很單純。

畢竟她身為擔任殿軍大肆活躍，最後導致大量傷患讓部隊接近半毀之大隊的大隊長，才剛剛勉強抵達友軍後方基地，就立即受領到新的作戰計畫與新製作的專用裝備，結果在興高采烈地跑去觀看上頭做了何種顧慮後，卻發現送來的是與所期待的方向性完全相反，無法在危險的戰場上信賴的危險武器。

譚雅．馮．提古雷查夫少校早已十分確信，自己不是能享受被巨大火箭發射出去這種事情的個性。

硬要說的話，譚雅已經受夠危險任務了。身為只說一句「有可能」就受命要執行不知道風險迴避概念被丟到哪裡去的亂來軍事行動的人，這可說是相當理所當然的感情吧。

就像海因里希法則所指出的一樣，事故該發生的時候就是會發生。我可不想一直執行不知道何時會發生事故的危險任務。雖然被讚賞是戰功彪炳，讓銀翼突擊章升級為槲葉銀翼突擊章也沒什麼不好。儘管尚未公開，但也有獲得黃金劍白金十字章的推薦，所以也無法否定針對風險的健全評價制度有在發揮機能。

正是因為這樣，譚雅．提古雷查夫魔導少校才會不得不對自己心中的糾葛感到苦惱。在獲得高評價，還就快針對自己的功績頒贈正當的獎章之際，身為一個現代人實在是沒辦法無緣無故放棄任務。

這是對契約與信用等讓自己之所以是自己的諸多要素的背叛吧。對自己的尊嚴而言，自己背叛自己等同是某種自殺行為。

既然是也無法用緊急避難作為藉口的狀況，對譚雅・馮・提古雷查夫魔導少校來說，就等於是只有忠實遵從軍令這條路可走了。

「只能這麼做了。既然只能這麼做，我們就一定得要成功。」

佇立在跑道上一味地瞪向共和國的方向，譚雅・提古雷查夫魔導少校就宛如這是自己的義務一般不斷重複唸著。

她就像這樣完全沉浸在自己的世界裡，對於走到身旁的那個人物，直到他向自己搭話之前都渾然不覺他的存在。

於是，提古雷查夫少校完全沒注意到就在身旁目不轉睛凝視自己的視線，不斷地反覆唸著，激起堅強的意志與戰意。

「只能這麼做了。就只能這麼做了。我絕不會搞砸所接獲的任務。」

我要活下來，絕對要將市場主義的正義打在那個混帳存在X的臉上。然後，打破一切的偶像嘲笑祂。這是在這之前無論如何都絕對不能死的執著。

「……提古雷查夫少校，很抱歉打擾妳沉思，但能借我點時間嗎？」

不過就連這個念頭，也在叫喚聲下條件反射性地從譚雅的腦海中被一腳踢開。

「呃，失禮了。這當然沒問題，雷魯根中校。請問有什麼事嗎？」

瞬間想起自己忘記敬禮的粗心，隨即退後一步把手伸到帽沿處，擺出有如畫像般完美的敬禮姿勢。一面連忙掩飾失態，譚雅的腦袋也一面急速運轉，思索自己有沒有說什麼多餘的話。

自己在跑道上喃喃說出的就只有兩句話。儘管有點難以斷言這聽起來是充滿幹勁的話語，但作為說服自己必須執行任務的話語，想來是沒有任何問題。

但這也只是單獨聽起來沒有問題……譚雅也隨即就理解到，話語中也包含著根據事情的來龍去脈，很可能會導致非常嚴重的後果的部分。

「沒什麼，只是貴官，啊，那個，該說是就貴官而言吧。」

「啊？」

因此，當向自己搭話的雷魯根中校以有點意外的感覺欲言又止時，譚雅隨即判斷這大致上是最糟糕的狀況。既使再怎麼希望，參謀本部的雷魯根中校也不是呆子。

要是弄得不好，就算自己不到抗命的程度，這個人也很可能會在送往本國參謀本部的報告書中，寫上自己對執行作戰不夠積極且充滿質疑這種事實。而且他還有著能夠這麼做的立場。

假如雷魯根中校向上級呈報說對我的戰意存有疑慮的話，之後究竟會怎樣呢？

如今自己的裁量權也好、獨立行動權也好，全是在參謀本部的傑圖亞閣下的操作下才能獲得認可。這反過來說，不僅對傑圖亞、盧提魯德夫兩位少將使出渾身解數安排的作戰充滿批判，甚至還不積極執行的報告，究竟會引發多麼麻煩的事態是完全不得而知。

「就貴官而言，難得看起來這麼不起勁呢。」

而以彷彿苦笑一般的表情述說話語的雷魯根中校，就一面注視著譚雅，一面以抱怨似的語氣把話說下去。

「畢竟是貴官，是有想到什麼足以讓妳不太想執行任務的事嗎？」

譚雅心想，心臟被木樁猛烈貫穿的吸血鬼，感覺大概就跟現在的自己一樣吧。

「啊，是這樣啊……沒什麼，只是稍微有些疑問。」

「什麼疑問？」

因此，譚雅隨即決定進行損害管制讓損害最小化。這是無論如何都必須跨越的障礙。更進一步來講，就是她甚至當機立斷要說得就像是自己極為遺憾得不到大規模攻勢一樣，藉此將自己戰意不足的事情敷衍過去。

短短一瞬間的空檔就做出這種判斷的譚雅．提古雷查夫這個人格，毫不遲疑就坦蕩蕩地蹙眉嘆息起來。不覺得奇怪嗎？譚雅大言不慚地答覆。

「如此優秀的裝備、如此慎重的事前準備，還有如此努力的保密行動。軍方在各方面上都有著足以令人驚訝的動作。」

譚雅表示，自己正是因為這樣才感到疑問，然後就像是要尋求解答似的，凝視起雷魯根中校發出詢問。

「這個奇襲作戰如此費心勞力準備，就單單只為了讓敵司令部陷入混亂這個目標嗎？」

地面跑道上設置著用來發射追加加速裝置的軌道，而坐鎮在上頭的是，以腦子有問題的程度裝著噴射器的追加加速裝置本體，燃油箱裡還注入著多到難以置信的高揮發性液態燃料。

甚至還考慮到對保密的影響，將發射用的軌道並排在一起，早在火箭本體開始注入燃料時，就感受到上頭絕對要實行的幹勁的人，絕對不只有譚雅一個吧。

正因為如此，譚雅指著這些火箭，極為認真地向雷魯根中校發表主張。所謂，就算要攻擊敵司令部，這些工程也未免太過浩大，不覺得很浪費嗎？

「既然是要襲擊敵司令部，那麼必須在事前做好適當準備的觀念並沒有錯吧。」

雷魯根中校不太高興的答覆就跟預期的一樣。既然是要突襲敵司令部，就必須做好適當的準備，關於這點譚雅並無異議。

「正如你說的沒錯，中校。不過，對我來說……最起碼，要是能有機會進行一場大規模會戰的話……」

不就還能期待更進一步地擴張戰果嗎？——說出帶有這種言外之意的台詞。她的言外之意，即是對性價比提出深刻的疑慮。當然，譚雅也能夠理解，一旦注入高揮發性的液態燃料後，就相當難以中斷作戰的技術性理由。但就算是這樣，譚雅還是基於立場極為認真地指出這一點。

「嗯，妳是想說，以現在來講造成的效果不大？」

「與其這麼說，倒不如該說是機會損失過大。讓敵司令部產生動搖……雖不能說是毫無效果，但……」

接著，譚雅就若無其事地迴避掉傾聽話語的雷魯根中校默默遞來的陷阱。要是質疑效果，到頭來很容易讓人以為自己是想以「效果不明確」作為藉口逃避。

不對，他大概是想用這種聽起來很有道理的藉口，測試譚雅是不是想隱瞞自己戰意不足的事實吧。

於是乎，譚雅就裝出問心無愧的愛國者嘴臉，以這麼做未免也太過浪費的觀點，坦然述說起機會損失。所謂，如今賦予自己的炸燬敵司令部的任務，是不是該與其他作戰配合的提議。

這道命令在本質上，與下令將搭乘一式打火機大搖大擺來到前線視察的海軍指揮官座機擊墜的命令不同。既然要炸燬不會移動的敵司令部，就該趁著最佳的時機去做吧。

「若是依下官所見的話，如此費心勞力的準備，最後卻只有打上一發小小煙火，性價比實在很微妙……」

然而，就在譚雅主張到這裡的時候，她突然覺得不太對勁而哽住了話語。沒錯，就是這點很奇怪。

「少校？」

就連雷魯根中校發出叫喚的疑惑神情都在瞬間踢出思考之外，譚雅再度玩味起方才腦海中閃過的話語，確信事有蹊蹺。

性價比很奇怪，竟為了單一目標投入如此龐大的經費？

在消耗戰上呈現冷靜透澈思考的那個傑圖亞閣下會提出這種作戰行動嗎？而在機動戰上大名鼎鼎的盧提魯德夫少將會跟這項作戰扯上關係也很奇怪。身為機動戰專家的參謀軍官大人物，為什麼會參與這種該算是某種奇策的特種作戰的企劃立案。

「不對，可是……敵司令部的混亂……大規模會戰？不對，是游離部隊化！」

在這瞬間，譚雅腦海中浮現的幾個疑問形成一個聯想導出答案。只要殲滅敵司令部，敵軍毫無疑問會陷入混亂。這樣一來，現代軍隊也只是烏合之眾。而這點正是參謀本部的真正目的……

倘若盧提魯德夫少將要活用敵軍的混亂展開行動，換言之就只會從壕溝戰回歸到機動戰。

這是因為所謂的現代軍隊，全是基於司令部這個腦袋才得以存在，這就連在壕溝戰時也不例外。只要看史達林公肅清過後的紅軍有多麼脆弱，喪失指揮系統的軍隊下場就毋庸置疑。

解說

**【史達林公】** 對史達林同志的無上暱稱。

在此，還要再補充一點。

如果是像史達林公那樣，從農地找士兵的國家指揮者倒還另當別論。通常在一般國家的情況下，在喪失正面交戰的正規軍後還能繼續抗戰的國家，頂多就只有美帝吧。

「……倘若一切都是為了包圍殲滅，也就是要引誘共和國軍？」

特意讓敵軍奪走要地，然後逼迫他們進行會戰的手段。這是波拿巴曾在奧斯特里茲戰役中展現過的，媲美詐欺師的戰爭藝術……低地地區確實是要地沒錯。而那裡，也就是這次作戰的普拉欽高地。

是一旦送到眼前，就絕對無法置之不理的誘人土地。

……難不成，重新編制防衛線的動作，全是用來引誘敵軍行動的誘餌？

倘若如此……這就算是機動戰，也不是單純的突破，而是旋轉門嗎！

這樣就能徹底解釋，為什麼會只局部放棄理當是要衝的低地地區，卻無法下定決心重新編制西方所有戰線的理由了。

「換句話說……這是旋轉門的開關？」

然後，這句話扣下了扳機。

「少校！妳這是從哪裡聽來的？」

看到雷魯根中校臉色大變逼問自己的凶惡態度，譚雅隨即「啊，原來如此」地露出了然於心的微笑。

「啊，這是我自己想到的……不過看這樣子，下官的假設並沒有太過偏離紅心。」

「……妳真的不是從傑圖亞閣下那邊聽來的嗎？」

「是的。不過，下官一直有一種奇怪的感覺。該怎麼說好，有種就像是喉嚨裡哽著魚刺的突兀感。」

在聽到大規模的重新編制戰線是為了補給線時，當下就只覺得有點奇怪。畢竟，自己是被派去擔任殿軍。能夠用來思考的餘力遭到限制，這也是無可奈何的事吧。

而當全軍就跟參謀本部計畫的一樣平安撤退時，整個人甚至是因此鬆懈下來，所以發現得有點遲。

共和國軍一連數日彷彿很困惑似的看著我方撤退，然後才開始急速進軍。而當收到他們高漲著殲滅帝國的氣勢進軍的偵查情報時，動作已慢到讓人確信，這樣防衛線的重新編制將會非常順利的程度了。

正因為如此，才會感到難以言喻的突兀感，一直覺得這有哪裡不太對勁吧。

所謂，如果是要重新編制防衛線，有必要退到這種地步嗎？的疑問。然而，現在總算是明白了。這全是為了讓旋轉門運作的事前準備。

要是這樣的話，也能夠理解自己的任務為何會受到如此徹底的保密，最後還做好絕對要實行的準備了。這樣一來，我們就是宣告旋轉門開幕式即將開始的小小煙火吧。

「……很好。那麼提古雷查夫少校。倘若是貴官的話，應該能理解參謀本部對本作戰寄予著極大厚望吧。」

「是的，中校。下官充分理解。」

這是要作為參謀本部針對大規模包圍戰所採取的遠大戰略機動作戰的先鋒。不用說，我們要是失敗，軍方就會故作不知地致力在重新編制防衛線上吧。只不過，要將戰線後撤到這種地步，就得要有承受非比尋常損害的覺悟。讓人感受到一種，無論如何都一定要成功的覺悟。

「能肩負全軍的期待，是我的大隊的無上光榮。儘管交付給我第二〇三航空魔導大隊的選拔中隊吧。我們將以武力威勢達成參謀本部所託付的悲願，敬請拭目以待。」

以訓練成果擺出完美的立正姿勢並抬頭仰望的譚雅如此斷言。

「我在此誓言將會殲滅敵軍，請在參謀本部靜候佳音。」

「妳還是老樣子啊，提古雷查夫少校。很好，我會祈禱貴官能成功的。願主保佑妳。」

然後，儘管露出某種難以言喻，彷彿看開似的微妙表情，揚起苦笑的雷魯根中校也還是隨即伸手過來。

「願祖國受到神的庇佑。不過，只要我們將兵還存在的一天，就請看我們代替神執行祂的權能吧。」

譚雅邊回握他的手，邊展現出狂妄的微笑。所謂人能代替神做到某些事情的話語。這雖是臨時想到的說詞，卻也優秀到讓譚雅感到相當愉快，是連她自己也認為說得漂亮，幾乎令她陶醉的一句話。

取神而代之。

『願祖國受到神的庇佑。不過，只要我們將兵還存在的一天，就請看我們代替神執行祂的權能吧。』連我自己都覺得這說得真好！

要說這當中存有問題，也是唯一的一個問題的話——

頂多就是必須要有辦法把狗屎一般的存在X丟棄吧。然而——譚雅在心中說服自己，縱使是這樣，這也是成功踏出無神論這個應當存在的知性的第一步。

代替神拯救祖國——光是誇下這句豪語就能湧現幹勁，真是愉快。是甚至能激起「要創下讓人們不再需要神的成果」這種積極意志，有如魔法一般美好的話語。

倘若要照道理來講，突襲敵司令部是合理的行動。

不對，這硬要說的話，甚至能評為是合理到完美無缺的行動。畢竟，一面防衛後方的重要據點，一面還要分配戰力到前線戰鬥，應該得要付出非比尋常的辛勞。

想當然，就算無法實際對司令部造成損害，對方也不得不準備對策防範，所以可期待獲得充分的效果。

不論是誰，光是聽到位在後方的司令部遭到襲擊，只要是軍人應該都會預期到諸多難題而抱頭苦惱吧。在古今中外的戰爭中，派重型轟炸機對敵首腦陣營躲藏的地下掩體進行騷擾轟炸並不是什麼稀奇的事。

而在這個世界裡，魔導師是同時身為步兵與空降部隊，而且還擁有媲美直升機機動力的特殊兵科。視運用方式，還能執行非常有效的敵地侵入任務。

展現魔導戰力的精髓，在戰史上添加新的一頁之際，要是能加上「我們代替神拯救了祖國」這句話，就能有驚人的宣傳效果。

居然能像這樣獲得這種最佳的宣傳機會，還真是塞翁失馬焉知非福啊，譚雅將這場危機視為轉機。

不過，毫無疑問的是，這倘若不是要綁著一堆爆裂物執行的作戰，應該能用更愉快的心情參加吧。

再重申一次……畢竟自己是被選為突擊部隊，得要揹著V－1去執行任務啊。

不過話雖是這麼說，但在那一天，由於成功發現到明確的目的感之故，讓提古雷查夫少校變得極為積極。

因此，那一天，在場的所有人都伴隨著驚嘆述說著。

所謂——萊茵的惡魔，那個鏽銀，好死不死是帶著極度高昂的情緒朝敵司令部發動突擊。

所以人們都煞有其事地流傳，她在出擊之前的訓示就只有一句簡潔有力的話語。

所謂：「各位戰友，願祖國受到神的庇佑。只不過，我們將兵可得要先跟英靈殿申請好有薪假才行啊！」

目擊者皆異口同聲地表示，然後她就在哄堂大笑的部下面前口出狂言。

「我們將代替神拯救祖國！讓凱撒的歸凱撒！我的各位戰友，現在是人類戰爭的時間。去奪取勝利吧！」

只不過，歷史往往只會流傳特定的場面。要說到譚雅在說完這句話後轉身背對全員，為了搭乘V－1而衝上登機梯時的表情，果不其然是露出一副「為什麼自己要……」的不悅表情。

現在的高度是八八〇〇英尺，速度是九九一節。

帶領著就連在二〇三——正式名稱第二〇三游擊航空魔導大隊當中也被視為精銳的隊員們所選拔編成的中隊，一面形成三組四機編隊隊形，一面突破音速障礙的突擊作戰。

不知幸還是不幸，機材也沒有出現意外，讓作戰正在順利進行當中。

說什麼正在進行，這就只是坐在上頭而已吧，譚雅在心中發著牢騷。就算說這多少能進行調整，但譚雅所搭乘的V－1就本質上而言可是火箭，並不是航空機。姑且也不是不能調整方向，不過所安裝的是只能讓前進方向調整數毫米程度的裝置。

所以，V－1的操作方法實在非常簡單。只需要按下開關發動引擎後，用操縱桿進行細微修正就好。

一旦發射出去，魔導師就幾乎什麼事也不能做。要說到能做的事，就只有持續維持防禦膜與防禦殼了。上頭設置的操縱桿所能做到的操作，頂多就只有調整進入角的程度。倘若有某種必要必須做緊急迴避時，就只有啟動什麼進行加速的特殊裝置這個選項可以選。

說得極端一點，這就只是一面揹著燃油箱一面被運送到目的地上空罷了。就某種意思上，應該跟早期的太空人一樣吧。就只是坐在上頭而已。

不過，這裡的魔導師們跟早期的太空人不同，無法期待在成功著陸後，會有拿著花束的相關人員前來熱烈迎接。

畢竟預定的著陸地點，不是眾人憂心忡忡迫不及待我們歸來的地球著陸點，而是滿懷敵意的我們親愛的法國蝸牛的巢穴。即使面帶笑容開朗地說聲「Guten Tag」（註：德文的「你好」）向他們打招呼，到頭來受到驚嚇的他們也只會一時衝動地發射鉛彈答覆吧。

因此，從帝國前來叨擾的譚雅等部隊，首先要有禮貌地敲門通知。首先，按照程序將裝滿聯氨與硼添加物的V－1本體分離，先行突擊過去當作敲門的門環。

這可是以超音速衝過去的V－1殘骸，不用說應該會帶有相當的物理能吧。是科學家們掛保證說，不論睡在多深的地下掩體之中都肯定會被驚醒的人類史上最優秀的門環。

家裡遭到這種東西闖入的那群傢伙，一定會對我們的來訪感到驚喜。而與本體分離的魔導師——也就是我們，則是空降展開襲擊，進行這種「紳士性」的二段式作戰。

想出這種主意的人，個性肯定相當惡劣。這對參謀軍官來說，應該是最高級的讚詞吧。

不過對奉命突擊的人來說，這豈止是一式打火機，根本是被綁在火箭上，而且上頭還裝滿一旦誘爆自己首先也肯定會沒命的劇毒。好想哭。

不對，既然要哭，就乾脆對戰爭的悲哀哭泣吧。畢竟之後還有著不論奉命突擊的一方或遭到突擊的一方，都要嘔著鮮血相互廝殺的結局在等待著我們。以這點來講，戰場就某種意思上就只存在著受害者，這想來也是戰爭引人落淚的悲慘之處。哪怕自己是身為軍人奉命戰鬥之人，譚雅・提古雷查夫也依舊可以斷言，和平是珍貴的。

所謂的軍人最好還是作為吃閒飯的職業在和平的世界裡整天發牢騷。軍人會勤勉地流血流汗的國家，不是忘記穿尿布，就是忘記餵看門狗。

只不過——這邊令人哀傷的是，譚雅・提古雷查夫少校回想起自己面對這無法如人所願的現況，就只能將嘆息與抱怨吞下肚的執行自己的職務。如今，自己身為軍人，有著不得不回應軍務要求的立場。而經過現代化、受過軍紀教練的軍隊是絕不會容許拖延。

而且——譚雅安慰自己的補充著。既然能有機會在戰史上留下紀錄，那就在戰場上高談無神論吧。只要認為這是讓無神論記錄在歷史書上的絕佳機會就好。

倘若是為了留下貶低神的話語，就算是多少有些亂來的宣傳行為，在今天也是一種不得已的選擇，譚雅如此說服自己。這算是某種炎上商法（註：故意引起輿論批判宣傳的商業手法）。不過燃燒起來的主要是有機物，而不是電子布告欄就是了。但就算種類不同，只要結果一樣就沒什麼好在意的。

該是工作的時候了，用手錶確認現在時刻並再次確認預定計畫。

要是再浪費時間抱怨下去，時機可就不太妙了。依照時程表來看，差不多是該採取闖入程序的時候了。

所以我切換心情，迅速確認該做的事。闖入前速度正常，闖入用的後燃器也設定完畢。

在內心裡擔心會不會誘爆的空儲油罐也全都正常分離。

關鍵的位置也一邊盯著航行圖一邊靠儀表判斷出現在的位置幾乎正確。儘管多少有些誤差，擔心是不是被風吹偏的，但大致上的位置幾乎跟預定一樣。全都在容許值的範圍內。

『01呼叫各員。進入最終程序。各員回報狀況。』

接著，在聽到中隊以指向性通訊波傳來沒有異常的通知後，譚雅首先就忍住各式各樣的情感點了點頭。雖然想抱怨的事情很多，但至少負責V－1維護保養的維修兵有好好工作。不得不感謝V－1沒有發生意外在空中解體。

儘管有做好最壞的打算，將在艾連穆姆工廠時期所用過的，採用防刀規格並且難燃性受到保證，附有自動開傘裝置的特殊環境用降落傘準備好全員的數量讓他們揹在背上，但既然沒有機會用到，應該能認為幸運女神在對我微笑吧。

……不對，命運是靠人去掌握的東西。再怎麼樣，也不會是某人宛如恩典般所賜予的東西。用幸運這種表現不太恰當，這應該說是經由人手仔細整備並做好萬全確認所產生的結果。

『01呼叫各員。時間到了。立刻測量距離、算出角度。』

經由人手讓人類的努力開花結果的世界。這正是理想的世界。就算是在毫無生產性的活動之中，也無需特意張揚就能讚美人類究竟有多麼美好。

『05呼叫01。已鎖定目標。』

『09呼叫01。同樣已鎖定目標。』

『非常好。確認各員已做好闖入準備。』

不僅限於戰爭，一切都能按照計畫進行是很罕見的事。不過，這絕不是不可能的事。只要在事前細心的安排與無微不至的注意之下憎恨著毫無效率與不負責任，這也不是辦不到的事。

不覺得這很美好嗎？這就是所謂的效率萬歲。

『01呼叫全員。開始第七階段。重複一次，開始第七階段。』

收到部下們傳來做好闖入準備的報告後，譚雅隨即讓行動進行到下一階段。第七階段，或是說闖入命令。

在如此宣言的同時，選拔中隊也彈射脫離V—1。

V—1基於本身的性質，產生推進力的引擎與螺旋槳飛機不同是裝設在後方，所以魔導師是往上方彈射，開始自由落下。

同時還順便將用光光的燃油箱或是乘員保護裝置等部件，兼具欺瞞用途地從火箭本體上開始灑落。

譚雅等魔導師則是混在這些部件之中空降。要毅然實行這個世界首次的高跳低開傘降有著相當大的風險。

再加上這次還要重視欺瞞性，挑戰高跳低開傘降更高的極限。一般是要在九八〇英尺左右開傘，不過我們可是魔導師，所以是要在二五〇英尺時減速，與大部分的部件用相同的速度降落，藉此努力讓被發現的風險降低到最低限度。

不過，這也只有降低被發現的風險，並不是針對安全性所想出來的方法。終究是為了滿足戰術必要性的選擇。

等回去後，我肯定要讓提案人遭遇到相同的下場才嚥得下這口氣。

『各位戰友，願主保佑各位。』

霎時間想祝部下們武運昌隆所開口說出的一句話，結果卻讓譚雅不悅至極。啊，該死。

會想祈求那該死的神保佑，自己的精神肯定已病得相當嚴重。這也是戰爭悲哀與殘酷的一面吧，譚雅不得不如此哀嘆。戰爭有害於健全人類的心靈。

然後祈求，但願艾連穆姆九五式的開發者——那個瘋子可以下地獄。就算他處於心神喪失的狀態下也無法饒恕。若有必要，我也不吝於親手送他一程——譚雅充滿幹勁地心想。

因此，她就在這時額外多補上一句話。

『好啦，各位。我們去讓神失業吧！』

不如說自力救濟正合我意。譚雅邊在心中如此低語，邊確實按照順序在規定高度開傘。

說到要在這短短的一瞬間減速G力，還真是教人難以承受。才想說幸好自己個子小的下一瞬間，著地的衝擊力就立即襲來。邊用五點著陸法勉強避開衝擊，邊姑且靠著魔導師特有的健壯與防禦膜忍受痛處，降落完畢。

沒想到居然會有一天必須得要依靠在演算寶珠的航空機動課程中，假設墜落情況所教導的緊急降落方式，還真是教人受不了。就像是要發洩情緒似的，譚雅一邊與降落傘分離，一邊在腦海中將想出這種降落方式的傢伙狠狠痛揍一頓，並嘆了口氣。

想是這麼想，不過幸好身體各部位都沒什麼大礙的樣子。

這讓她瞬間覺得，還好有認真學習五點著陸法。雖然在訓練課程當中，也不是不曾覺得連像我這樣外表是小孩子的人都會推下去進行訓練的教官們腦子肯定有問題，不過如今是打從心底感謝他們。等回去後，應該要送他們一張感謝狀吧。

一想到這，譚雅就泛起苦笑。首先得要讓自己度過這次的難關啊——腦袋這時才總算是重新啟動。

根據事前計畫，考慮到空降後難以匯集的情況，所以有指示部下們要與最近的隊友組成雙機編隊展開行動。那麼，只要有人降落在附近——正當譚雅準備環顧周遭情況時，隨即就看到朝自己跑來的謝列布里亞科夫少尉的身影。看樣子，副官似乎也平安降落了。跟譚雅期待的一樣，倘若是自萊茵戰以來的搭檔，就肯定沒有問題。

『09呼叫01。降落完畢。損害為零。』

『01收到。報告追加加速裝置的命中成果。』

這是個好的開始，譚雅泛起微笑。令人高興的是，空降著地的部隊似乎維持著指揮系統，降落在不遠處的拜斯中尉俐落地傳來已與中隊其餘隊員確立通訊的報告。以分頭空降來說，重新編制部隊的過程可說是極為順利，是高水準的訓練程度才能做到的表現。

『報告，門環幾乎正中目標。不過，據推測並沒有命中彈藥庫。』

解說

**【高跳低開傘降】** 傘降的一種方法。倘若基本的傘降是一面展開降落傘一面降落到目的地上，高跳低開就是從目視範圍外的高空（比方說一萬公尺）跳下，大約在地面上方三百公尺處打開降落傘，所以降落時的降落傘不會太過醒目。

不過，順利也就只到這裡了。

這對譚雅來說可是個誤算，原本預定是要藉由擊中彈藥庫讓司令部的防衛陷入嚴重混亂的彈頭射偏了。沒有斥責隔著無線電傳來的數道細微咂嘴聲，譚雅自己也心想著「早說過至少要進行一次實射實驗了」嘆了口氣。

還真是傷心，不過再抱怨下去也無濟於事。倒不如說，被這種未經過多少實驗的爆炸物集合體運送過來，最後不僅沒有人員傷亡還能直接命中大多數的目標，這應該要感到自豪吧。

所以尋求解決之道，思考下一步該怎麼做的譚雅瞬間猶豫了一下。以經過加密處理的通訊確認到十一名部下都平安降落了。

這本身是令人高興的報告，但既然推測是彈藥庫的巨大儲藏設備未被炸燬，似乎無法期待敵人會陷入嚴重混亂。不過，敵人應該也還尚未發現到我們已空降成功並做好襲擊準備了吧。

……結論，還有挽回的餘地。還有無比充分的可能性破壞敵彈藥庫。

『沒辦法。彈藥庫的破壞工作就交給我。你們去把防衛部隊炸飛吧。時間有限。給我持續注意時程。』

『09收到！是否要帶兩個小隊過去？』

『01收到。07、12跟我走。』

『02呼叫09，組成四機編隊隊形。』

『02呼叫01，同樣組成完畢。』

譚雅邊對迅速集結完畢的各小隊感到滿意，邊對V－1的命中戰果出乎意料地不彰一事感到煩躁，並對這種二律背反的心情感到些許不耐煩。

部隊的狀況極佳。未在敵地出現損害，而且指揮系統也沒產生混亂的成功降落。效率一好心情就會跟著變好算是一種真理吧。能俐落實行指示的人類集團真是太棒了。但是，問題就在於作為襲擊作戰前提的敵軍陷入混亂的局面並沒有發生的可能性非常之高。

就算自己指揮的選拔中隊狀況良好，一旦要襲擊保有森嚴戒備的敵司令部，情況就稍微有點不同了。

『預估突襲狀況。彈藥庫我會負責，其餘部分就照預定行事。』

『請問該如何分配呢？』

『09，你負責B、C目標。我來解決A目標。』

因此，做好會遭受到慘烈損害的覺悟後，譚雅迫不得已選擇突襲。

根據事前情報，疑似共和國軍司令部中樞所在位置的候選地點有三處。本來預定是要趁著敵軍的混亂襲擊。畢竟，V－1原定應該會炸燬共和國軍萊茵方面軍司令部的彈藥庫。

……不對，是我太過相信這種不該依賴的東西吧。

這可是別說減速，甚至還會用多餘的硼添加物點燃後燃器加速落在地面上的飛行物體，技術人員們會對這種事實掛保證，是因為「他們是技術人員」。要是有能完全按照說明書發揮機能的工業製品，生產線哪裡還會發生意外啊。

會相信機械能完全按照設計運作的人，就只有從未到過現場，或是對現場的實際情況視而不見，龜縮在研究室裡的研究人員。

的確，V－1在型錄規格上的最終速度是超越一〇〇〇節。實際上，譚雅也保證有飛出這麼快的速度。只要能直接命中，就足以靠動能粉碎碉堡，技術人員這種保證在物理上毫無虛言。

不過，技術人員與設計人員卻忘記最重要的事情。V－1確實只要不是偏執地加強防護的核戰用地下壕溝，就能在物理上粉碎一切吧。而既然這種東西尚未出現在這個世界上，實際上就有可能粉碎一切的地下壕溝。

只不過，譚雅附加一點重要的但書。這是要V－1能夠「直接命中」目標的事。換句話說，只要沒有直接命中，這份破壞力就單純只是在浪費能量。

……所發揮出來的是過剩到無用武之地的破壞力，無意義到令人哀傷。

這毫無疑問是技術人員輕視性價比觀點所導致的因素。就本質上而言，採用類似集束炸彈那樣飛散開來的形式會比較有效吧。譚雅再次下定決心，要是有機會回去，就要用這點痛批帝國軍技術廠的那些蠢蛋。

『沒有敵魔導反應。』

『同樣沒有偵測到。』
『很好！開始行動！』
不管怎麼說，現在應該專注在作戰上，這項作戰的初期行動即是一切。
一切都賭在能否在敵軍採取對應之前發動襲擊。所幸從沒有敵魔導反應的情況來看，他們還單純只有把注意力集中在中彈的處理上吧。
……要說是理所當然也很理所當然。
就這點來講，譚雅甚至懷著大致能理解敵軍想法的感受。任誰也想不到這種事吧。認為會有人搭乘長距離砲擊的砲彈或火箭闖入基地的人，精神狀況首先就肯定不正常了。
這也就是說，就某方面上初期行動能稍微輕鬆一點。不過司令部附近再怎麼說也會有衛兵看守，但要是人數相當，我這邊的部下可是戰爭狂，就客觀角度來看也能說是身經百戰，要排除是有可能的。
『01呼叫全員。嚴守時間。無法期待共和國軍的增援會遲到 10:00 以上。』
根據間接聽到的聲音與狀況判斷，共和國軍肯定還尚未理解事態。至少應該是沒有下達緊急起飛命令，而是以損害管制優先。
以他們的角度來看，大概是在煩惱該怎麼處理首次遭遇到的「長程火箭彈攻擊」吧。對中彈一事驚慌失措，尚未察覺到襲擊部隊已經潛入的實情。

如果不是這樣，就無法解釋魔導師沒有緊急起飛反應的理由。

『03呼叫01。監聽成功了。是明碼通訊。』

然後，負責觀測與監聽的部下傳來的報告讓譚雅得以確信。果然，共和國軍看樣子甚至沒有料想到我們的存在。

『這是個好兆頭。以魔導隱蔽行軍潛入。在襲擊完司令部後全速脫離。集合信標在脫離後10:00連續發射兩次。』

『收到。』

於是，混在飛出的一群人之中逼近敵方基地的譚雅就將嘆息吞下肚，用力緊握住槍。這樣一來，就算搭檔的謝列布里亞科夫少尉在降落時搞砸了，只要人還待在身邊，就能謊稱無法拋棄自萊茵戰以來的部下，只讓其他部下突擊，自己則假裝在進行搜索行動就好。

不對，身為勞工的正當罷工權還是等到下次有機會再行使吧。

現在不管怎麼說，應該要對自萊茵戰線以來就認識的謝列布里亞科夫少尉確實的成長感到高興才對。該對人力資本的增進表示讚賞。

『很好，突擊吧。』

看著少尉可靠地點頭，尾隨在自己身後的姿態，讓譚雅更加確信人類果然是會成長的偉大存在，同時極力抑制魔導反應地開始突擊。

部下也跟著採取行動。

然後衝進基地的譚雅眼前所看到的，是完全沒料到會遭到襲擊，嚇得目瞪口呆的敵兵。

這是身處後方據點所導致的災難吧。共和國軍的後方軍官們很明顯無法收拾這種混亂，甚至是從未預估過戰鬥局面。

譚雅邊用撿來的衝鋒槍橫掃過去，邊覺得這把撿來的槍比預期的還要好用呢，並且伴隨著微笑，一面掃蕩共和國兵一面突進。

儘管對連武器都沒有配戴的人員之多感到些許困惑，不過到頭來，就算把待在基地裡的人視為戰鬥人員射殺，在國際法上也毫無問題吧。

所以，只需要淡然地排除敵人就好。敵人這個詞彙還真是沒必要再多加議論的便利話語呢，譚雅放鬆表情，稍微朝部下的方向望去。光靠「是敵人，開槍」這兩句話，就能讓所有人迅速開槍是軍紀教練的最佳模範。在提升戰鬥力這點上，操作制約實在是很偉大。

「少尉，妳那邊的情況如何？」

「Clear！沒有問題！」

然後，向警戒後方的謝列布里亞科夫少尉詢問狀況，並得到滿意答覆的譚雅露出愉快微笑。心想，太棒了。

對正在突進的部隊來說，毫無來自後方的追擊這種恐怖事態發生的徵兆，是意料之外的好消息。共和國軍司令部內想必是戒備森嚴吧——帝國軍參謀本部的這種擔憂，看樣子是令人吃驚地完全猜錯了。

「這是理性主義者的失敗呢。沒想到竟會有這麼蠢的事。我也得注意一下了。」

看在理性主義者的參謀本部眼中，司令部這種指揮系統的中樞，應該是無論如何都要死守的對象。就帝國軍的常識來看，倘若是共和國軍萊茵方面軍司令部，就該是要宛如要塞一般防護的存在。正因為如此，盧提魯德夫少將與傑圖亞少將才會採用以V－1強行發射航空魔導師這種暴行展開奇襲的策略。

然後……對未知的危險提心吊膽的譚雅闖入敵陣，結果實際踏進去一看，卻是極度鬆懈的後方基地的樣子。

這也就是說，共和國軍的那些傢伙想得太美好，完全不認為這裡會成為戰場。這樣一來……雖然只是推測，但應該能認為經驗豐富的士官也很少。

既然如此，行動就能稍微大膽一點。

看這樣子，毫無疑問是民間金融機關準備的警備要來得森嚴多了。畢竟入館許可證與電子標籤管理實在是非常有效的對策，警備人員的心態也不同。

「該怎麼說呢……偶爾蠻幹一下似乎也不賴呢。」

譚雅聳了聳肩，想發牢騷就是指這種感覺吧。民間警備人員會散發著不是你死就是我亡的氣魄也是必然，有著所謂的必要性。這一切就某種意思上來講就是市場基本。

就這點來講，徵兵軍大概就這種程度吧。似乎樂觀地推測敵人不會來到後方的警備兵們，無法期待他們能善盡職務。

「少校，請看那裡。」

「……陷阱的可能性很低吧。是猜錯了嗎？彈藥庫的護衛怎樣也不可能只有四人吧。」

不過，所謂的出乎意料，即是指凡事在發生之前都無法預料。原先預定是要炸燬敵彈藥庫達到擾亂的目的……但疑似目標的倉庫前就只站著四個人，而且還是疑似憲兵，叼著香菸悠哉聊天的一群人。

怎麼可能會有憲兵在彈藥庫前抽菸。很難想像憲兵這種對規矩囉哩囉嗦的傢伙們，會在後方這個形式主義者的天國不守規矩。這也就是說，一切的狀況證據都顯示這棟建築物是與彈藥庫相距甚遠的存在。這對前來這裡的譚雅小隊來說，可說通往目標的錯誤途徑，白白瞎忙一場。

「考慮到光學系偽裝的可能性。折射率有異常嗎？」

「沒有。反應也沒有異常……那些大概就是全部了。少校。」

「……情報部也還真是敷衍了事啊。沒辦法了，少尉，就盡量炸得豪邁一點，減輕拜斯的負擔吧。」

「了解，少校。」

譚雅向點頭答覆的謝列布里亞科夫少尉等人低聲下令「一次解決掉吧」，並將數發術彈裝填進衝鋒槍。

為了小心起見而在攻擊前再度確認，但敵衛兵的人數依舊跟我方一樣只有四名。而且還是一般步兵。只能說太少了。

原來如此，這裡不會是彈藥庫，就只是尋常的儲備設施之類的建築物。這樣一想，就某種意思上也能理解為什麼我們沒有遭到追擊了。對方的四人就裝備來看是憲兵。換句話說，應該只是徒具形式的哨兵吧。

「這裡真的是共和國軍萊茵方面軍司令部嗎？不論是警備兵鬆懈至極的態度也好，實在是讓人難以置信。」

「啊，少校，呃……那個……」

「謝列布里亞科夫少尉，有什麼事就直說吧。我可不認為自己有氣量狹隘到聽不進部下適當的建言喔。」

「是的，少校。依下官愚見……會不會是敵兵意外地只聚集在重要設施之類的呢。」

謝列布里亞科夫少尉戰戰兢兢地提出建言。不過，這個理由也足以讓譚雅點頭接受。以共和國那些傢伙的角度來看，即使他們都逼近到這裡了都還顯得不痛不癢，肯定是根本沒理解到自己正受到攻擊。只要考慮到該優先把兵力分配到不重要的據點上還是重要的據點上，不用多加說明也能清楚知道答案。

「是有可能，這可棘手了。」

……唉，譚雅嘆了口氣，沉重的未來構圖壓在她的肩膀上。

倘若沒有敵兵迎擊的理由，不是因為敵軍無能，而是這邊並非重要區域的話呢？面對超乎預期的抵抗，拜斯的部隊說不定會陷入棘手局面。

要是這樣的話，我們不僅無法達成目標，還會在絡繹不絕的追擊下，錯失讓潛艇收容的時機吧。不管怎麼說，這都不是什麼好消息。

「很好，少尉。考慮到這點的話，我們就該趕快行動了。」

這是最糟糕的未來構圖。

不對，是無論如何都要避免的最糟事態。我可沒興趣在敵軍的追擊下，在海上遭受攻擊或迷失方向。

「開始排除。上吧，得趕緊收拾掉敵人去掩護夥伴才行。」

因此，譚雅．提古雷查夫魔導少校做出決定。

事到如今，總之也只能上了。

後悔也無濟於事。本打算自己擔任支援，讓部下負責危險的突擊，但考慮到遭到後方追擊的危險，就不能不擔起突入虎穴的職責。

不過就算是這樣，既然不能無視眼前的目標與指定地點，譚雅所能做的就是速戰速決。

莫恥笑官僚主義。就算炸燬一座這種無關緊要的設施，應該也毫無成果。針對這點，真想對疑似掌握到錯誤情報交過來的情報部，狠狠痛罵一頓他們的無能。只不過，現在就算抱怨也完全無濟於事。

因此，現在就算說這些也沒有意義。

既然軍令指定要破壞，不炸燬就是抗命。儘管想大罵一聲「去吃屎吧」，但對經過軍紀教練成為現代國家齒輪的譚雅來說，否決權是打從一開始就不存在的概念。

也就是說不論發生任何事情，既然這是命令，就必須炸掉那棟毫無個性的水泥建築物。

倘若是為了這個目的，就算要排除僅有四人的警備人員，譚雅心中也毫無一絲內疚。

到頭來，開槍的雖然是自己，不過要我開槍的卻是國家的命令。這是經由主權的暴力裝置行使。槍不會射人，人才會開槍射人。軍隊也一樣，是國家命令軍隊開槍的。

而因此扣下的扳機，就跟往常一樣從槍口射出鉛彈，作為極為自然的結果製造出四具曾是活人的蛋白質塊。

「Clear！」

負責支援的譚雅點頭回應這句呼喊，尾隨著走在前頭的部下們踢破憲兵們看守的門扉，闖進建築物之中。向前衝鋒的部下們手段很漂亮。哪怕目標是無關緊要的建築物也毫無懈怠的衝鋒姿態相當可靠。

而譚雅也一面掩護他們的衝鋒一面闖入建築物中。她早有覺悟會遭遇到某種程度的槍戰，更重要的是衝鋒槍在室內戰鬥中相當靈活方便。

從協約聯合軍官手中搶來的衝鋒槍很快就成為譚雅的愛用品。這雖是令人高興的誤算，不過比步槍還要符合體型也是一大主因。雖然這是個她不太想承認的優點。

但不管怎麼說，意氣揚揚闖進建築物中的譚雅等人撲了個空，當場在困惑之餘，閒來無事地將視線移往建築物內部尋求目標。

就某種意思上跟預期的一樣，建築物內部是幾乎沒有使用跡象的空蕩空間。

或者說，完全是空的。

姑且是有清掃過的樣子，但設施內部幾乎是空的。伴隨著嘆息，想說至少找一下紀錄踏進疑似事務室的角落時，發現貼在牆上的便條與月曆的日期是已將近一年前的東西。

連帶本來應該嚴密封鎖的金庫與櫃子都敞開著。試著翻找了一下，找到的盡是顯示這裡已遭到棄置的東西。似乎是在很久以前，就因為距離主要設施太遠的理由遭到封鎖的區域。

這完全是情報部的過失吧。

呃，雖說我也不是特別想抽到大獎，也不是對沒有敵人一事感到悲傷，但也曾經期待過，只要將彈藥庫炸燬……應該就能讓敵軍陷入混亂，所以稍微有點失望罷了。

「看來是撲空了。沒辦法。雖然不太想做白工，不過軍令要求爆破，還是炸掉吧。」

「遵命，少校。那為了小心起見，我姑且去周邊警戒。」

「啊，謝列布里亞科夫少尉，順便通知拜斯中尉一下，說這裡撲空了，沒辦法趕去掩護。真受不了，趕快收拾去下一個目標吧。」

「遵命。」

「很好，來確保我們的退路吧……不對，等等。有魔導反應！」

此時，假如硬要說的話，就是以譚雅而言難得搞錯警戒對象的一刻。與原定會遭遇到包含嚴重抵抗在內的激烈戰鬥局面截然不同，有別於敵軍會不會隨著時間經過重整態勢的擔憂，對應方式極為慢條斯理的敵兵讓譚雅的直覺失去了準頭。正因為如此，一旦望向遠方，就忘了注意身邊的狀況。

在這瞬間，譚雅確實是毫無防備。

不過這反過來說，也就只是如此。

牆壁突然敞開，從中衝出某人身影的光景，在經由大腦處理並感知到的瞬間，譚雅就當場停止判斷。衝出來的不是某人。這裡可是敵地，換句話說就是不需要更進一步的判斷材料。

當她做出「是敵人」的判斷時，譚雅的腦內就接收到敵人衝來的情報，在感受到敵人帶有敵意的視線後，霎時間，譚雅就以幾乎是機械裝置的精密度做出反應。

迅速將干涉式封入衝鋒槍的術彈中隨意射擊。然後在這場室內壓制戰中，衝鋒槍創下壓倒性的成果。

所幸注重奇襲衝來的敵魔導師防禦膜也很薄弱，光靠九mm手槍彈與貫通術式就能輕易貫穿他們的防禦，讓毫無任何防禦的血肉之軀遭到數發子彈擊中，沒兩三下就喪失戰力。

「Engage！（註：進入戰鬥）進入室內掃蕩戰！」

緊接著，其餘三人也隨即朝在中彈衝擊下趴倒在地的敵魔導師開槍射擊。

正因為自己也是魔導師，所以他們非常清楚，所謂的魔導師意外地頑強，以為區區數發手槍子彈就能解決掉魔導師的想法就只是過於樂觀的推測。

而還活著的魔導師，就跟拔掉安全栓的手榴彈一樣，在讓他們停止呼吸之前，完全沒辦法安心下來。畢竟他們是只要稍微……真的只要還稍微有點餘力，最壞就很有可能自爆的對手。

讓他們停止呼吸，就算會太慢，也絕對不會有太早這回事。譚雅自己有徹底灌輸部下們這個觀念，所以對被迅速解除危險性的敵魔導師來說，他們是從來就沒有機會抓到反擊的契機。

於是，在處理完突發遭遇戰之後，譚雅等人就立即將槍口指向冒出敵人的密門，打量裡頭的情況。

會不會有後續敵兵衝出來的念頭，就算只是瞬間閃過腦海，也讓人焦躁不安，感到不舒服的緊張感。不過，別說是腳步聲，除了他們身上的槍械與裝備隨著身體微動發出的叮噹聲響外，周遭是一片鴉雀無聲，看不出變化的徵兆。

「……這裡似乎比預期的還要深！」

接著，用腳把屍體踢開的部下在慎重調查過敵魔導師衝出來的牆壁之後，咂嘴不止地傳來了報告。

敵魔導師衝出來的密門隱藏得極為巧妙，看樣子似乎是通往地下的門扉，而且還可以預期，內部恐怕是深不可測。

「究竟有多深？」

「請來看一下。」

「怎樣？」

然後，在槍燈的光源範圍內怎樣也無法一覽全貌的昏暗階梯就宛如永無止盡的通道，讓譚雅也不禁看得止住了呼吸。

這個階梯的深度非比尋常。恐怕，這棟建築物就算遭到一般的轟炸或砲彈直擊，地下區塊也能毫髮無傷地存留下來，深得搞不好就連遭到列車砲的二八〇mm砲彈直擊都能倖免於難。而打從出入口是用牆壁隱藏起來時，即可推測這裡設有極為慎重的偽裝。

倘若不是敵魔導師輕率地發動攻擊，恐怕會完全疏忽掉隱藏在這裡的某些事物吧。這種複雜到不舒服的防範手段，讓人嚴重感受到情報人員特有的偏執感。或許情報部是對的，自己以為這裡什麼也沒有的感覺是不當的過小評價吧，譚雅在心中稍微修正對他們的評價。

只不過，在究竟要怎樣才會把這裡誤認為是彈藥庫的這點上，她相信就整體來講這應該是他們的過失。不是想主張情報部是徹底的無能之輩，但錯誤實在太多了，導致在關鍵的部分無法對情報的可靠性寄以信賴。

只不過，對方犯了錯，而我方沒有犯錯。

這將會對我方帶來很大的優勢。特別是能優先發動攻勢的權利，不用說當然會在這個場面上造成極大的影響。不限於戰爭，在一切名為競爭的某種生存鬥爭上，犯錯的人都會陷入最為不利的局面。這正是大自然的法則。

「少尉，看這樣子，我們說不定意外地抽到大獎了。」

「可是，以彈藥庫來說……」

疑似把「不覺得太詭異嗎？」或是「不覺得很奇怪嗎？」這些話語一一吞下肚的謝列布里亞科夫少尉，她的判斷是對的。當然，自己也絲毫沒有想主張這裡是彈藥庫的念頭——譚雅向她點頭示意。

「是啊，這裡不會是彈藥庫。不過既然都特地做到這種地步了，就肯定藏著某種東西。喂，集音。有收到聲音嗎？」

「有複數音源，恐怕是談話聲。」

順利到讓人想爽快地大喊一聲賓果的狀況。面對敵人更進一步犯下的錯誤，譚雅向副官露出滿意笑容。

所謂，謝列布里亞科夫少尉，這樣妳懂了吧？不論待在地下的是誰，都是一群躲在這種地方偷偷摸摸策劃詭計的傢伙，肯定會是高價值的目標吧。

而接下來的事就算不用明說，以謝列布里亞科夫少尉為首的其他人也都十分清楚。

「收聽得到對話嗎？」

「相當困難。不僅距離遙遠……而且從回音來看，設施內部看樣子是座迷宮。」

儘管眾人猛然充滿幹勁地埋首收音，但令人困擾的是，就算想取得更多的線索，聲音也反射得相當厲害，勉強收聽到的聲音只能說夾帶著相當嚴重的雜訊。

……但就算無法聽清楚對方的話語，也仍舊是有收聽到聲音。

然後從聲音的回音來看，代替簡易聲納使用的音源位置相當的深。這樣一來，衝進去就有點過於危險，譚雅很快就感到風險讓天秤傾倒了。雖說不入虎穴焉得虎子，但對現在的譚雅來說，也沒什麼一定要勉強求得虎子的理由。

就算這可能是陷阱的想法是多慮了，但要是敵人自暴自棄，最壞的狀況就是在對方自爆時無路可逃，她可不希望碰到這種事。用常識判斷會躲在這種地下深洞裡策劃某種計謀的傢伙們太危險了，譚雅對此深信不疑。

要是裡頭有群魔導師以自爆為前提發動大規模術式，最壞就甚至得做好敵我雙方都會全軍覆沒的覺悟吧。潛入有敵魔導師潛伏的地下空間進行室內近身作戰這種事，簡直就是一場惡夢。

不過，此時譚雅卻覺得有點不太對勁而感到疑惑。懷著「不可能吧」的念頭再三確認後，依舊是幾乎沒感應到疑似魔導師的反應。雖說因為地下空間太深所以感應不到魔導反應這種事也不是不可能。

「少尉，我感應不到魔導反應。妳那邊呢？」

「報告少校，我這邊也沒有感應到。」

就連小心起見地向謝列布里亞科夫少尉確認，所得到的答案也依舊不變。

……這也就是說，敵人竟缺乏快速反應態勢到這種地步，或著單純只是這裡聚集著非魔導師的人員。但不論真相為何，這意味著這裡沒有會展開防禦殼與防禦膜的魔導師存在——至少就算如此判斷也似乎沒有問題的樣子。

這換句話說……就只會是工作起來會非常輕鬆的意思。在與魔導師交戰時總是無效的手段，在這種情況下也會非常有效。

這是以前在諾登勤務中學到的事。防禦膜確實有可能讓毒氣喪失作用，但魔導師可是生物，並沒有優秀到連沒注意到的有毒物質都能篩選出來防護的程度。

換句話說——

「……雖想要俘虜，但我們沒有太多時間。不得已，只好解決掉了。」

「要衝進去嗎？」

「少尉，啊，對了，貴官當時不在諾登呢。這是一種小技巧。知道的話，意外地挺方便的，我就教教妳吧。」

譚雅在如此喃喃說道後，就身為上司以笑容面對前途看好的部下，說出一個小建議。

「聽好，少尉。一氧化碳的效果很適合這種密閉空間。雖說要重視即時性的話，就是製造氫氣，再刷根火柴吧。」

「……可是，以單純的爆破威力……不對，是氧氣嗎？」

「沒錯。氧氣這東西可是意外地輕。特別是在這種密閉的地下環境中，更是該注意窒息的危險性吧。」

既然是地下空間，只要用爆炸把氧氣燒光肯定就一網打盡了。儘管意外地容易被遺忘，但窒息可是很可怕的。

或是說，身處在密閉空間裡，光是衝擊波就是一種過於充分的威脅吧。

就算設有數個逃生通道，在成功抵達之前也還有衝擊波與惡性氣體平衡在等待著。姑且只要在製造好氫氣後額外發射一發燃燒系氣化爆裂式徹底地奪走氧氣的話，就萬無一失了。就以本來毫無一絲期待的倉庫來講，這算是相當不錯的戰果吧。

「把氧氣燒光吧。準備展開術式，倒數計時。」

一邊盡可能抑止術式的顯現，一邊構成術式。為避免讓地下的傢伙們察覺到，直到最後一刻都不能鬆懈。這是將對現實的干涉式盡可能以假想方式啟動，直到投射之前才展開的手法，所以奇襲效果高，威力也不會削減太多。

當然，我不否認用這種手法顯現術式是非常麻煩的事，也因為如此這種手法不太方便在實戰中使用也是事實。畢竟，考慮到這種手法不僅要多費功夫控制還很耗費時間，就還是按照一般程序啟動術式比較簡便受歡迎。

不過隱密性很高，最適合用在奇襲上。雖然就只因為很費功夫這一點，導致這種技巧在平時的遭遇戰或高機動戰中鮮少有機會使用是很可惜，但就算是魔導師也相當難以應付在投射之前以這種方式顯現的術式。

更重要的是，縱使有魔導師存在，後方基地的魔導師頂多只有教科書程度的應付能力。不覺得他們會幹練到能應付這種壕溝戰與非正規作戰特有的陰險襲擊方式。

「三、二、一，發射！」

伴隨著吶喊顯現並投射術式。

散發大規模魔導反應，並將豪邁引發的威猛熱量砸進地下深處，同時準備下一發攻擊。

連續發射與急速展開術式，對於第二〇三航空魔導大隊這種在高機動戰中磨練過來的老兵來說可是看家本領，俐落地連續顯現燒夷彈系的燃燒術式，意圖盡可能地擴大戰果。

論為目標的敵人，就只有兩條路可走。一是被衝擊波炸死，二是被火燒死。差異就只在於程度，下場則是大同小異。

而在工作結束後就是頭也不回地迅速脫離。俗話說做就要做到最好，就盛大地燒下去吧。譚雅就在臨走之際小心起見地再投射一發燒夷彈系的燃燒術式，同時率領著部下衝出建築物。

畢竟，雖說已重複過很多次，但譚雅已經沒有時間了。

時間限制的要素在她腦內宛如警鈴一般響著。由於參謀本部過於高估敵軍的對應，所以將時程表訂得格外緊湊。

以秒為單位制訂的時程表僅有十分鐘。要在這短時間內襲擊敵軍的後方司令部，就不得不進行嚴密的時間管理。

不過，縱使設定了十分鐘的預定時間，這也預估會是相當危險的數字。一旦超過這個時限，部署在附近的數個敵軍部隊就會開始做出對應。這樣一來，想要確保退路就相當絕望。

就算司令部的警戒鬆懈得像是在開玩笑，我也不想懷著周邊的實戰部隊也同樣可笑的樂觀預期遭到包圍。

所以沒辦法再耽擱下去了。就展開一切投射火力當作是餞別禮，並在射光彈藥的同時衝出建築物。如今共和國軍應該已經察覺到我方的襲擊了吧。

姑且是假設會遭到追擊的危險性，一面以雙機編隊互相掩護，一面在設施內部移動，但就連花費在掩護上的時間也讓譚雅心急難耐。

「少校，拜斯中尉的隊伍報告C是錯誤目標。」

「收到。該死，看來無法期待敵軍的對應會陷入混亂。要他們無論如何都要掃蕩B地點，這邊會試著想辦法處理掉A地點，立刻傳達下去！」

「遵命。」

然而，儘管為時已晚，但敵兵們也開始展開反擊。就不能再乖乖安分幾分鐘嗎！

所幸這裡是有別於前線的戰壕與無人地帶，完全不缺可燃物質的後方設施。注意到敵兵使用的遮蔽物不是土牆而是建築物的事實後，譚雅隨即做出決定。所謂，這種時候就乾脆相信我們防禦殼與防禦膜的防禦性能放把火燒了吧。

「注意！氣化燃燒術式三連發！目標，周邊三百六十度！」

「這會連我們一起燒死的！」

一臉驚恐的謝列布里亞科夫少尉瞬間反駁的話有一半是對的。沒錯，在建築物密集處使用氣化燃燒術式，就像是想燒死自己一樣。

只不過，譚雅幾乎是鐵了心的微笑回以怒吼。

「敵兵會比我們先被燒死！動手！」

看來這句話讓她終於回想起我們所置身的狀況。謝列布里亞科夫少尉不再反駁，跟著自己開始建構術式。

作為單純的事實，魔導師比步兵難被燒死。這就是所謂的難燃性萬歲。

接著在譚雅的一聲令下，全員幾乎是無差別地分別朝四面八方射出的術式，就在轉眼間將周遭燒成一片火海。

雖說不是不覺得火勢蔓延得有點太快，不過既然能讓共和國軍士兵們驚慌逃竄無暇理會我們就相當不錯，當作是件好事吧。

但要是被自己放的火燒死就太蠢了，所以譚雅就趁著無人阻擾的好機會再次向前突進。

就這樣趕在火勢擴大之前迅速衝離建築物，並隨即偕同部下們飛奔而出。

這乍看之下，會以為他們是想逃離火場吧。而這裡對共和國軍來說可是自家地盤，會有膽子立即朝逃離火場的人開槍的人應該很少吧。

附帶一提，這也有大半是真心想要逃命，所以演技也肯定相當逼真吧——譚雅苦笑著補上這一點。

不管怎麼說，看在譚雅眼中，共和國軍展現出的混亂局面，怎樣都不覺得他們有預測到我方的襲擊。

我本來甚至是做好覺悟，眼前會立刻衝出準備好組織戰鬥態勢的敵軍，然而實際一看卻是東逃西竄的敵兵，頂多就是偶爾會碰到根據個人判斷勇敢抵抗的個案。但坦白講，這都是些臨機應變的應戰，而且還對應得極為混亂。

這要是在萊茵戰線，如今早就呼叫預置砲兵，針對敵方認定我們所潛伏的區域發射宛如淋浴一般密集的砲擊吧。只不過，是不習慣在後方基地戰鬥嗎？這大概是文化差異吧。

「01呼叫各員。目標A襲擊完畢。時間已到。回報狀況。」

「目標B襲擊完畢。中獎了。」

唔，看樣子B是司令部，C則是某種東西的儲備倉庫。不管怎麼說，既然成功襲擊了敵方司令部，就能期待敵軍陷入混亂。所幸，就算有鄰近部隊緊急起飛追擊，只要無法掌握我方的逃離方向就不會有事吧。

「收到。開始撤收。全速脫離。方向北上。信標設置在10:00後。」

既然如此，就不用考慮安全策略，直接脫離讓潛艇回收吧。但不管怎樣，成功脫離後都必須整理好戰果報告回報給參謀本部。

唉，這很明顯是做了超出薪水價值的勞動，下期的獎金絕對要他們大幅加量。啊，還必須幫部下申請授動推薦呢。

chapter I

## 統一曆一九二五年五月二十五日　聯合王國／白廳

絕對不允許大陸上產生獨一無二的超級強國。因為這代表著聯合王國將不得不與整個大陸對峙，是在地緣政治學上的一場惡夢。

這對聯合王國來說是對外政策的基本。

正因為如此，打從帝國這個最後登場的列強誕生以來，就一直是讓他們深感頭疼的存在。儘管表面上是對民族自決表示認同，私底下卻是對這個過於強大的國家擔憂已久。

實際上，他也認為這件事非常嚴重。不對，恐怕就連在聯合王國之中，他也是最為擔憂此事的其中一人。認為對受到神選而光輝燦爛的聯合王國來說，這正是對天命的一場重大挑戰。

正因為懷著這種想法，所以當帝國這個強大列強一如字面意思死命地想要咬破周邊諸國的寬鬆包圍網時，也讓他回想起最糟糕的事態而氣得全身顫抖。

心想著，那些傢伙實在太過危險了。實際上，當理解到就連共和國幾乎算是奇襲的參戰都被帝國擋下來時，聯合王國的軍方相關人員甚至驚恐地跑來與他促膝長談，商討事後的對策。

事情到這裡都還算好。

然而卻——他猛然怒不可遏地將嘴中的雪茄用力壓在菸灰缸上，在心中發出咆哮。大罵著這群蠢蛋。隨後吐出煙霧，以所能想到的一切髒話痛罵那群開始沉浸在無可救藥的欣快感之中的愚蠢紳士。所看到的每一個人都放鬆神情滿意地露出開朗笑容的模樣，讓他不得不抱頭苦惱。

在前幾天，帝國軍放棄了低地地區的防衛線，並為了整理戰線而撤退。看到這種情況，就連他的友人們都自以為是地說出「不得不判斷如今這場戰爭的結果已相當明確」的這種話，甚至還已經有笨蛋開始說著「等戰爭結束後，我想在社交界與帝國的老朋友們重修舊好」這種話。

看在他眼中最難以置信的是，就連毒舌批評家與懷疑主義者都一本正經地在報紙上談論起帝國軍已逐漸露出其脆弱的側腹部等，足以認為是在質疑帝國軍續戰能力的論述。

正因為如此，當人人都安心地鬆了口氣時，他才會感到氣憤。

他所氣憤與侮蔑的對象，就連聯合王國的樞要也不出例外。畢竟整個白廳裡，都迴盪著他們對於能藉由己身之手恢復勢力均衡和諧一事所吐出的安心嘆息聲。

紳士顯貴們邊一手拿著撲克牌，邊談論著戰爭恐怕就快結束的話題，這份光景正是聯合王國的眾人鬆懈到何種地步的佐證吧。這或許是對擁有壓倒性強大力量的帝國會占領大陸地區這種未來預測所產生的反動。帝國勢如破竹的攻勢，意味著勢力均衡政策的崩壞，這曾經是讓聯合王國的顯貴們回想起海洋國家單獨對抗大陸國家這個惡夢的狀況。

不過如今這也是「曾經」的事了。正因為如此，眾人就算想努力克制，也依舊是眉開眼笑地脫口說出這些話來。如今迴盪開來的笑聲，正是他們對能夠避免國家安全上的惡夢這個光輝燦爛的未來所爆發開來的喜悅。

正因為如此，像他這樣煩人地高呼帝國威脅的人，就默默遭到眾人迂迴地敬而遠之，最後還被委婉地溫和告誡「再次討論已經結束的難題很令人沒勁，不是嗎」。只要看這種樂觀論的擴散情況，應該就能輕易察覺到，就連本該是馬基維利主義者的政治家們也都沉浸在欣快感之中吧。真是一群天真的傢伙！

所以——儘管他滿腹煩躁，今天也只能帶著焦慮感出席內閣會議。

「諸位紳士，我們的友人共和國看樣子是幫我們把事情解決了。」

前些日子還將以苦惱與煩悶為名的布料量身打造的憂鬱穿在身上的首相，今天則是深深地坐在椅子上，邊優雅抽著雪茄，邊喜上眉梢地喃喃說道。

臉上的神情還算是有靠著自制心克制，但就算是這樣，在座的閣員們依舊能從他愉快揚起的嘴角與莫名筆挺的訂製西裝上，輕易看出他目前的心情相當愉快。只需看一眼臉色紅潤、毫無黑眼圈的首相，任誰都能立刻察覺到首相應該睡得很安穩吧。

這讓本就煩躁的他看得相當氣憤。有關首相的政治能力，姑且不論內政問題，在外交問題上已經完全無法期待了吧，他很快就對將來感到不安。

如今就只有他能守護住受神祝聖的祖國未來。

畢竟——他鬱悶地看向在座閣員們的幸福嘴臉，怎麼看也不覺得他們有能力做到。

「或許還有點言之過早……但這樣週末應該又能在共和國的咖啡廳與老朋友敘舊了吧。姑且不論愛國情緒，我還挺懷念葡萄酒的味道呢。」

「是呀。對了，那個國王餅（註：galettes des rois，法國的傳統點心）樸素的味道也意外地難以割捨呢。」

坐在首相對面有著老紳士風範的大臣所喃喃說出的一句話，讓許多閣員紛紛點頭附和，展現出對日常即將回來的期待感。這份光景之中瀰漫著一種唯有他難以理解的樂觀論。

不過，這看在其他列席者眼中卻是顯而易見的結論。麻煩的戰爭就快結束了。這樣一來，共和國和聯合王國之間的定期渡船應該也會再次航運，所以豈不是又能在共和國的海岸上，邊吃著國王餅邊享受葡萄酒嗎？眾人就像這樣悠閒交談。

說穿了，就是在座閣員幾乎人人都在品嘗從緊張感中解放開來的喜悅，因此他們甚至有那個餘力對自國貧乏的飲食文化露出淡淡苦笑。

不用說，是還沒有人說出「戰爭結束了」這種話。縱使除了他以外，閣員們都露出徹底鬆懈的神情，但他們也還沒忘記帝國軍依舊存在的事實。畢竟他們絕非已經全滅。

但就算是這樣，只要維持戰爭所需的必要工業基礎全面失陷，也跟氣數已盡一樣。縱使他們擁有再精悍的軍隊也無法扭轉乾坤——那群傢伙皆一副自以為是的嘴臉如此說道。

「諸位紳士，倘若基於現況考慮往後的方針，我們就必須關注戰後情勢進行介入吧。要重新制定勢力均衡政策，還有著堆積如山的重大難題呢。」

既然已知道結果，問題就是之後的事了，首相以下的眾人皆擺出這種姿態。對他們來說，該處理的問題已是帝國敗北後的世界秩序了。

「我們的友人可是幫忙承擔了大半的負擔，這樣實在是沒辦法由我們獨享一切的成果，是該幫他們一把吧。」

「雖然還存在著對聯邦問題與合州國的借款問題，但首先在國家安全環境的改善之下，應該有辦法降低我國的軍事費用吧？」

然後考慮到戰後秩序的確立與重新制定……如今總算是來到聯合王國該表明立場的時期，而且這恐怕還是一個能坐享其成的好機會——甚至還有人如此慶賀勝利。這儘管困難，卻是份有價值的工作——眾人皆以這種語氣開始議論。

「現在談這些，實在是還有點言之過早。我們現在總之應該先活用不處於戰爭狀態的現況，進行議和的斡旋吧。」

「我贊成。應該要命令各部會針對和平條約進行事先調查。此外，還要出動艦隊對帝國進行一定的示威行動，暗示他們要是不盡快議和就會與聯合王國為敵。」

然而，即使眾人再怎麼說著腳踏實地的意見，所說的見解也全是基於「戰爭就快結束了」的認知。

「沒錯，只要出動皇家海軍就沒問題了。就算是帝國，一旦與世界最強的海軍與世界屈指可數的陸軍為敵，也會放棄持續有勇無謀的抗戰吧。」

「畢竟那些傢伙可是嚴重到讓人厭惡的理性主義集團，只要理解我方介入所代表的意義，說起來甚至有可能在參戰之前就簽署和平條約。」

這是完全是樂觀過頭的意見。

聽到這裡，讓他實在是忍無可忍，當場就在無論如何都想插嘴的衝動之下站起身來。

「馬爾博羅海軍大臣，有事嗎？」

「首相，恕我失禮，但我們是不是該稍微腳踏實地一點？『Lauso la mare etente'n terro』（讚揚大海吧，但你要確實站在大地上），想不到會有這麼一天得向諸位紳士述說這個道理。」（註：法國普羅旺斯地區的俚語）

「馬爾博羅海軍大臣，要跟管轄海軍的你說這種話也很可笑，但我國海軍所擁有的可不是中世紀的槳帆船，而是包含超無畏級戰艦在內的主力艦喔。」

他非常清楚會有諷刺家根據俚語典故的意思指責錯誤。正因為如此，被稱為馬爾博羅海軍大臣的他才會緩慢地重新叼起雪茄，抽了一口後堂堂正正地發出反駁。

「羅魯伊德財政大臣，恕我失禮，但希望你不要從典故而是文意去理解這句話。我們只能靠地面部隊擊敗帝國。畢竟他們可是大陸國家，就算航道遭到威脅也不足以成為致命傷喔！」

「馬爾博羅海軍大臣的話大致上也很合理。但就算是這樣，不論帝國怎麼做，他們都正逐漸失去西方工業地帶。這樣可打不了仗吧。」

然而，很可悲的，他的反駁終究只有在純粹的軍事觀點上獲得贊同。一如羅魯伊德財政大臣語帶諷刺指出的，當西方工業地帶這塊帝國的一大製造據點失陷時，帝國維持戰爭的基礎恐怕也會嚴重受損。

所謂，這樣一來他們就完蛋了。就算是帝國也只能把劍放下了吧。就算沒有表現在話語上，但聽在馬爾博羅耳中，他這句話怎樣都是這個意思。

「要我以財政大臣的身分發言的話，說到底現在不論是帝國還是共和國都幾乎已斷絕財源。再維持數個月相同規模的支出看看。戰後的財政赤字最少也要四十年才能償還完借款吧。」

然後作為佐證，他甚至述說起該稱為大幻想的財政限制。所謂不管怎麼說，以帝國為首的參戰各國的財政皆已出現問題。而認為這個話題愚蠢至極，伸手拿起手邊茶杯的羅魯伊德，心底大概很瞧不起這些明知會財政赤字還依舊參戰的國家，充滿著這種小聯合王國的脾氣吧。

「但就算這麼說，一旦決定參戰，要是慢人一步也頗令人不悅。姑且還是做好派遣艦隊的準備，並向地面部隊發出準備遠征的命令吧。」

而馬爾博羅海軍大臣完全無法理解，似乎沒能理解到這個事態的嚴重性與未來輝煌榮耀的偉大性的眾人為何能如此悠哉。其他的閣員們竟然裝模作樣地擺出一副要確實做好萬全安排的態度允許「準備」？就他的主觀看來，這樣很有可能會太遲了。

「恕我失禮，只要有命令，我隨時都能下達準備派遣艦隊的指令。但是，難道諸位真的相信帝國會乖乖撤退吞下議和條件嗎？諸位紳士，難不成你們全都相信帝國真的會這麼做嗎？」

因此，整張臉漲紅得就像鬥牛犬一般的馬爾博羅海軍大臣才會嘶吼著極力反駁。他真想大叫一聲，別開玩笑了。只不過，馬爾博羅海軍大臣同時也理解到，自己的預想甚至不是最惡劣的玩笑話。

冷冷注視著自己的數道眼神，即是他們也跟自己一樣，在心中低語著相同一句話語的佐證。所謂：「準備派遣？你在開玩笑吧。」

「倒不如說，之後的事還比較困難。戰後復興才是真正的課題吧？協約聯合與達基亞的戰後復興經費要從哪裡調度？希望你能考慮一下我國的黃金儲備額。就算是西堤區，要到說能不能湊出錢來協助他們復興也很微妙。」

「就算是這樣，要是變成無政府狀態讓共產鬼子們四處作亂也是本末倒置。還真是讓人傷腦筋。還必須得要注意聯邦的動向。」

財政大臣與內政大臣彼此說著「就這麼決定了」，一副不需要再多加議論的模樣。當然，他們說的話也有他們的道理。會深刻認為戰爭結束後的善後是更加重要的難題，也是他們兩人真摯地擔憂一國的財政問題與經濟混亂將會如何地容許共產主義者在暗中作祟。

「……馬爾博羅海軍大臣，還有事嗎？」

正因為如此，對於緊咬著已經結束的事情不放的馬爾博羅海軍大臣，首相的語氣顯得有些不耐煩。

「善後處理的討論也很重要。不過希望諸位紳士理解，這一切都必須要等到終戰前的小工作還有諸位紳士所設想的案件解決之後。倘若可以，我希望能迅速制定派兵計畫。」

「假如派遣的話……也對，姑且是該考慮一下帝國軍海軍的存在。這樣一來，就有必要作為海軍的管轄案件護送大陸派遣部隊。換言之，計畫案是身為海軍大臣的馬爾博羅公爵的管轄吧。計畫的制定就隨你高興吧。」

首相以不太耐煩的語調輕易下令許可，要他在海軍大臣的權限內愛高興怎麼做就怎麼做。首相滿腦子的念頭，都是想解決以嚴峻的北方問題為代表的國內問題，還有該不該花費時間處理對外問題的糾葛。

說明白一點，就是現在整個內閣會議充滿著對想一頭闖進戰爭之中收割榮譽的海軍大臣略為不耐煩的情感。

「話說回來，海軍大臣。我知道這不在你的管轄之下，但你知道我國能派到海外的陸軍總共有多少嗎？是七個師團加上一個騎兵師團喔。既然不能把鄉土防衛志願軍派遣到海外，老實講，這種程度的兵力究竟能做什麼？」

「不是能跟共和國的共和主義者們一起死嗎？」

正因為如此，當首相夾帶著身為一國領導人對於不願去做自己想做之事的人的煩躁感無意間說出這句話時，馬爾博羅公爵以毅然語氣答覆的這句話才會讓他心頭一驚。

去跟共和主義者們一起死？……他是說要為了這種理由讓年輕人上戰場？

而出席內閣會議的與會眾人也幾乎同時理解這麼做在政治上的意義。只要一度讓聯合王國士兵與共和國士兵一同穿上軍靴齊步走上戰場並肩作戰，最後在帝國的攻擊之下命喪沙場，聯合王國就絕對再也無法抽身了吧。就算聯合王國士兵只有出現一名死者也一樣。

「馬爾博羅公爵恕我失禮，但我們為何偏偏要為了共和國流血？大陸的安定只要交給共和國這名農夫耕耘，讓我們紳士地收穫成果就好。」

「我並不是贊同內政大臣的說法，但到頭來也沒必要主動闖進可以撲滅的火場之中。」

因此，閣員們蹙眉反駁的行為，是相信盡可能不被捲入這種愚蠢事態之中才能實現聯合王國的國家利益之人所提出的質疑。

「到頭來，大幻想似乎說得沒錯（註：《大幻想（The Great Illusion）》是一九三三年諾貝爾和平獎得主諾曼．安吉爾的著作，主張經濟合作利益大於戰爭利益，使得戰爭已成為「日益困難和不可能」）。如今演變得要以這種規模展開的戰爭，相對於費用是怎麼算也划不來。單純只是浪費。你有看過財政部統整的參戰國財政狀況嗎？」

認為這樣太蠢了，這種不合理的浪費不可能一直延續下去，質疑著我們究竟有何必要去做這種浪費行為。這是在數字的支持下，就某方面來說算是正常的感覺。

「財政大臣恕我失禮，請問這些數據是真的嗎？」

「千真萬確，現在參戰國的戰爭費用已有過半依靠國內債或外債。特別是合州國正藉由擔任大部分國家的債權國急速擴大自國的影響力呢。在這方面上，就連共和國與帝國也不出例外。就連制定臨時追加預算案將大部分的國家預算作為軍事預算，也仍然不夠。」

「真受不了，那麼近期內，帝國毫無疑問會因為賠償金等問題積弱不振了。倒不如該擔心共和國政局不穩定的情況吧？」

這反過來說，就是他們確信參戰各國目前正處於這種苦境，才會提出這種意見。換句話說，就是他們認為戰爭就快結束了。畢竟不論是哪個國家，都沒有餘力不斷持續這種亂來的行為。

因此，就算馬爾博羅海軍大臣無法平息滿腔的怒火，在受到神選的祖國不肯採取行動的現況下，他也只能以以防萬一的名義制定派遣計畫。

倘若要加上但書的話，就是對馬爾博羅海軍大臣來說，這項預定過沒多久就被臉色大變衝進室內的海軍部軍人所告知的，讓聯合王國的假設前提打從根本崩壞的事實給徹底推翻了。

[chapter]

# II

第貳章

# 過遲的介入

# The intervene, Which was too late

來吧，各位。

在戰爭藝術的歷史上增添我們的頁面！

——盧提魯德夫少將（當時） 關於解鎖作戰——

## 統一曆一九二五年五月二十五日　帝國軍最高統帥會議聯絡處會議室

那一天，對出席帝國軍最高統帥會議的眾人來說，伴隨戰線驟變的情勢變化，是甚至足以引起輕微恐慌的情況。要是臉色蒼白的官僚們毫不掩飾地一齊瞪大眼睛凝視著帝國軍參謀本部的出席者，任誰都能輕易察覺到這場會議將會充滿著火爆氣氛吧。

整起事件的開端，是帝國軍在低地地區做出驚人的大規模後退所導致的戰局變化。

因此，當參謀本部戰務局的傑圖亞少將親自出席會議時，眾人皆認為他會給予適當的說明而紛紛投以注目，不斷地希望他能夠說明事由。

「那麼，請容我說明戰略概要。目前我軍已成功達成大規模的戰線整理，並在成功之餘讓部隊後退至所指定的防衛線上。」

然而，有別於眾人的期待與預測，傑圖亞少將以淡然語調告知作戰進展順利的說詞讓他們失望透頂。

在軍方當中，人稱對後勤與後方組織最為了解的將校就只有這種程度嗎？開始怒目而視的帝國文官與政治家們，甚至散發出一股「就算後退成功又怎樣」的氛圍。

然而，身為當事人的傑圖亞少將卻絲毫不以為意，一副「啊，這豆子用得真好」的態度露出微笑，就像是在細細吟味似的將咖啡一飲而盡，在眾人面前滋潤喉嚨。

豈止如此，他還開始在會議室準備的雪茄盒中一一挑選起雪茄。

然後「啊」了一聲，在抽起雪茄之前不太甘願地開口說道：

「因此，參謀本部研判在眼前的戰略情勢下，可以認為只有共和國軍算得上是帝國的威脅。緊接著，請容我報告有關海上戰力的各種動向。」

到頭來，儘管集「應該還有其他事情要說吧」這種視線於一身，傑圖亞少將也依舊輕易結束陸戰事項的報告，然後在目瞪口呆的列席者們面前，突然從外交相關的觀點開始無其事地始報告起海洋戰略的概要。

「基本上，艦隊戰力並無太大變化。根據最新的情勢報告，協約聯合艦隊儘管正受到聯合王國名目上的『拘禁』，但實際上卻是『保護』。有關船上人員，也沒有特別遭到拘束的報告。」

這是已在這個會議室中討論過不下數次的已知情報。在眾人目瞪口呆地注視之下，傑圖亞少將以一點也不在意受到眾人注目的態度繼續說道：

「不過，至少在現況之下，我國在海上的重大軍事威脅，就只限於聯合王國海軍以及共和國海軍。」

傑圖亞少將滔滔不絕地接著「因此……」的話語。

這是在這種危機之下讓人難以置信的悠哉態度，因此搭配上他冷靜沉著的模樣，這種說明方式也讓聽眾不得不湧起一股焦躁感。

在這種危機狀況之下，要說他是毫無動搖倒也就算了。這樣或許還能稱他是一名有膽識的軍人。但是，把話說得就像是沒有理解到危機的人，竟然是參謀本部戰務部門的人員，實在是令人震撼。

這讓列席者不得不嚴重懷疑，軍方及參謀本部該不會只有單純以軍事上的觀點評估，因此沒能注意到眼前的危機事態吧。參謀本部的傢伙們到底是怎樣理解這個狀況啊——看在如此疑惑的人們眼中，傑圖亞少將的態度就是如此令人不安。

「財政部有事想說。」

「請。」

「感謝。經由多次警告，我相信各位早已明白，但如今戰爭費用已幾乎是靠國內債在維持。考慮到這種財政狀況，請容我提出警告，戰爭的長期化基於財源的觀點來看，將很有可能引發難以漠視的經濟問題。」

相對於傲然點頭允許發言的傑圖亞少將，財政部的官員姑且維持著形式上的禮儀緩緩開口，不過當他提出這明確的提問時，所有人都屏住了呼吸。

所謂，財政部居然發出如此深入的警告，不對，是情況已嚴重到讓他們不得不說到這種地步了嗎？

「請問傑圖亞少將，參謀本部對這件事有何看法？」

「有關貴方所指出的案件，我方也很清楚了解，戰線是靠著大後方的重大努力與犧牲才得以維持。關於這點，我方十分感謝大後方的協助，同時作為緊急課題，現階段正朝著殲滅共和國軍的方向銳意努力。」

然而面對他的質問，作為參謀本部代表的傑圖亞少將所給予的答覆卻很微妙，甚至該說是悠哉空泛的話語。

只不過，話者臉上的表情清楚述說了一切。

傑圖亞少將在一字一句緩慢地把話含糊說完後，隨即表示以上即是我方的答覆。而他在結束答覆坐下的同時，就重新回到在雪茄盒中挑選雪茄的作業，甚至還對周遭尋求更進一步答覆的眼神露骨地露出困惑神情。

他們應該是有理解到大後方的情況，但這種徒具形式的答覆卻讓人懷疑他們究竟有沒有理解到事態的嚴重性。列席者們各個苦著一張臉，瞬間煩惱起這下該怎麼辦，儘管明知失禮，但這種答覆實在是讓人不得不懷疑起參謀本部對狀況的認知。

「請容我代表內政部直言，如今不僅低地工業地帶實質失陷，就連西方工業地帶也落入敵重砲射程的範圍之中，這項危機倘若無法以軍事手段解決，我國的工業生產力將會面臨全面崩毀的危機。對此，請問軍方有何意見？」

簡直是忍無可忍。

內政官員就像是用全身述說著這句話，同時以急促的深呼吸讓情緒平復下來，並緩慢地，就像是在斟酌遣詞用字似的說出這番話語後，在座的文官們全都打從心底點頭附和他的話語。低地工業地帶……不對，西方工業地帶對帝國而言，只能說是維持戰爭的產業根基。

「身為外交部代表，我方很清楚必須與軍方協商必要的對應方法。目前我方認為在現況下說不定得要採取不得已的政治措施，有關這項認知還請貴方指點是否妥當。」

「身為財政部代表，儘管難以啟齒……」

真虧你們能厚顏無恥地進行戰線整理，犯下讓西方工業地帶暴露在危機之中的蠢事——顧忌將這種話說出口的耳語四起，讓會議室瞬間淪為糾彈會場。而在會議室身陷風暴之中的傑圖亞少將，卻看不出有任何動搖。豈止如此，他還以非常輕鬆舒適的姿勢，一副「就抽這個 Double Corona 嗎？不對不對，既然機會難得就再稍微考慮一下」的態度，在雪茄盒面前邊喝咖啡、邊心無旁騖地挑選雪茄。

隨後在眾人不斷催促與直截了當地要求答覆的聲浪之下，傑圖亞少將才總算是以不耐煩的口氣，一一向主席請求答覆許可，他的這種表現煽動起列席者的危機感與憤怒。

「下官也有耳聞，連在宮中也有著相同的擔憂。有關這點，就請容下官代表軍方，在此向讓

皇帝陛下煩心一事致上歉意。只不過，軍方也確信能早期打開這個局面。」

結果，他又再一次慢條斯理地開口，不知道是膽大包天還是感覺異常地在眾人面前做出難以理解的行動，滔滔不絕地開始向宮廷謝罪。

單純是在浪費時間的對話讓眾人感到憤怒與焦躁，不過在這當中，傑圖亞少將卻還能若無其事地要求幫咖啡續杯，這甚至讓某人竊竊說道，就某種意思上應該要對他的這種遲鈍感給予一定的評價。

突然間，傑圖亞少將就像是在意起時間似的，在眾人面前悠哉看起自己的懷錶，讓相關人員的忍耐限度一起飆升到臨界點。

「……差不多是時候了。」

然後，當他隨口說出「是時候了」這句話後，傑圖亞少將身上隨即聚集起眾人懷疑他該不會要收拾行李回家的凝視視線。

「你說，是時候了？」

要是沒有一個合理的答覆，這事可不會善罷干休啊……列席者們皆如此瞪了過來，不過爽快承受他們視線的傑圖亞少將卻只是無言望向入口大門。

天呀——某人差點仰天長嘆起來，不過就在這個時候，聚集巨大會議室中眾人視線的門扉，開始發出像是從外側遭到猛烈敲打的聲響，這讓列席者們除了一人之外紛紛輕微騷動起來。

「失禮了，請恕下官在會議之中打擾！」

然後，沐浴在會議室內眾人好奇究竟有什麼事的視線之下，新來到的軍人有別於傑圖亞少將而微微退後，就像是被震攝到似的朝會議室內的其中一人投以求助眼神。

「啊，你，代號是？」

不過，就這一句話。

直到剛剛都還在不斷重複平庸對話的人一問出這句話，他就像是猛然回神似的，以彷彿要讓聲響迴盪在會議室中的氣勢打開從懷中取出的通訊文件。

「報告！收到電報『我們是勝過世間一切的萊希』！再重複一次，是『我們是勝過世間一切的萊希』！」

「幹得好！……那麼，請容我向各位報告。即刻起，參謀本部已成功達成『紅黃色作戰』的第一階段——衝擊與恐懼作戰，並同時發起相當於下一階段的解鎖作戰。」

突然打起精神的軍官，以宏亮的男中音朗朗讀起國歌的其中一節。

而在這種場面下聽到他讀起國歌的其中一節顯得驚慌失措的列席者們，就在下一瞬間以宛如遭到煙霧籠罩一般難以置信的表情，眼睜睜看著傑圖亞少將一改之前的遲鈍反應，以機敏的動作迅速起身，並且沒有跟方才一樣向主席尋求發言許可而突然開口。

「目前正在統計最終戰果，不過根據執行部隊回報的代號，我軍似乎已成功摧毀共和國軍萊茵方面軍司令部，或是使其徹底喪失機能。」

你剛剛說了什麼？

某人喃喃說出的這句話即是全部。

已摧毀共和國軍萊茵方面軍司令部？

當某人一臉錯愕地喃喃複述起方才的報告時，他們才總算是理解到事情的重大性。

你是說，已經摧毀了敵軍……敵軍的……總司令部嗎？

「解鎖作戰的主要目的，乃是要將如今部署在友軍防衛線前方的共和國軍萊茵方面軍部隊殲滅。參謀本部視部署在此地區之部隊為敵軍的主力軍，且目前正為了藉由殲滅這批部隊達到消滅敵野戰軍之目的展開行動。」

然後面對這些疑問，傑圖亞少將就像是方才的無精打采是在騙人一樣的，迅速打斷眾人的提問開口說道：

「我軍目前已藉由第一階段作戰成功摧毀敵指揮系統，還請各位靜候進一步的報告。」

「芝麻開門」。

那一天，往來參謀本部的各課課員們全都在一觸即發的緊張感中，懷著難以抑制的激昂感，快步執行自身的任務以準備接下來的行動。

整個參謀本部籠罩在大規模作戰前的激昂之中，其中要說到收到衝擊與恐懼作戰成功報告之際的參謀本部作戰局，更是人人互拍著肩膀歡騰不已。

炸燬共和國軍的萊茵方面軍司令部是出乎意料的奇策，是足以讓眾人驚嘆「沒想到居然能做到如此完美」的戰果，第二〇三航空魔導大隊以出色的表現成功達成了這項任務。

對於帶著滿意笑容讀起成功電報的盧提魯德夫少將來說，這也因此是個象徵吉兆的好開端。在最壞的情況下，至少只要能讓敵司令部暫時陷入混亂的話……在周遭也有傳來這種悲觀意見的氣氛下，認定如果是他們就一定能辦到的成果即是這個。

就連盧提魯德夫少將也心想「傑圖亞那傢伙，還真幫我準備了不得了的壓箱寶啊」的欣喜若狂，甚至現在就想衝到啤酒館不顧形象地高呼乾杯。

衝擊與恐懼作戰所必要的各種機材與人員，全都在戰務局漂亮的安排之下準備妥當，拜這所賜讓解鎖作戰幾乎是按照計畫進行。

正因為如此，當以緊急聯絡之類的理由把傑圖亞少將從會議室中叫出來，卻看到他帶著些許困惑的表情走出會議室大門時，盧提魯德夫少將才會疑惑「戰友究竟是在為何事煩惱啊」。

「外交部剛剛收到重要聯絡事項，說是收到聯合王國經由大使館發出的正式通告。」
「是發出最後通牒嗎？」
「不，真要說的話是完全相反。似乎是擺出『為了恢復和平，如今正是進行國際間協調的時期』這種奇妙的態度。」
隨後他就「啊」一聲理解了。的確，要是在大規模攻勢之前跑來說要斡旋議和事項，確實是會讓人困惑，盧提魯德夫也能理解這種感受。
「斡旋議和事項？又是個微妙的時期嗎……」
「是呀。而且他們的要求之中還有著很大的問題。看樣子是想要我們答應議和的斡旋，但條件偏偏卻是『restitutio in integrum』。似乎還發出通告要我們在一週之內答覆。」
只不過傑圖亞說出的條件，就連盧提魯德夫也不得不略感驚訝。居然說要恢復戰爭前的均衡狀態？
「『restitutio in integrum』？我是不想這麼說，但這是要我們至今以來的辛勞統統白費嗎？別開玩笑了，怎麼可能用這種條件答應議和。這樣一來就完全搞不懂，我們究竟是為了什麼才一連兩次摘除掉周遭的威脅。我可是再也不想看到倫迪尼姆條約的國境線了。」
聯合王國發出的通知雖然時期奇怪到讓盧提魯德夫感到些許困惑，不過所提出的條件卻也讓他打消這種困惑，忍不住咆哮起來。

他們的意思也就是說，我們要求要讓我們的國家安全環境恢復到戰前的狀況吧。

可以理解這是基於勢力均衡論提出的要求。換句話說，這完全是以聯合王國為中心的提案。當然，盧提魯德夫的理性能夠理解，這在外交等追求國家利益的運動上是迫不得已的事。不過就算是這樣，這種話也未免太自私了。有點難以置信的他，認真凝視起傑圖亞少將的表情，就像是想從他臉上找出這是在開玩笑的訊息。

然而在他的注視之下，傑圖亞少將臉上卻也跟盧提魯德夫少將一樣，有著對這難以理解的提案所感到的困惑。

所以，盧提魯德夫少將這才總算明白。原來如此，難怪傑圖亞那傢伙的表情這麼奇怪。要他說的話，這是將完全偏離焦點的外交提案，而且還是以過於自私的態度提出的通知，讓人不得不感到困惑。

「你說得沒錯。但要是無視，他們很有可能會介入戰局。目前已發現到有一部分的聯合王國艦隊開始作戰行動。不過有關敵情的詳細情報，還正在與大洋艦隊司令部確認當中……」

解說

【restitutio in integrum】為外交慣用語，意指「恢復原狀」。具體來說就是要恢復紛爭前的狀態，在此指要回歸「開戰前的國境線與外交條約」。

只不過，他會一臉「事有蹊蹺」的背後原因，也是因為無法從聯合王國送來的外交文件當中捕捉到他們的用意而感到困惑。

想不透聯合王國當局究竟在打什麼主意。他們的外交提案中有著該說是自私自利的文章，只顧自身方便到露骨的程度。只不過，帝國方面卻讀不出他們撰寫這份文件的背後用意。

以帝國的立場，很難接受這種要恢復戰前狀態的提案，除了拒絕之外沒有其他可能性，這也就是說聯合王國是預期會遭到拒絕而提案的話，即可推測他們大概是想要攻打帝國的藉口。

但就算是這樣……為何沒有發出最後通牒？

不對，在這之前，那群唯利是圖的傢伙，會有可能一頭栽進看不到利益的大陸戰爭之中嗎？關於這點也沒有人有任何把握。倘若再加上聯合王國的本國艦隊儘管身處在這些奇怪的情勢下，也似乎只有部分船艦有所動作的情報，就幾乎無法理解他們到底在想什麼。

這種不協調的反應讓傑圖亞少將有點在意，甚至無法向自己明確地解釋狀況。

「至少應該尚未確認到地面部隊的動員。這樣一來，應該是外交姿態吧。還沒發出最後通牒對吧？」

「對，是還沒有發出，也沒有動員的跡象。說到底，聯合王國究竟是為了什麼目的做出這種外交提案啊？」

「有可能是因為國內政局嗎？假如是因為議會對策的必要性或內政情況的要求，一面用這種手法敷衍了事一面等待機會的話，感覺姑且是有辦法說明這個狀況。」

「有關這點，最高統帥會議似乎也是相同的意見。總而言之，就算在意也無濟於事。我們就唯有遂行我們的任務……如今，骰子已經擲下。不對，早在將低地地區當作誘餌時，我們就已經渡過盧比孔河了。」

只不過——儘管到頭來依舊迷惘，但不論是傑圖亞少將還是盧提魯德夫少將，他們都十分清楚，帝國本來就沒有剩下太多選擇。既然如此，他們的工作就是在現況下做出最好的選擇。

他們都十分清楚，被外部的雜音干擾而迷失本分是多麼愚蠢的一件事。他們可是軍人，是帝國軍參謀本部的參謀軍官。既然善盡軍務是他們的本分，那麼他們打從一開始就沒有必要去顧慮其他事情。

「沒錯。遲疑將會導致萊希的毀滅，我們就唯有向前邁進。」

為了讓共和國軍落入旋轉門之中，就算招致各大相關單位的重大反彈，也毅然而然進行戰線整理。作為誘餌的目標，必須要對敵人來說有著難以抗拒的魅力。正因為如此，才會在共和國這匹猛牛面前晃動著名為西方工業地帶的紅披風，引誘他們前往死地。

如今要是不在這裡刺出長劍，別說是殺掉猛牛，我們甚至還會被牛一頭撞死。

「首先，就算假設聯合王國參戰，那個國家的地面戰力有幾個師團？我記得他們位在本國所能投射的戰力還不到十個師團吧？」

而且——盧提魯德夫少將基於縱使聯合王國參戰，對萊茵戰線所造成的影響也極為有限的分析，認為這件事絲毫沒有需要擔憂的要素存在。

「這雖是我的推算，但頂多七八個師團加上一個或兩個騎兵師團與數個旅團吧。對了，除此之外還多少有一些能對地攻擊的航空戰力。」

「倘若是這種程度，老實講算不上什麼威脅。就算那些傢伙打過來，我們也只要找警察用違反入國管理法的嫌疑逮捕他們就好。」

說實話，就算只有人數比人多，但相較之下達基亞大公國軍的威脅性還比他們高出許多。而且大致上，聯合王國是島國。我方難以對他們出手，但反之亦然。

那個國家就算想介入，也必須要經由海路運送派遣部隊。然後就算他們能千里迢迢地經由海路把軍隊運來，聯合王國常備軍的規模也只是微不足道的威脅。

早在他們能投射在遠征上的常備戰力就算高估也不足十個師團的時候，聯合王國的地面部隊在陸戰上的威脅就只停留在戰術層級。在有著上百個師團展開衝突的萊茵戰線，十個師團儘管不少……但充其量就十個師團。

別說是戰略層級，就連在作戰層級上也算不上是什麼威脅。

「地面部隊確實是如此……但海軍戰力的差距就相當明確。要是遭到封鎖可就麻煩了。」

「喂喂喂，你是認真的嗎，傑圖亞？要是那些傢伙肯慢條斯理地持續封鎖，那才值得驚訝。

我是不知道你想再打幾年仗，但至少我想在這裡結束這場戰爭。我已經不想再聽部下們向我抱怨假咖啡的事了。」

實際上，聯合王國確實是棘手的列強，這是無法撼動的事實。想要進攻那個國家，不先擊敗他們引以為傲的皇家海軍就絕無可能。

儘管不覺得羞愧，但就算帝國海軍能與共和國海軍勢均力敵甚至占有優勢地交戰，與聯合王國之間就算他們只派出本國艦隊，我方也要集結全艦隊戰力才能勉強讓勝算達到五五波。聯合王國光是將本國艦隊之外的海峽艦隊與派遣到各地的艦隊的主力艦抽出調回本國，就足以讓帝國海軍陷入劣勢。

但這反過來說——

也就只是如此。

即使欠缺決定性一擊的雙方對峙，也只會形成某種僵持局面，除此之外什麼也不是。

「我們就趕快結束這邊的事情吧。」

解說

【旋轉門】引誘殲滅的一種手法。詳情請看書末的解說圖。

「的確，是差不多該結束這場戰爭了。這也就是說……你果然想完成那項計畫嗎？」

「沒錯。所以說，有關那項計畫的，就是後勤的事情……傑圖亞，那項前進計畫果然沒辦法勉強嗎？」

然後，正因為身為制定作戰的負責人一路絞盡腦汁過來，所以盧提魯德夫少將確信，帝國軍已幾乎將前方光榮與勝利的未來掌握在手中。看在他眼中，這場對共和國戰爭對帝國而言，早已相當於是只需要毫無阻礙地衝過眼前終點的一場賽跑。

重要的是，能否保留住繼續奔跑的體力。

「盧提魯德夫少將，關於這點我已讓各位參謀試算過了。倘若是萊茵戰線以東地區，不論你要多少都能跟你保證，不過一旦要前往巴黎士，就會直接面臨到距離的淫威，沒辦法保證一天八發以上的砲彈！」

「還真是小氣呢。」

「附加一提，這個數字還是打從一開始就不把一五五mm的重砲計算在內，也僅能勉強在最佳條件下短期維持的數字。我方的後勤路線已瀕臨極限了。」

「不包含重砲在內，一門砲只有八發？這玩笑也太過分了吧！」

聽到這種答覆，哪怕周遭的參謀們都一臉驚恐地看向自己，盧提魯德夫少將也毫不在乎，筆直瞪著以極為認真的表情說出驚人數字的傑圖亞少將的臉。

就算再怎麼說，這種數量的砲彈分配根本打不了仗。

這是他險些脫口而出的話語。

「既然無法使用敵地的鐵路，就只能仰賴馬匹與車輛運送。事情就跟我說明的一樣。各方面軍的提供物資還有達基亞占領地的物資早已經徵用到極限，但怎麼算都不夠用。」

「我明白戰務的努力。只不過，這實際換算成數字的話可是相當吃緊。這個……事實上，一旦陷入砲擊戰就很可能出問題。要是沒辦法每天供應一門砲四十四發砲彈的話……」

「馬匹不足。外加上馬匹所不可欠缺的糧秣也是絕望性的不足。就算要在當地調度，目前的時機也很差。就算要在無人地帶讓工兵隊鋪設輕便鐵路，時間也不夠。在現況下，就連要將八發砲彈與糧食送往前線，都是以幾乎要讓所有馬匹累死的強硬手段才好不容易辦到的。」

就連反射性地想反駁「可是……」的盧提魯德夫少將也只能把話吞回去。這可是傑圖亞少將親口說出的話，這項事實讓他選擇了沉默。這是因為盧提魯德夫少將也十分清楚，既然傑圖亞少將說辦不到，這就真的是竭盡人類的一切智慧後也仍舊無法實現才會說出的話語。

恐怕就連他保證的八發這個數字，要是交給別人負責，肯定就連一半也送不到前線。

「就我倆的交情，我就直接跟你明講了。我贊成你的作戰計畫，也打算不惜一切提供支援，盡我一切所能的去做。然後，盡我所能去做的結果就是這個數字。請你理解，這就是我們所能做到的極限。」

「我知道了。在此條件下的補給極限是到什麼時候?」

因此,盧提魯德夫少將苦澀地接受這極為嚴峻的現況,同時要求他提供時間限制。儘管保證能短期維持,但究竟能維持到什麼時候?像這樣要求他保證一個詳細的期限。

「兩個星期。倘若消耗量不大,就能再維持兩個星期,但接下來就要以各人所相信的方法向神祈禱了。」

所給予的作戰行動可能時間,短到讓盧提魯德夫少將覺得這事相當棘手,只不過,他同時也從中看到一絲的光明。

只要成功殲滅敵軍主力就好。

只要將敵軍的抵抗戰力連根拔起,就能在下個月之內在巴黎士舉行入城式吧。

「也就是說,一旦陷入壕溝戰導致時間浪費掉,我軍的補給線就會在這個時候全面癱瘓,希望你能理解這點。我軍終究是以內線戰略為前提,以『將自國內部的機動最佳化』為基礎進行編制的軍隊。」

然而,傑圖亞少將同時發出的感慨,也明確述說著帝國軍的問題。

「編制外的目的,也就是要投射戰力到國外是後勤上的惡夢。要是有辦法從某處籌措糧秣與鐵路路線,還有辦法勉強辦到。不過現況是採取了媲美讓企鵝飛天的強硬手段後,也依舊不知道究竟能不能勉強滿足條件,還請你理解。」

「這就夠了。我會毫不停滯地進軍給你看的。不過話說回來，你這傢伙還真是每件事情都說得像是在朗讀教課書一樣呢。但如果是你，應該就能夠幫我準備好進軍部隊所需的最低限度的後勤吧？」

只能前進了。

然後他相信，前進所需要的最低限度，儘管真的只有最低限度的物資，但身為戰務的傑圖亞少將一定會幫他準備妥當。

「如果是到巴黎士的話。我可不是鍊金術師。要是你誤會我能無限生出黃金可就困擾了。而且作為無法撼動的事實，運送砲彈的補給線太過細長了。倘若無法將共和國軍的全部主力引誘殲滅，就要請你放棄進軍巴黎士。身為參謀軍官，還請你留意這一點。」

「當然。只不過……至少重砲的砲彈就不能再通融一下嗎？」

盧提魯德夫少將不知不覺就向好友央求起來。就不能再稍微通融一下嗎？

「別強人所難了！跟我們說應該要假設敵地的鐵路會實質地遭到破壞的人可是你們。沒有鐵路，你是想怎麼運送重砲與砲彈啊？我再說一次，馬匹早已嚴重使喚到瀕臨極限了。超過這個限度，損耗率將會無法忽視。這別說是軍方剩餘的馬匹，甚至是動用到民間的農耕馬與儲備糧秣，才好不容易有八發喔。」

而且——傑圖亞少將一臉不耐煩地瞪著盧提魯德夫喃喃說道。

「說到底，重砲幾乎全都配置在低地地區做偽裝了！請別跟我要沒有的東西。」

畢竟要求集中配置重砲的人正是自己，所以對盧提魯德夫少將來說，實在是難以再開口拜託好友幫他從某處調來更多的物資。

「我知道，我知道。唉，那就沒辦法了。提升砲兵的機動力將會是今後的課題吧。」

「是上次那個機械化砲兵的構想嗎？畢竟壕溝戰怎樣都會以既有的東西優先呢。這是個好機會，之後就去跟克魯庫兵工廠討論吧。」

結果，不論是盧提魯德夫還是傑圖亞都一致認為，不僅限於重砲兵，砲兵機動力有限的情況會在進軍時造成煩惱。

倘若是壕溝戰，缺乏機動力的砲兵只要躲在陣地或掩壕裡，就算暴露在對砲兵射擊之下也有可能存活下來。但這反過來說，就是在野戰時想要迅速變更配置會非常困難。在現況下，砲的火力將會在決定性的場面上遲了一步。

就算突破戰壕，若是砲兵無法前進，到頭來步兵就不得不在沒有砲兵掩護的情況下戰鬥。就算派遣魔導師與航空部隊支援，也無法期待他們能發揮出等同重砲兵掩護的火力。

話雖如此，但傑圖亞少將還是補上一句話叮嚀。

「不過你可別忘記。這一切都要旋轉門能確實運作才有可能實現。」

正因如此，盧提魯德夫少將一副「放心交給我吧」的態度，在他面前自信滿滿地點頭。

「放心交給我吧，芝麻開門。」

這是魔法的話語。

對於將長久以來不論是共和國軍還是帝國軍都無法突破，只是一味地堆積屍體的壕溝線一如字面意思的炸燬，用力撬開共和國頑強守備的解鎖作戰，這是個相當適合的關鍵字，讓盧提魯德夫少將中意到暗自竊喜的程度。

「……你的品味還是老樣子，無藥可救。」

「比炫耀學識的奇怪字句要來好得多了吧？最重要的是簡單易懂。」

微妙的是，姑且不論作戰局的人員，其他部門的評價都不太好，這對盧提魯德夫少將來說是個令他煩惱的問題。儘管如此，重新打起精神的盧提魯德夫少將擺出了一副「放心交給我吧」的態度，在他面前用力地握拳敲打胸口。

「反正又不會怎樣，偶爾復古一下也不壞。這可是古人的智慧喔。」

在沒有大砲的時代，坑道戰術即是破壞城牆的手段。如今正是活用這種手段的時候。就讓我們好好教導一下那群傲慢的共和國人，古人的智慧可是不容小覷的。光是這樣想，就讓盧提魯德夫的心情愉悅。

「……重要的是旋轉門的原理。好啦，戰史將會著重在哪一邊呢？」

「兩邊都會吧。畢竟這可是將會名留戰史的大規模包圍戰。那麼，讓我們結束這場戰爭吧，各位！」

由於讓帝國軍成功後退的關係，導致低地地區形成空白地帶。部署在萊茵戰線的共和國東部方面軍的左翼部隊，全都為了推進前線而朝著這裡進攻，至於與帝國軍左翼持續對峙的共和國軍右翼部隊，則是逐漸對一成不變的僵持狀態感到厭倦。

廣播與官方發表，都只有提到追逐敵軍突進的低地方面戰局。要說到他們這邊，則是毫無變化，西線無戰事的日常生活。

在無人地帶附近的小規模衝突中，一味害怕狙擊兵的最前線壕；在稍微後方的預備壕裡，對一成不變的伙食抱怨連連的士兵們與後勤負責人之間無意義的爭吵。然後要是連指揮這些人的前線指揮所，也因為嫉妒低地地區的昌榮武運，並在自慚形穢的焦躁感驅使之下，讓軍官們全都煩躁不安的話，這裡不論對誰來說都不是個愉快的空間。

光是之前就有在流傳聯合王國即將介入、斡旋或作為友軍參戰，人人皆說殲滅帝國的決戰之時即將到來，然而在這種時期，他們卻被排除在這種大舞台之外的感覺實在讓人不太愉快。

正因為處在這種氣氛當中，所以格外不高興地蹙起眉頭，像是要把嘴中香菸咬爛似的昂首佇立的一名校官才會顯得不怎麼稀奇。

那名校官——畢安特中校全身毫不掩飾地散發著非比尋常的怒火，有如鬥牛犬一般全身包覆著鬥志。只不過，不被允許發洩這股怒火的矛盾，激起他難以壓抑的憤怒。

好不容易成功逃離亞雷努市的極少數殘存魔導師，決定要以重新編成的名義送往殖民地，儘管畢安特中校大發雷霆地毅然反對，然而阻擋在他面前的，卻是讓他光是想到就一肚子火的軍事官僚的官僚主義，以及執著地想要規避亞雷努市悲劇的間接責任的軍方高層。

說到他們令人唾棄的毫無作為模樣就一肚子火！

畢安特中校順著難以壓抑到就連咬爛的香菸苦味都能遺忘的憤怒，一拳打在牆壁上。無意識中經由身上包覆的術式強化的拳頭在牆壁上留下清晰裂痕，不過依舊無法平復這股怒火。

現狀就是如此令他憤怒。

……在亞雷努市的後方破壞作戰，就結果來說是威脅到帝國軍的後勤。這是事實。所以他還能理解，軍方高層宣稱「帝國軍將戰線後撤」是作戰成果的作為。

但是——畢安特中校在這裡補上一句話。

照道理來講，應該要在「敵軍撤退時展開追擊戰」。倘若當時有這麼做，如今肯定連讓帝國投降的理想都能達到。

然而實際情況卻是讓敵人逃脫，宛如乞丐一樣接收帝國施捨的殘留土地，並將這種事情宣揚成自軍的一大勝利似的。外加上畢安特中校還察覺到部下們收到的轉調命令的箇中含意，更是激起他一整打想痛毆高層的衝動。

那群混帳傢伙——他在心中如此怒吼。高層是打算封住所有與亞雷努市起義相關之人的口，或是盡可能將這些人調離前線附近。而這一切全都只是為了要隱瞞那些傢伙過於天真的判斷。器量未免也太狹小了！

恐怕——畢安特中校面露疲態地想著。自己再過不久也要等著去做後方或殖民地的勤務吧，真是令人感慨。

這雖是自己達成任務所獲得的獎賞，但實在是蠢到讓人幹不下去——他就將堆積如山的這種請願書與抗議書不斷呈交給上級。

但可悲的是，他所能抱怨的對象，就只有直屬長官的前線指揮所將官。換句話說，就單純是在發洩怨氣罷了。

混帳東西。

這是太過愚蠢，讓人難以忍受的事實。

「該死。」

畢安特中校緩緩站直身軀，將嘴中的香菸扔到地上。隨後就宛如菸蒂是他殺父仇人似的用軍靴狠狠踩爛，向空域管制請求申請飛行許可。

不能在這種地方浪費時間。

至少在打倒帝國之前，怎樣都要想辦法將緊貼在前線上的那群傢伙痛打一頓，要不然怎麼對得起戰死的部下與那些未能守護住的人們。

再也受不了繼續待在這種始終僵持不下的戰線上浪費時間。

更重要的是，由於進軍時引起的種種「摩擦」，導致朝低地地區進軍的部隊狀況，直到現在都還無法明確掌握到一絲情報，讓人莫名地感到坐立不安。根據經驗，他是能理解與進軍部隊之間的聯絡會陸續遭遇到各種障礙。

一旦遠離鐵路路線，就怎樣都會變得難以聯絡。況且，工兵隊好不容易鋪設好的電話線也會遭到敵軍甚至自軍的騎兵或車輛等各種傢伙，不分故意還是事故而截斷。

敵軍也會以最大輸出發射干擾電波，所以我方要是也提高電波輸出，就會導致串音干擾或是接收不到其他部隊的通訊等，會讓情況更加混亂的要素是要多少有多少。

既然如此——畢安特中校就想說至少要親自走一趟，確認一下那邊的狀況。

該說是幸運吧。他身為特種作戰部隊，完全不缺努力偵查敵情的理由，所以輕易就獲得飛行許可，乾脆到連他自己都嚇了一跳。

上頭還順便要他幫忙傳話，通知對方「由於無法與前線取得定期聯絡，所以要是有辦法，希望能私下派遣軍官進行偵查與傳令」。外加上，大概是出自於純粹的好意，上至參謀下至士官都收集來各式各樣的香菸與酒塞進行李之中，要他揹過去送給在前線辛苦的將兵們。

儘管帶著堆積如山的電報信件，讓畢安特中校想自嘲一句「這樣我跟信鴿還有運菸犬有什麼兩樣啊」，但他也理解這些託付給自己的東西所擁有的意義。

是想將必要的東西送去給最前線的心意。

與其把時間浪費在愚蠢的規矩或是軍事官僚們身上，用在這種事情上頭肯定有著數億倍以上的意義。

最主要是畢安特中校自己也很清楚，對於在前線辛苦的友軍將兵們來說，後方送來的訊息與嗜好品究竟有多麼地慰藉心靈。正因為如此，哪怕背負重物飛行會讓疲勞感劇烈增加，他也來者不拒地統統背負起來。

「這裡是畢安特，呼號為Whiskey dog。CP請允許起飛。」

在申請飛行許可之際，畢安特就在對方詢問呼號時也仿效幽默的前人，把自己比擬成送貨犬，展現出會將香菸與威士忌確實送往前線的氣魄。

「Whiskey dog，這裡是CP。你的申請已通知萊茵的各大空域管制負責人。低地方面的各部隊也經由複數的通訊設施送來訊息，全都是希望你能趕快抵達的熱烈歡迎。」

「哈哈哈，這樣我要是遲到，他們肯定會很著急吧。很好，我去去就回！」

在與CP主管軍官之間愉快談笑的對話中察覺到，前線應該過得相當辛苦。畢安特中校根據經驗法則學到，進攻中的部隊後勤很容易就會發生問題。光是如此，就無論如何都要把這些物資送到。畢安特中校一邊苦笑，一邊對自己說「必須盡可能不要遲到呢」。

「CP收到！祝你航程愉快！」

「Whiskey dog 收到！敬請期待我準時送達吧。」

「我知道了，那就跟中校你賭一把吧！中校要是輸了，可要請我喝一杯喔！」

「嗯，你就抱持期待吧。」

在慎重做出保證後，畢安特中校就迅速起飛，開始升空。即使懷中抱著數瓶要送往前線的酒瓶，需要慎重起飛，不過這是畢安特中校早已進行過無數次的程序。透過演算寶珠掌握應該干涉的點，只針對必要的部分展開術式進行干涉。

接著，就只需要委身於輕盈的飄浮感與推進力之中的程序。

正因為如此，所以當畢安特中校安全升空的時候，這對他而言就只是一如往常平凡無奇的起飛過程。

直到下一瞬間為止。

毫無任何徵兆襲來的閃光，以及震撼大氣的恐怖爆炸聲響。宛如遭到洶湧濁流擺弄的葉片一樣猛烈轉動似的喪失方向感，以及就連姿勢也無法控制的茫然無助感。

面對強大的衝擊波與彷彿撼動全身的巨大爆炸聲，畢安特中校幾乎是不顧一切想保持平衡，暈眩的腦袋光是想浮在空中就已竭盡全力。

真的是一瞬間的衝擊。

數秒後，好不容易冷靜下來的感覺器官，告知著身體儘管不適卻也毫無異狀的訊息，讓他安心下來。

他隨即放心地呼了一口氣。

直到這時候，畢安特中校的腦袋才總算是對剛剛的衝擊波感到疑惑。

「啊」的一聲。這時，畢安特中校儘管恢復思考能力環顧起四周，但在下一瞬間，他就在「仰望到」最前線的方向竄起巨大黑煙後，目瞪口呆地再度停止思考。

雖說是剛起飛不久，但自己應該正在升空當中。

那道黑煙居然高到正在升空的自己必須要仰望才行？而且還從最前線那邊竄起好幾道？

爆炸聲與衝擊，然後是煙霧。

他率先想到的是「彈藥庫遭到擊中而誘爆」的可能性。大量的火藥在瞬間爆炸，或許能造成這種……

「……好幾道？」

只不過，嘴中說出的事實，讓畢安特中校不得不承認自己的預測有著決定性的錯誤。

黑煙有好幾道。

而且就他看來，是十分規律的「等距離」。

這表示這些是人為造成的爆炸——腦袋理解到這點，總算是掌握到這個事實。

人為的爆炸？

在萊茵戰線的人為爆炸，亦即……就只會是在展開戰術行動。是彈藥庫遭到波及嗎？

可是——畢安特中校此時隨即察覺到自己的認知有誤。

就算最前線的彈藥庫一起遭到誘爆，也不可能如此完美地竄起等距離的黑煙。

等想到這裡時，畢安特中校的身體才總算是根據經驗而不是理性，理解到事態比想像中的還要嚴重，是某種糟糕事態的前兆。

這是帝國發動的攻擊。既然如此——他連忙望向黑煙下方的光景，經由啟動的觀測術式目睹到那片光景——接著，他無意間屏住了呼吸。

那裡應該是隔著無人地帶設置的前線戰壕地區。是設置著三層戰壕，具備用來守護複數火力地點的砲兵陣地與碉堡的防禦陣地。防禦陣地應該就位在那裡。

只不過他所目睹到的景象，卻只有宛如煙霧瀰漫的沙塵以及遭到瓦礫吞沒的荒蕪大地。

如今，所有的防禦陣地都從地表上消失了。

一如字面意思，從地表上完全消失了。

「CP呼叫 Whiskey dog，請回報狀況！剛剛爆炸聲與衝擊究竟是？」

「……沒有了。」

所以，畢安特中校幾乎是無意識地說出這句話。

「什麼？中校？不好意思，能麻煩你再說一次嗎？」

說出，沒有了。

以顫抖的聲音，他——畢安特中校發出嘶喊。

「被炸燬了！前線，全都被炸燬了！已經沒有前線了！」

「消失了？中校，恕我失禮……」

畢安特中校邊對CP還難以掌握事態的慢條斯理感到著急，邊透過觀測術式將視野焦點對準移動中的集團。然後下一瞬間，他就嘶啞著喉嚨向全部隊發出警告的嘶吼。

「呃！目視到敵影！是裝甲部隊與機械化步兵的混編集團，規模是……整個視野……」

「什……！」

CP瞬間啞口無言。

「立……立刻向前線發出警報！」

然後就像是突然想起似的說出這句話。

在這瞬間，畢安特中校對「必須向前線發出警報」這句普通的指示，感到強烈而且奇妙的不對勁。

自問著「究竟是哪裡不對勁？」然後「啊」的一聲，以疲憊不堪的表情露出苦笑。

已經沒必要發出警報了。因為在這前方，已經沒有能接收警報的人了。

「Whiskey dog 呼叫ＣＰ，我懷疑這麼做的必要性。」

「什麼？」

當ＣＰ以「你在說什麼啊」的語氣反問時，他就邊想著「啊，他還不明白呢」邊繼續說著「你誤會了」。

「現在，這裡就是最前線。前線壕已確認全滅。」

「……中校？」

「這是我親眼所見。前線壕，我們的前線，已經全部……全部被炸燬了。防衛線被打出一個大洞了！」

這裡就是最前線。如今我軍的防衛線正逐漸遭到打穿。而且還是前所未有的大規模。而這項事實，讓經歷過亞雷努市事件的畢安特中校不得不毛骨悚然。

「立刻著陸！找司令官！快！沒時間猶豫了！」

那個帝國軍——那個戰爭機械一旦展開行動，想要制止他們就絕不是件簡單的事。他在亞雷努市已對此深有所感。

那些傢伙真的是一群毫無破綻，宛如瘋子一般的完美主義者。在貫徹戰爭機器這一點上，甚至能超越所謂的國家利益的想像吧。

「緊急聯絡萊茵方面軍司令部！要是不把機動預備與戰略預備部隊統統派過來，就沒辦法堵起破洞了！快！」

他一面著陸，一面透過無線電喋喋不休述說危機的嚴重性。畢安特中校宛如突擊一般的衝進司令部區塊，只不過在那裡等著他的司令官，卻露出極為苦惱的扭曲表情。

「我是第十師團的米歇爾中將。中校，現在立刻飛去方面軍司令部！向友軍發出警報！」

「恕我失禮，閣下，為何要這麼做？」

「中校，我們已喪失一切的通訊手段！不論是有線還是無線！全都聯繫不上！」

如今有必要特地向萊茵方面軍司令部派出傳令嗎？正準備發出這句疑問的畢安特中校，隨即被師團長脫口說出的事實打斷。

喪失通訊手段？……這也就是說……

「……你說什麼！」

沒有人能收到警報！

當畢安特中校以驚愕神情理解到這個事態時，他幾乎是不得不陷入絕望之中……就連預備壕都遭到炸燬的現在，前線指揮所能運用的棋子就只有一個師團嗎？而且還不得不防衛需要以軍隊規模守護的前線。

明明就是因為這種情況，才必須盡快尋求援軍。

「中校，敵軍正朝這裡過來嗎？」

我的天呀——畢安特中校幾乎是懷著黯然的心情點頭繼續報告。

司令部無法掌握現況，所以不會派遣援軍。豈止如此，恐怕就連前線遭到突破這件事都還尚未察覺到。

「事態說起來很簡單。只能認為帝國軍那群該死的傢伙為了把我們炸死，相當用心地進行電波干擾，甚至還截斷後方的聯絡線路。雖是偏執的做法，但真是該死的有效。」

「呃，我明白了！我立刻飛往方面軍司令部！」

明明早就知道他們是一群無所不用其極到令人傻眼的傢伙們，卻還是落得這種醜態。然而，如今就連在這裡懊悔被擺了一道的時間都很可惜。必須要有人去通報這個狀況。然後，如今在場速度最快的就是由魔導將校擔任的傳令軍官。

「雖然寫得很草，不過信我已經寫好了。拜託了，去把狀況傳達給司令部！再這樣下去，戰線就……就連賀拉提斯也無法獨自守住橋梁。援軍，我們絕對需要援軍。現在就要！」

在完全理解狀況之後，下一瞬間，畢安特中校就將剛剛一直揹著的，裝滿香菸與信件的背包

解說

**【賀拉提斯】** 出自於羅馬傳說「橋上的賀拉提斯」。是一則述說他與朋友們阻擋在逼近城市的敵人面前，讓人們在這段期間內把橋弄倒的故事。

丟開。接著，減輕重量的他就將司令官遞出的一封信件用布層層纏繞收進胸前口袋，然後用力回握起司令官伸出的手，向他發誓。

「我絕對……絕對會送到！」

不需要更多的話語。

在衝離司令部，展開飛行術式的畢安特中校的胸口之中——

儘管陷入對留下夥伴獨自逃跑的行為感到難以忍受的激動情緒肆虐之中，只不過身為軍人的義務感卻命令他——要將危機傳達給友軍。

第十師團的各位……他們打算死在這裡。一如賀拉提斯，為了守護祖國，作為祖國的門衛。所以在他們爭取時間之際，我無論如何、無論如何都必須要把援軍叫來。自己要是慢了，就很可能會白白糟蹋這群勇士們的自我犧牲。我必須要飛。

因此，畢安特中校一從東奔西跑，儘管混亂卻也還是高喊著迎擊命令與警告的士兵之間起飛後，隨即全速朝著後方司令部不顧一切地飛去。

不過，就在下一瞬間，還沒提升到足夠的高度，他就被迫面臨到不得不開始隨機迴避機動的處境。

傾注而下的光學狙擊術式僅有中隊規模。不過比起規模，帝國軍魔導師已經攻到這種地點的事實，讓畢安特中校忍不住破口大罵。

不，或許該對敵人的進攻速度大吃一驚吧？帝國軍還真是擅長打仗到令人厭惡的地步。

「呃！該死，這群手腳不乾淨的馬鈴薯混帳！」

一邊破口大罵，一邊放棄迎擊，以逃走為目的的連續展開光學系欺敵術式。

同時靠著意志力將險些模糊的意識強迫固定在現實世界，鞭策光是要避開追擊就發出悲鳴的肺部上升到高度八五〇〇英尺。

緊接著，直到剛剛都還擺出追擊姿態的敵魔導師們，就像是兼作牽制似的連開數槍，並不經由統一射擊的發射爆裂術式後，就回轉離去不再理會自己。

大概是已拉開距離，讓敵指揮官放棄擊墜自己，把優先目標改為掃蕩司令部設施吧。這種展現出具有明確目的的感的狀況證據到令人厭惡的想法，甚至能感受到一種違反人性到令人不寒而慄的理性主義的味道。

在這種情況下，這對畢安特中校而言所代表的意思……即是——意味著送走自己的友軍司令部將遭受攻擊的結果。

不會遭到敵軍追擊的安心，以及遠超過這份安心，對於犧牲友軍換來自己逃出生天一事感到羞愧的念頭。自己的現況，導致了無法抑制的憤怒。

「抱歉……該死，為什麼……為什麼會變成這樣！」

緊握的拳頭，憤怒地顫抖著，在缺乏氧氣的高度斷斷續續怒吼而出的話語，是宛如喘息的憤慨。對只顧著朝地上的前線指揮所肆無忌憚發動攻擊的敵魔導部隊所懷有的羞愧憤慨，是源自於「那本來不該是我們所要保護的事物嗎？」的想法。那麼為什麼，自己甚至不惜將地面部隊作為誘餌也要逃走呢？

自身的悲慘與屈辱。

縱使心中湧起一股難以言喻的感情洪流，他也依舊克制著，一味朝後方拚命飛行。

這全是為了防止友軍的戰線崩壞，是就算犧牲一切也不得不執行的任務。

「……HQ（司令部）請回答，HQ？該死的混帳東西，居然連不上。都這種時候了，防空管制官究竟在是混什麼啊？」

正因為如此，他才會在焦躁感的驅使之下，語帶憤怒朝著毫無回應的萊茵方面軍司令部的線路發出呼叫。當然，因為是這種狀況。他也察覺到對面陷入嚴重混亂的情況。

但就算是這樣——畢安特中校不得不在心中參雜侮蔑之意喃喃抱怨。居然讓帝國軍魔導部隊侵入到這種地步都還毫無警報。萊茵方面的防空管制官是統統跑去睡午覺了嗎？

這讓畢安特中校錯愕不已。尤其是迎擊只要在初期反應慢了一步，接敵就會變得極為困難，就更是讓他錯愕。

「……萊茵方面軍司令部、萊茵方面軍司令部，聽到請回答！重複一次，萊茵方面軍司令部、萊茵方面軍司令部，聽到請回答！」

是因為還有一段距離，所以電波傳送不到嗎？對於參雜著這種焦慮，不斷透過演算寶珠發出呼叫的畢安特中校來說，對面毫無反應的事實讓他急得有如熱鍋中的螞蟻。

讓他只能一面大罵「怎麼偏偏是在這種時候」一面在焦躁感的煎熬下飛行。

「該死，值班人員是睡死了嗎！在這麼重要的時候！」

因此他始終氣憤不已地懷著要衝進司令部裡大肆抗議的念頭，並以瀕臨極限的戰鬥速度持續飛行，然後，目睹到眼前的景象。

「……這是怎麼一回事？」

塌陷的大地，冒煙燃燒的司令部設施。

那曾是被稱為萊茵方面軍司令部的設施群。

地面上東奔西跑疑似在進行消防與救援行動的士兵們，是身穿共和國軍軍服的士兵。

那麼，這裡就曾是萊茵方面軍司令部的所在地點。

這裡曾是那個地點。

冒著黑煙，陷入無法挽回的混亂漩渦之中的這裡……這裡是？

「這裡是司令部？這怎麼可能……」

## 統一曆一九二五年五月二十六日　海上：帝國軍潛艇操作室

要說到潛艇的艦內空間，雖說是迫於必要性卻也極為狹窄，因此不習慣搭乘的人員，大半都會落得在身體某處撞到潛艇後嘀咕抱怨的下場。

一般來講的話。

「打擾了，聽說特萊傑艦長有事找我。」

突然以敏捷的動作不用彎腰就穿過艦內艙口出現的，是航空魔導大隊的指揮官——譚雅·提古雷查夫少校。

就唯有她看起來，至少暫時沒有機會因為在狹窄的艦內通道裡到處撞來撞去東閃西閃的模樣被潛艇的船員們竊笑嘲弄。

畢竟，她就某種意思上有著破格的身高。一般就連個子矮小的水兵也必須要彎腰才能通過的艦內空間，以她的身高來說，也明顯不會構成太大的障礙。

……只不過，就算有人想特意指出這件事，只要那個人擁有著正常的腦袋，就會因為她所配戴的戰功證明——略章的數量而打消念頭吧。

「少校，潛艇搭起來的感覺如何？」

「是的，搭乘起來相當安穩。就連所供給的餐點也非常美味，讓我感動得痛哭流涕。」

邊悠閒打著招呼，邊確實彎曲手肘，致上海軍式敬禮的提古雷查夫少校表現得萬無一失。

霎時間不知道究竟是該佩服還是該驚訝的艦長，也緩緩地回以陸軍式的答禮。

他認為這雖是自己的船，但至少要對乘客致上敬意。

畢竟，對方雖是搭順風船的客人，但卻是以銀翼突擊章為首，配戴著頒給野戰從軍者的各種動章略章的幹練老兵，向這種對象致敬，他甚至是樂意之至。

「魔導師不是會以魔導軍的待遇提供高熱量食物嗎？」

「特萊傑艦長請恕我失禮，提供給我們的大半是塊狀的營養輔助食品。再怎麼樣，都很難看到罐裝水果或巴伐利亞白香腸之類的食物。」

隨後，不同領域的實戰部隊指揮官之間，就以相當巧妙的話術稍微說著社交辭令。光是指揮官之間的關係良好，就能在潛艇這種小團體之中輕易地避免糾紛，這是迫於這種實際必要性所採取的互動。

不過就算是這樣，提古雷查夫少校喃喃說出的這句「潛艇上的食物很美味」，聽在艦長耳中也實在相當愉悅。

在狹窄的艦內空間裡，靠著狹隘的廚房與有限的調理器具努力發揮創意巧思的廚師，對潛艇部隊來說，可是就連在海軍之中也是格外自豪的一點。

「這個嘛，算是難以找到其他樂趣的潛艇獨有的特權吧。」

「就算你這麼說，但是不是有些過於講究呢？」

「吃得出來嗎？也對，年輕人的舌頭或許意外地敏感吧。很好，那我就告訴妳吧……本艦的廚師可是從艦隊司令部那邊搶來的優異人才喔！話說回來，很高興本艦的餐點能合妳的胃口，畢竟這裡平時也沒有什麼值得一提的娛樂。艦內空間不大，妳就儘管享受餐點吧。」

長期間的巡邏，永無止境的日常。沒錯，對潛艇來說，時間與一成不變的日常幾乎就是巡邏任務的一切。直到發現敵艦為止，就只能一味忍耐的無聊時間。結果還——艦長在心中喃喃抱怨。配給下來的魚雷在不久前被發現存有缺陷，讓潛艇艦長們的怒火紛紛朝向本國的技術部而不是敵艦爆發。

所以也有著要安撫特萊傑艦長等諸位艦長的請願之意，最近這段期間他們在糧食方面上是更加受到優待。而優秀的廚師也是其中一項。

「當本國變聰明時，大致上都是因為某些緣故呢。」

「是妳多心了吧？少校，這可是個壞習慣喔。」

彼此在抿嘴一笑後，如此含笑對話。對指揮官來說，當本國、上級司令部或長官變聰明時，即表示發生了相對應的事情。

「對了，還得向在諾登外海擔任我隊伴攻的潛艇致上謝意。」

「……哎呀，貴官也在那片海域？」

「是呀，『潛艇出色的伴攻』帶給了我們極大的幫助。技術部思慮周密地配給『伴攻用爆音魚雷』的用心也讓我深受感動。」

「哈哈哈，我們也很感謝開發局員，還在艦上召開歡迎他們的慰勞會呢。」

「真是美麗的友情，讓我好生羡慕呢。」

面對提古雷查夫少校特意裝傻的語氣中所帶有的些許無奈，艦長以擁有共同祕密之人特有的微笑回應，然後補上一句話。

「是呀，就跟妳說得一樣。哎呀，不好不好，我差點就忘了。」

「咦？」

「就在方才收到通知……解鎖作戰已經發動了。」

「不好意思，請容我觀看一下。」

提古雷查夫少校直到剛剛都還有些笑咪咪的氛圍瞬間散去，只見她一收下電文就神情專注的閱讀內容，接著在點了點頭後再看一次內容，滿意地露出微笑。

「太好了。這下旋轉門就能發揮功能了。」

她應該是毫無自覺，不過以彷彿將獵物逼上死路的眼神嗤笑的提古雷查夫少校，表情充滿著瘋狂。

啊，原來如此。所以她才能以這種年紀獲贈白銀的別名。

「截斷後方，在包圍之後的完美殲滅。這正是機動包圍的理想型態——包圍殲滅戰啊。這是……不對，這真是一個天大的好消息。這樣萊茵方面的趨勢就決定了。」

她感動不已地長呼了一口氣。那是將獵物逼上死路的野獸感動的呼氣。不過，要不是擁有如此程度的精神性，她肯定沒辦法小小年紀就率領著航空魔導大隊的精銳。

「對了，我還有點羨慕貴官們。畢竟參謀本部命令我們在這裡持續巡邏，不過卻要貴官們直接參與低地方面的決戰。」

「咦？」

「本艦現在正稍微偏離巡邏線東進。會在夜間浮上，做好讓貴官們出發的準備。」

不論是受到參謀本部的直接指名，還是解鎖作戰前發起的特種作戰，譚雅與她的部隊果然是「特別」的。

「感謝你，艦長。就容下官僭越，祝你武運昌隆。」

「能協助貴官們是本艦上下所有人員的榮耀，我才是要在這裡祝各位武運昌隆。」

正因為如此，身為帝國軍人的特萊傑中校才會對自己與部下能為如此傑出的部隊做出貢獻一事感到自豪，各自做好各自應盡的職責。

既然如此，提古雷查夫少校就是他值得誇耀的戰列鄰人。那麼——他極為認真地伸手與提古雷查夫少校握手，祝她武運昌隆。哪怕這隻手就跟自己的女兒一樣嬌小，這也是與戰友共同慶祝的一刻。

於是，從特萊傑艦長那裡告辭的譚雅，隨即來到從潛艇內部勉強擠出來分配給他們作為住所的前部魚雷發射管區塊，然後站到聚集在一旁的部下們面前，為了告知他們這個值得高興的好消息而開口。

「中隊注意！大隊長要發表訓示！」

「辛苦了，副隊長。各位好，就這樣放輕鬆站沒關係。我們是搭順風船的客人，不要給潛艇船員造成麻煩。」

「很好，剛剛聽特萊傑艦長通知，解鎖作戰已經發布了！」

部下們儘管未被告知過這項作戰，不過根據那個譚雅在語調中帶有的告知重大事件的感覺，他們全都察覺到發生了某事而端正站好。

所發布的解鎖作戰究竟是？並傳來數道如此詢問的眼神。

「這是萊茵戰線的大規模攻擊計畫之一。各位，而且還進展得相當順利。具報告指出，先鋒集團已完全突破敵壕溝線，將共和國軍主力徹底封死在低地地區。」

霎時間歡聲雷動。

大規模作戰的發動與隨之而來對戰局變化的預感。這對萊茵的老兵來說，就只會是夢寐以求的「勝利」二字。

壕溝線的突破還有敵主力的牽制。這就只會是無數的帝國兵為了前往而沉入泥濘之中的通往勝利的道路。

「各位，是全面包圍。敵主力已是甕中之鱉了。」

所以全面包圍這句話，對眾人來說就相當於是夙願的勝利。要說這是為什麼，即是遭到包圍孤立的軍隊已算不上是一批軍隊。

部下們毫不隱瞞興奮地交頭接耳討論剛剛的通知。眾人騷動起來的模樣，要是在平時，將會是足以讓譚雅困惑「這難道就是萊茵最資深的第二〇三航空魔導大隊的精銳嗎？」的光景。

不過——譚雅唯有此刻是以寬大的心情予以肯定。

勝利。這只會是極為迷人的果實。

「本艦要參加這項作戰，負責從事沿岸封鎖的任務。另一方面，我們明天清晨則是要拂曉出擊，參與低地地區的殲滅戰，然後返回基地。直到回家之前都是遠足。各位戰友，我可不准你們在參加慶功宴之前先去英靈殿報到喔。」

所以，譚雅也興高采烈地說著訓辭。畢竟為了品嘗勝利的美酒，也必須要獲勝並保持警戒到最後一刻。

「那麼各位，在去打仗之前先填飽肚子吧。在特萊傑艦長與其他船員們的盛情款待下，我們收到了一些食物。各位就在飛行的十二小時前，在不會觸犯規定的程度內喝個夠吧。以上！」

隨後，她就與身旁的部下們提早乾杯紀念這場勝利。而當部下們用罐頭與即溶咖啡慶祝帝國的勝利，還把休息中的水兵們一起找來召開酒宴時，譚雅就起身離席，在對拜斯中尉留下「我要是待太久，你們也不好意思狂歡吧」這句話後，隨即默默離開會場。

於是譚雅在作為一名貼心的長官迅速逃離酒宴後，就在特萊傑艦長以非比尋常的盛情讓給她的，艦上僅此一間的艦長專用個人房裡緩緩地陷入沉思。

所思考的事情，是今後的戰局與自己將來的目標。

解鎖作戰的初期行動大獲成功。因此，戰局的天秤已大幅傾向帝國軍。在這種情勢之下，共和國幾乎能確定會脫離戰線。豈止如此，恐怕只要沒有發生敦克爾克大撤退，戰爭就可能在這裡結束。

也就是說，實質上的勝利就擺在眼前。戰勝，沒錯，是勝利啊。所以譚雅能夠理解，終戰、和平、榮升等美好的未來構圖，全都繫在接下來的作戰行動能否成功之上。

這項事實甚至帶給譚雅嶄新的希望。畢竟，只要是為了明確的目的，人類再怎麼樣都能努力工作。正確的目的、正確的手段、正當的報酬。這真是美好的勞動週期，讓人充滿幹勁。

而且也幾乎不用擔心會發生敦克爾克大撤退。

畢竟，海上有包含潛艇在內的封鎖部隊。而更重要的是，低地地區設備完善的港口，早在帝國軍撤退之前就已經徹底破壞殆盡，以防衛港灣設施的名目在事前仔細敷設的水雷也設置得萬無一失。

所以絕不可能在這裡經由海路逃脫。因此，共和國軍就一如字面意思是甕中之鱉。

啊，真是太棒了！

這份滿足感將譚雅心中鬱積已久的，對於悲慘敗北的預感打從根本徹底吹散。這是對她長年鬱積的緊張感與疲勞感給予的適當回報。於是鬆懈下來的譚雅，就伴隨著闊別許久的舒適床鋪輕易投入睡魔的懷抱，甚至還能睡得美夢甜甜。

就這樣，正當鬧累的部下們做著無謂的掙扎，努力將自己高大的身軀想辦法塞進魚雷發射管室的狹窄水兵床鋪上時，譚雅則是安穩熟睡著。

然後，享受了一晚難以置信的香甜睡眠後，譚雅就一副這是最棒的早晨似的抬頭挺胸，在從擠在艦橋操作室裡的值班軍官口中問出潛艦的所在位置後，滿意地點了點頭。

「啊，少校，妳起床了呀？」

「哎呀，早安，拜斯中尉。應該沒人蠢到去騷擾熟睡中的謝列布里亞科夫少尉吧？」

「請放心。既然本艦還沒沉，我想大概是沒問題。」

「哈哈哈。」

然後，譚雅就邊與混在值班軍官之中，看來同樣是來聽取天氣情報的拜斯中尉閒聊，邊在這短暫時間內享受在潛艇內迎接安穩早晨的喜悅。

「她可跟少校一樣有著常在戰場的心理準備。要是有蠢蛋趁她熟睡時襲擊她，潛艇的外殼肯定會破個大洞呢。」

「這是見解的不同喔。不過一大早談論這個也沒意義。目前狀況如何？」

能說蠢話的精神意外地不容小覷。尤其是在嚴酷狀況下笑不出來的士兵更是很快就會廢了。就這點來講，就連在這種潛艇的深處都能感受到日常，可謂是人類的偉大之處吧，譚雅儘管如此佩服，不過還是想起重要的義務與職務，結束這段蠢話。

「已經讓他們起床了。不過那些傢伙應該也沒醉意了吧。說是跟耐力訓練那時比起來要輕鬆多了。」

「非常好。要是有部下會因為宿醉摔下去，就得把人打落海中讓他腦袋清醒一下了。」

解說

**【敦克爾克大撤退】** 不僅讓敵軍逃走，逃走的敵軍還重新復活，而且我軍最後還在反攻作戰中敗北……的代名詞。

這可省得我麻煩了——譚雅邊回著之類的話，邊迅速與拜斯中尉交換部隊的狀況，而就在這時，一名海軍的軍官向她搭話。

「打擾了，提古雷查夫少校。特萊傑艦長傳來通知，說本艦即將抵達指定座標。」

這也就是說，再過不久就會抵達能展開行動的地點。因此譚雅點了點頭表示了解，同時開口答覆。

「辛苦了。不好意思，我想立刻請你幫我通知部下，要他們到甲板上列隊集合。還有，能麻煩給我氣象預報與航海用的航路圖嗎？」

這樣一來，就得暫時告別舒適的海上巡航、美味的餐點，還有免費暢飲的咖啡。不過，這不需要悲傷。畢竟只要戰爭結束，這些都是能立刻取回的日常。

這是要讓戰爭結束。既然如此就有再工作一下的價值。有意義的勞動是令人高興的事。

因此，譚雅與高采烈地讓部下們在潛艇的狹窄甲板上列隊。雖是讓中隊規模的人員列隊就顯得擁擠的甲板，但光是比艦內的密閉空間寬廣就讓人感到安心，這算是人之常情吧。

然後開始下令要部下迅速檢查裝備的譚雅，就在艦橋的瞭望台上確認到應該是特地前來替他們送行的特萊傑艦長的身影。

「要出動了嗎？」

爬下瞭望台的特萊傑艦長，在詢問的同時伸出手來。譚雅回握起他的手，禮貌性地進行指揮官之間的握手禮，同時述說著至今為止的謝辭。

「是的。感謝你這段期間的照顧，特萊傑艦長。」

「我才是，能協助像貴官們這樣的勇士可是無上的光榮。提古雷查夫少校，儘管陳腐，但希望妳平安無事。」

「感謝！恕下官僭越，就容我在此代表部隊，祝福特萊傑艦長與船員們能長久平安。」

然後在互相敬禮後，譚雅就朝部下點頭，開始飛行。

「全員行揮帽禮！」

接著，在身後傳來的特萊傑艦長的號令聲，以及潛艇船員們儘管簡單卻充滿心意的送別下，他們開始移動。

目的地是令人懷念的低地地區。飛行過程頗為順利地抵達指定空域。然後就跟往常一樣，譚雅以熟練的步驟呼叫起萊茵戰線的管制。

「Fairy01 呼叫萊茵控制塔。再重複一次。Fairy01 呼叫萊茵控制塔。聽到請回答。」

「Fairy01，這裡是萊茵控制塔，呼號為 Hotel09。收訊良好，請說。」

接著，就跟往常一樣聽到管制的答覆聲。

「Hotel09，這裡是 Fairy01。收訊同樣清晰，聽得很清楚。」

「Hotel09 收到。各位的戰果非凡。無論如何都想請你們喝酒的傢伙多到要用軍團來計算，我保證貴官們這輩子喝酒都不用錢了。」

「Fairy01 收到。不過這下困擾了，我可是個咖啡黨。」

互相說著的玩笑話，暗示萊茵控制塔的管制官有著相對的從容，是令人高興的徵兆。

所以譚雅就稍微放鬆神情「嗯嗯」的佩服起情勢改善的情況。心想，平時總是會因為迎擊管制、引導或各種事務處理導致語氣粗暴的萊因控制塔，居然能有從容的心理狀態進行如此具有人味的社交性對話，戰局想必很美好吧。

「哎呀，這下可糟糕了。慶祝貴官們歸來的典禮，我記得是由紅茶黨的典禮武官負責。我之後再去私下說服他吧。」

「Fairy01 收到。就萬事拜託了。然後呢？我們的任務是？」

「坦白講，是搜索游擊任務。不過是假如在回程途中有發現敵人，就算想攻擊也沒關係的程度。眾人皆盼望著勇者們的歸來，請務必要平安回來喔。」

而管制官實際上充滿關心之意的話語，讓譚雅差點忍不住笑了出來。沒想到會有這麼一天，能從平時只會強人所難的管制官口中聽到這種溫柔的話語！該怎麼說好，這是奇蹟吧。順利的發展竟能如此地增進人性。

「收到。只不過，地面部隊正在努力作戰，可不能只有我們落得輕鬆。我會努力讓友軍輕鬆一點的。」

「很好。這是空域情報，目前晴空萬里，接近無風。視野良好，但要留意地面射擊。」

身為一個人，能擁有互助合作的餘力實在是件美好的事。就連譚雅也發自內心地湧現出以利他精神做慈善的意志。

「Fairy01 收到。有敵魔導部隊的情報嗎？」

「詳情跟過去一樣。只是，儘管尚未確認，不過有收到與聯合王國部隊交戰的報告。也有誤認的可能性在，但要是事實，就要留意交戰準則與共和國軍的不同之處。」

管制官發出警惕，唯有在這時，他的語氣才恢復原本的認真。

「你說那群約翰牛介入戰爭了？」

所以譚雅連忙反問。

「Hotel09 呼叫 Fairy01。抱歉，一介管制難以做出判斷。」

「Fairy01 收到。有發出攻擊許可嗎？」

這麼說也對——譚雅一邊如此喃喃低語，一邊確認起更加優先的交戰規則。在遭遇後是允許迎擊，還是必須脫離戰場。在現代戰爭中要是不弄清楚這一點，甚至沒辦法輕言戰鬥。

「目前尚未有第三國的魔導師獲得合法進入接戰空域的許可，只需將非友軍的魔導師全部視為敵人消滅掉就好。」

「Fairy01 收到。聽到這句話我就放心了。」

只不過，結果全是杞人憂天。是敵人就擊墜；不是敵人就掩護。對航空魔導師來說，這是極為單純，也因此方便執行的規則。

於是譚雅所率領的第二〇三航空魔導大隊選拔中隊，就開始悠悠哉哉朝低地地區的指定空域前進。

在他們腳下展開的是自從坎尼會戰以來，許多戰略家夢想已久的大規模包圍。而且還不只是軍團規模，而是將共和國的所有主力完全包圍，空前絕後的大規模包圍。

以捕捉到共和國的主力、捕捉到如此龐大數量的敵人，並漂亮地完成包圍這點來講，帝國軍將會在戰史上建立起不滅的金字塔吧。

當想到這裡時，譚雅突然回想起自己至今以來的軍旅生涯，潸然淚下。

仔細想想，浸淫在戰火之中的我等軍人，有時很容易就會喪失常識。讓人不禁覺得，我們果然要重視身為一名懂得現代規範的市民所擁有的理性與常識。只要能回歸和平，就能經由日常生活置換掉這一切吧。

就算是跟自己一樣因為別無選擇才志願從軍的帝國軍人，也應該要回想起自己在身為軍人之前也是一名市民，必須要修養現代社會必備的市民規範。

所以再一下就好，再忍耐一下就好。

只要再輕輕揮出一擊，就能將共和國軍變成以人類之姿出生的肥料，結束掉這場戰爭。絕對不允許敦克爾克大撤退出現。這是為了和平與自己的未來所一定要做到的義務。

「軍方一般通報。已發布攻擊計畫第一七七號。重複一次。已發布攻擊計畫第一七七號。各隊請依照所指定的程序展開戰術行動。」

「這裡是Fairy01，通訊十分良好。已經收到第一七七號的發布。即刻起開始行動！向帝國獻上勝利！」

於是，在空域收到ＨＱ發布期盼已久的作戰開始命令後，譚雅就充滿幹勁的粗暴回以應允的答覆。一如往常的萊茵戰線、一如往常展開的戰火，還有往來交錯，集結了人類智慧所產生的各種「火焰」。

不過，今天與往常有些不太一樣。這個徵兆只要豎耳傾聽就能明白了吧。

「這裡是Goehr01，通訊良好。正待命準備作戰第二階段的出動。」

「這裡是Schwartz01，通訊正常。魔導干擾在預期之中。已收到第一七七號的發布。開始所指定的行動。」

解說

**【坎尼會戰】** 迦太基名將漢尼拔所施行的包圍殲滅戰的偉大實例，是軍事史的金字塔。漢尼拔真不愧是漢尼拔。對手假如不是羅馬，大概就會贏了。

清晰的無線電通訊狀況。雖說混雜著戰場必備的雜訊，但各部隊的報告會有如演習時一樣清晰傳來，即是敵軍欠缺能試圖妨礙的司令部設備或電力的佐證。最重要的是，本來應該要派出部隊起飛進行組織性攔截的敵方對應，如今簡直就像是在臨陣磨槍。

而這麼說的證據，即是能毫不吝嗇地投入以二五五mm為主的各式砲彈的帝國軍，以及就連步兵部隊用的七六mm砲彈都不足的共和國軍之間的火力差距。將有必要改寫地圖程度的鐵塊數量極為輕易發射出去的砲火交鋒，如今已演變成是帝國軍單方面的蹂躪。

相對地共和國軍的對應可說支離破碎。是完全陷入混亂，難以稱為統一軍事行動的模樣。

某批部隊正試圖突破包圍以寡兵突出戰線；另一方面，某批部隊正試圖緊急建立防禦線開始構築壕溝，然後又有某批部隊為了確保海上退路朝港灣設施進軍。一些所能想到的解決方案，軍事機構在中途解體的他們偏偏全都試著去做。

腦袋被炸飛的共和國軍此時的混亂局面，只能說是可憐到讓人不忍目睹。另一方面，能採取組織性行動的帝國軍方的動作則足以讚賞為是組織的勝利。

首先，截斷共和國軍主力的補給線，並大致占領完畢。就算他們多少還有自己儲備的物資，但堅守在萊茵戰線上的共和國軍主力部隊究竟需要多少物資呢？

以步兵可能搬運的數量來看頂多支撐三天，而且重砲彈的補給肯定是仰賴後方的持續支援。如今的他們不僅斷絕熱食，還欠缺砲彈。

再來，為了防止全面包圍特有的局部性劣勢，還經由航空魔導部隊的搜索游擊任務建立起警戒網。

「……只不過，還真順利。」

當初收到的命令，是要防備為了打通補給線而展開反擊的魔導師。或是為了打破帝國軍的包圍網，共和國軍的主力部隊一齊襲擊過來的可能性也不是零。

然而，參謀本部的擔憂看來完全是杞人憂天。就在帝國軍做好覺悟要承受反擊的瞬間，共和國軍主力部隊的各個部隊卻是依照各指揮官的指示七零八落地分頭行動。

因此，他們已錯失最後的些許機會。

事到如今，對譚雅來說，這可是個將徹底弱化的共和國軍痛宰一頓，換取升遷機會的絕佳好時機。

部下們儘管有在潛艇上喝酒狂歡，但他們可是連在萊茵戰中連續四十八小時持續執行敵陣滲透偵察任務時，都能以萬全態勢遂行任務的老兵。懂得自我管理的部下，讓人感受不到一一干涉的必要性。

「Fairy01呼叫CP。沒有迎擊。重複一次。沒有迎擊。我方已突破指定空域。」

最重要的，還是敵軍的抵抗已幾乎是末期狀況。一般來說應該會有如豪雨般射來的防空砲火只有綿綿細雨的程度。儘管視野良好，卻可悲到能用七零八落來形容的射擊。敵軍彈藥不足的情況似乎就是有如此嚴重。

過程輕而易舉。真的是難以置信的輕鬆，感受不到突破空域的實感。

相當薄弱的歡迎。讓人不禁想問，這真的是不久之前與我們交戰的共和國軍嗎？

就連本來應該要派來迎擊的魔導師與戰鬥機都沒有。拜這所賜，讓對地攻擊的效率堪比演習場。就只是從上空用干涉式術式攻擊靜止目標的簡單襲擊任務。

是比正常上下班時期還要簡單的任務。

……不過當時不是身為指揮官，而是身為一個部隊員在執行任務，所以還是那時候比較輕鬆愉快就是了。

拘泥在已經過去的事情上導致效率降低可不是我的興趣。不過以必須要記取過去教訓的觀點來看，回首往事算是有意義的行為吧。

「Viper 呼叫ＣＰ。只有零星的地面射擊。損害輕微。對移動毫無障礙。」

「ＣＰ呼叫各隊。地區42有複數的魔導反應。警戒長距離觀測狙擊式。」

戰爭果然還是靠腦袋打會比較輕鬆。這不是只有自己的部隊碰巧運氣不錯，而是帝國軍在全體戰區都確立了優勢。

就連與負責鄰近空域的 Viper 大隊之間的通訊線路都依舊健在的事實。ＣＰ一如其宣稱，不僅掌握住廣域戰區的情報，還確實做好偵察與情報分析工作的驚人事態。拜這所賜，讓危急時不僅能獲得鄰近空域的救援，砲兵隊也會確實發射支援射擊。

這是理所當然的事。而光是理所當然地做好這些事，就讓戰爭變得相當輕鬆。不對，或許是相反嗎？是決定勝負的關鍵，就在於能否做好這些理所當然的事吧？

「Fairy01 緊急聯絡砲兵隊。目標，地區42。請求反魔導師制壓射擊。」

或許，努力讓理所當然的事能理所當然地做好是件偉大的事。畢竟——譚雅對請求能獲得欣然應允的美好狀況露出微笑。

平時不是會找各種理由拒絕，就是會做得非常不甘願的掩護射擊。然而今天卻因為是特意引誘敵兵落入陷阱，所以砲兵隊早已配置完畢。豈止如此，還經由大致的地區分擔，讓我們一有請求就能同時獲得砲兵隊的支援，置身在這種理想的狀況之下。重砲還真是可靠。

「砲兵隊收到。正在進行觀測射擊，著彈，請麻煩確認。」

「前進空中管制官呼叫各砲列，已經確認第一次射擊著彈。確認為有效射擊。沒有修正的必要。重複一次，沒有修正的必要。」

還真是讓人傾倒的熟練度。

「開始效力射擊。重複一次。開始效力射擊。」

以魔導師難以防禦的大口徑砲彈進行的飽和砲擊朝著觀測地區傾注而下。

倘若是重防禦陣地或要塞還有辦法承受的攻勢，對於個人構築程度的簡易防禦陣地來說負擔太重。

這是從一二〇mm砲到二五五mm砲的集中飽和攻擊，而且還是擁有觀測人員的砲兵隊進行的統一射擊。

「已確認地區42喪失反應！」

在無法動彈的時候遭到攻擊，就算是魔導師也會被砲擊砸成肉醬。就是因為會變成這樣，所以儘管不願意我也還是要在空中戰鬥。跟待在地面相比，待在空中還比較不會被砲彈擊中。

只不過，今天卻一帆風順到完全沒有必要感慨選擇飛行的消極作為，凡事都毫無窒礙地順利進行著。

哎呀，效率還真是美好——譚雅臉上有著止不住的笑容。倘若能像這樣一面倒地解決問題，作為解決政治糾紛的延伸選項，戰爭意外是個不壞的選擇。

儘管不需要特意強調，不過極端來講，我對戰爭行為是資源浪費一事毫無異議，所以才希望戰爭能盡早結束。

真搞不懂，共和國明明只要不固執己見選擇投降，就不用眼睜睜看著國家的人力資本受損。像這樣消耗勞動人口究竟有什麼意義啊？

因為不具備經濟理性的觀念就慘遭全滅實在太浪費了。乾脆假設對方懂得計算經濟得失發出投降勸告吧？就算是無法戰勝的對手也要抗戰到全軍覆沒的義務已超出軍人的義務範圍。

要求被逼到這種地步的將兵們去死這種事，就算國家有權限制個人人權也該有個限度吧。國家有國家的理由，但個人可沒道理陪著殉死。

不如說，國家對擁有權力的個人所抱持的期待已大幅超出個人的義務。戰鬥是軍人的義務。所以在要為國防服務這點上我沒有異議。但就算是這樣，也應該沒義務要抗戰到全軍覆沒。

『各第一梯團，開始作戰行動。』

只不過，這不是個能靜下心來思考任何事情的狀況。

友軍傳入耳中的無線電，宣告作戰已經邁入下一階段。

看來能悠哉飛行的時間也所剩不多了。

雖不是感到著急，但還是稍微提升速度，朝著防禦碉堡毅然發動對地攻擊。就算只是用爆裂式粉碎薄弱的防禦據點，不過要挫敗最後的組織性抵抗，這樣應該就相當充分了。

只要俯瞰腳下的光景，就能看到東逃西竄的共和國軍，以及整齊劃一進軍的帝國軍身影，甚至還有數個帝國軍獵兵開始組起突擊隊型，一副要進行蹂躪戰的模樣。

通常來講，突擊防禦陣地要付出很大的犧牲。但要是我方占有優勢，情況就不同了。既然唯一值得擔憂的機槍已被我等魔導師擊潰，這就真的是一場一面倒的比賽。

被逼進低地地區、補給線遭到截斷的共和國軍之所以還不肯投降，說不定是打算藉此進行條件談判，但他們有理解到狀況嗎？作為給予帝國些許損害的代價選擇讓全軍覆沒，這怎麼想都不太合理。

那麼，他們倘若不是受到近乎狂信的反帝國思想驅使，就單純是無藥可救的戰爭狂吧。也有可能是完全搞不清楚狀況的可憐羔羊。

假如是後者還有辦法說服，但前者可就糟糕透頂。我打死也不想跟這種宛如瘋子的傢伙們打交道。

「空域警報！確認到複數的戰鬥機緊急起飛！」

「尚未確認到敵魔導反應。各隊繼續警戒伏擊。」

……看來，他們也不是完全束手無策的樣子。

不過事到如今才派出戰鬥機也太遲了。只是，比起跟說不定很危險的傢伙們交戰，以機率來講還是對空戰鬥會比較安全。

指示大隊中止對地攻擊。形成殺戮區，並為了提升戰鬥高度而與管制通訊。看樣子，衝過來的戰鬥機約有二十架。

雖然帝國軍的航空艦隊很快就會趕來迎擊，但由於不想受到妨礙，於是就決定稍微陪他們玩一玩。實在是非常好。這肯定會是一場嬉鬧程度的戰鬥。畢竟魔導師與戰鬥機，基本上都對彼此感到棘手。

魔導師儘管動作靈活，卻在速度與高度上遭到壓制；戰鬥機儘管打帶跑能力優秀，卻欠缺打擊力。雖說在成本上是那些傢伙擁有壓倒性優勢的樣子。

不過，那些傢伙遭到擊墜的機率，比我們還要高，因此在性價比上算是不分軒輊，所以倒也還好。

「敵砲列，開砲！」

「確認中彈。各壕，回報損害。」

「戰區報告，損害輕微。」

「對砲兵射擊！一口氣擊潰他們！」

地面上展開的是一場名為戰鬥的單方面攻擊。早知道友軍遊刃有餘到光是反擊一發砲彈就能將敵陣地完全粉碎，參與對地攻擊說不定還比較輕鬆。

話雖如此，但風險迴避就合理性思考來說也當然是必要的。現在還是努力去實現空中優勢與制空權吧。

……只不過，照這個情況看來，這場戰爭說不定會贏。

這是些許的心願。

只不過，就在腦海中浮現這種慢條斯理的雜念時，下一瞬間，背後的大海方向就傳來一股儘管微弱卻難以忽視的異常感，讓我打消這種念頭。

「這裡是萊茵控制塔，發布一般通告。警告本空域未發出識別的魔導部隊，請立刻表明你的所屬單位！」

些許的吵雜聲響與盤查的對話。

「萊茵控制塔管制再重複一次！警告本空域未發出識別的魔導部隊！警告通過海上識別圈的部隊！請立刻開啟頻道，或是發送識別信號！」

戰區迴盪起友軍宛如悲鳴的警告信號。管制透過一般線路拚命向毫無回應的 Unknown（不明機）反覆盤查的吵雜聲響，就算隔著無線電，也能讓人理解到管制正陷入某種恐慌之中。

所謂的不祥預感，就是一定會命中。

從海上前來的敵人，也就是說……啊，應該是愉快的約翰牛與他不愉快的夥伴們吧。

「Fairy01 呼叫萊茵控制塔。推定 Unknown 為敵人。請允許回轉攔截。」

譚雅邊揮舞手臂向飛在身旁的拜斯中尉發出「靠過來」的訊號，邊經由長距離無線電呼叫司令部。與其被人從背後追上，還不如回轉發動攻擊要來得好些。

「萊茵控制塔收到。不過，友軍的警戒部隊目前正在嘗試接觸行動，所以請避免射擊而與對方接觸。」

只不過，儘管傳來的通知有下達回轉許可，卻也針對交戰規則設下了限制。率先發現敵人，率先打擊敵人可是空戰的大原則。更進一步來講，管制官應該不久之前才說能毫無限制地發動攻擊。要是得被迫背負與方才的答覆完全相反的限制，這還要人怎麼打仗啊。

高層老是對現場下達無理取鬧的命令。中隊規模的魔導部隊，終究只是一個戰術單位。只不過，要我就這樣受高層的方便擺布，有如樹葉一樣翩翩飄落，我可是敬謝不敏。

因此，譚雅就一副「我要抗議」的態度，打算朝無線電開口，並在說話之前察覺到自己有點失去冷靜。

先做一次深呼吸，掩飾內心的煩躁。於是譚雅調整呼吸，努力不讓語調透露出不滿情緒，聲音平緩地經由長距離無線電提出異議。

「Fairy01呼叫萊茵控制塔，恕我無法從命。倘若不先發制人……」

不過，這只是在白費功夫。

「警報！Unknown、魔導師、大隊規模，正急速逼近！」

無線電響起友軍發出的警報。

「敵我方暗碼，沒有回應！」

緊張起來的無線電狀況，以及開始混亂的對話內容。早在似乎已目視到對方的友軍發出警報時，譚雅就做好覺悟了。

接著，譚雅當機立斷。自解鎖作戰開始以來，帝國軍從海上飛往低地地區的魔導部隊就只有一批。

而這不是別人，正是我等第二〇三航空魔導大隊的選拔中隊。

於是，我就朝靠過來的拜斯中尉，透過擴音器大聲喊出指示。

「拜斯中尉，回轉。把這直接傳達給各員！」

「妳是說回轉嗎！」

拜斯中尉就像是覺得不可思議似的驚叫答話，對於他差勁的理解力，譚雅壓抑著想朝他怒吼的衝動大聲喊道。

「沒錯！我判斷 Unknown 為敵人！無線電靜默，然後抑制魔導反應！要先發制人。」

「判斷為敵人太危險了！目前還無法排除對方是大洋艦隊的友軍海陸魔導師的可能性！」

「假如是大洋艦隊的人，總該會帶著暗碼吧！是敵人，給我預估是敵人採取對應！」

說到這裡，看似總算理解狀況的部下這才點頭答應，然後在他飛去向其餘中隊說明之前，譚雅再補上一句話。

「在無線電靜默之前先朝戰區發布 Bogies（敵飛行單位）警報！是海上來的新敵人！」

於是，指揮對立的兩個魔導部隊的雙方指揮官，就在同一時間理解到對方的能力，然後用力地咂嘴。

尤其是受到迎擊的聯合王國指揮官——德瑞克中校的嘆息特別嚴重。

「……毫不猶豫的敵人還真是討厭呢，傑夫瑞。」

他一邊喃喃抱怨，一邊遠眺著帝國軍機敏的魔導師們迅速擺出迎擊態勢，並對那批帝國軍魔導師在行動上展現出的高訓練水準由衷感到頭疼。

幫大人物們擦屁股可不是他的興趣。假如是為了幫那群錯判帝國動向的政治家們擦屁股而遭到緊急派遣，不論是誰都會想抱怨幾句。

「對呀。這不論怎麼想，現況都很清楚吧。」

他們是收到了帝國軍與共和國軍的前線發生異變的消息，為了緊急掌握現況而被派遣飛來的部隊。

但要是無法與共和國的管制官取得聯繫，空中巡航的部隊也盡是帝國軍的航空部隊與魔導師的話，事態就清楚到讓人無從誤解。德瑞克中校的副隊長——傑夫瑞中尉所說出的這句話，即是帝國軍正逐漸壓制共和國軍的明確證據。

「德瑞克大隊長，要退嗎？可能的話……希望你下令避免交戰。」

「不行。」

因此，當德瑞克中校的副隊長提出撤退的可能性時，德瑞克中校就根據直覺拒絕他的提議。

面對部下「這是為什麼」的詢問視線，德瑞克中校以狂妄的笑容笑道：

「要是錯過這次機會，恐怕眼前的重圍就會一如字面意思化為厚重的壁壘……現在能突破重圍的可能性還不是零。這樣就有試著武裝偵查的價值在吧。」

倘若是現在，就還有辦法試著突破重圍——德瑞克中校做出這種判斷。

當然，正在眼前展開的帝國軍魔導部隊的行動實在是機敏至極，最後還令人錯愕的，就連發出無謂的通訊與他們確認身分的時間都捨不得，直接組起隊列，所以讓勝算只有一半一半。

「有看到眼前的敵人嗎？沒有比這還要棘手的對手吧。」

「這我不否定。不過，也沒辦法丟著這個狀況不管吧？」

德瑞克中校能理解傑夫瑞中尉如果能撤退就想撤退的心情。但就算是這樣，要是無法掌握狀況，確認共和國的主力部隊還能在現況下支撐多久，也將會對聯合王國帶來極大的災難。

所以，德瑞克中校儘管知道這是在強迫部下犧牲，也毅然決定交戰。倘若有辦法突破重圍，就去突破吧；倘若沒辦法，就將敵人的戰力情報帶回去吧。

「況且，傑夫瑞中尉，你忘記自己是什麼人了嗎？」

「啊，對了，真是抱歉，中校……這麼說來，我們可是市民呢。」

「正是如此，我們不是臣民，而是市民。好歹給我記清楚自己的所屬國家啊。是在Pub（酒吧）喝多了嗎？」

因此，儘管嘴巴上說著玩笑話，德瑞克中校與他旗下魔導部隊也為了以反航戰迎擊直逼而來的帝國軍魔導部隊，調整態勢，為交戰的瞬間做好準備。

「中校，在共和國似乎是叫作bar而不是Pub喔。」

「唔，是發音的問題吧。」

「是這樣嗎？」

然後，儘管說著玩笑話紓解部下的緊張，不過準備與帝國軍魔導部隊交戰的德瑞克中校等人毫無一絲大意。

「警告！上方有 Bogies！被鎖定了！」

所以在偵查負責人喊出警告的瞬間，也能即時反應。經由訓練讓身體牢牢記住散開步驟的他們，隨即條件反射地聽從警告，儘管勉強也還是動起身體。然後，他們就在千鈞一髮之際避開從上空大量傾注而下的術式射線，並也因此不得不愕然失色。

「呃，八〇〇〇！是報告中的那批部隊嗎！」

能在高度八〇〇〇英尺，這種超越高度極限常識的高度下展開的帝國軍魔導部隊的存在，是有收到報告。不過直到與他們對峙之前，就連德瑞克中校等人也都當這是戰場傳說。

畢竟他們基於自己身為魔導師的經驗，很清楚要飛到高度六〇〇〇英尺以上有多麼艱難。所以當他們親眼目睹到高度八〇〇〇英尺這種荒唐的高度時，才會愕然失色。

「迎擊！敵人的數量不多！給我分別擊破！」

不過看出敵人的數量僅有中隊規模的德瑞克中校隨即發出怒吼，要部下們活用數量優勢，壓制帝國軍魔導師們的行動。

「不要打亂統一射擊！進行制壓射擊！盡可能彌補高度差！」

正因為對數量優勢、自己部隊的訓練程度，特別是對射擊精度懷有絕對的自信，他才會選擇以統一射擊迎擊。

「呃！被避開了？」

所以，霎時間他難以置信。假如是被單一敵人避開也就算了。

大隊規模的魔導師所進行的統一射擊竟然全部落空？

這怎麼可能——在甚至能間接聽到這種呻吟聲之中，猛然回神的德瑞克中校隨即大聲斥責，要部下們防備敵人的反擊……只是，稍微慢了一步。

「霍金斯少尉中彈了！該死，誰快去掩護！」

聽到響徹四方的中彈報告與部下痛苦呻吟的聲音透過無線電傳來是件討厭的事。在這個狀況下唯一值得高興的事，頂多就是還沒有部下遭到擊墜。

「比傳聞還要厲害！真是不能小看戰場上的荒誕故事！啊，該死，那個鬼扯的謠言居然是真的，混帳東西！」

說什麼這是協約聯合與共和國的膽小鬼創造出來的幻影。

說什麼那個萊茵的惡魔、那個在高度八〇〇〇英尺肆虐的帝國軍魔導部隊不過是戰場傳說。這怎麼會是鬼扯的謠言，根本是受到過小評價，優秀到可怕的敵部隊。那群坐領乾薪的情報分析官，究竟是在搞什麼鬼啊？

「呃，脫離！不能在阻擾與情報收集上冒更大的風險！」

**統一曆一九二五年五月二十八日　共和國軍萊茵方面軍司令部相鄰設施**
**聯合王國人道救援團體「和平世界」醫院**

「……呃，沒看過的天花板。」

一邊勉強喚起無法隨心所欲的意識，共和國軍萊茵方面軍司令部所屬的卜基盧・肯恩上尉一邊確認自己的狀況。

約翰叔叔點點頭注視著他的反應，同時若無其事地按下護士呼叫鈴。這是基於他肯定渾身充滿倦怠感的推測所做出的體貼行為。

恐怕是某種強效的藥物，而且還是藥效很長的強效鎮定劑。

畢竟是因為全身嚴重燒傷與一氧化碳中毒險些喪命的軍人，比起放任他痛得打滾，這算是體貼的處置吧。

不管怎麼說，只要能說話就沒問題。必須得趕快詢問他想知道的事才行。約翰叔叔儘管做出這種判斷……但老實說，他同時也覺得從死亡深淵中生還的人，應該有權利再稍微品嘗一下內心的平靜。

他的視力應該良好。能辨識出天花板就表示他的色覺也沒問題。但由於身體幾乎無法動彈，所以視野也受到限制。不過耳朵與嘴巴的機能正常。也希望他差不多該注意到我的存在了。

不過，總之他還活著。既然如此，就差不多是在思考這裡是哪裡，情報部的人所受的即是這種訓練。

約翰叔叔認為必須要回答卡基盧上尉的這種疑問。

同時在心中碎碎唸著：要是被性質極為棘手的情報人員誤認為是敵人，事情就難辦了。

「恢復意識了吧。」

約翰叔叔以對上尉來說應該是曾經聽過的聲音，緩緩地向他搭話。

「……你是誰？恕我失禮，請報上你的官階姓名。」

突然就要人報上官階姓名還真是意外，但他想要遵守程序的意志倒也不是不值得讚賞。

算了，只要他不是非常無能，就應該還記得吧。

「很好。貴官是卡基盧．肯恩上尉。我是聯合王國出身的約翰叔叔。好久不見了。」

啊，是「約翰叔叔」啊——對方表現出能接受的態度。雖然自己也覺得沒有比這還要可疑的回答，但只要長官下令不許有任何疑問，軍人就什麼也不會問。總而言之，是認識的人。

至少，在事前情報裡頭應該不是敵人，有著能協力進行情報交換程度的友好關係，因此能用「我是約翰叔叔喔」來進行對話。

「啊，是約翰叔叔啊。所以，我為什麼會被綁在這裡？」

正因為如此，他才會陷入混亂。疑惑著，自己為什麼會被綁在床鋪上？

「不，並沒有特別把你綁起來喔。藥物也是以止痛劑為主。」

「啊？幾乎讓全身喪失感覺的藥物，你說是止痛劑？」

從因為剛剛的護士呼叫鈴趕來的傢伙們手中拿到的病歷上看來，似乎是沒有做全身麻醉的樣子。大概是有部分神經壞死吧。

……才這個歲數，還真是可憐。願你受到主的憐憫……AMEN。

「如果想痛得打滾的被虐狂嗜好是所謂的共和國風格，這大概是基於雙方的文化差異所導致的誤會吧。」

真受不了。照這個樣子，看來依舊是沒辦法把潛伏在某處的帝國鼴鼠揪出來了。

這種悲觀的想法似乎並沒有錯。

一氧化碳中毒所引起的記憶障礙。

作為麻煩的問題，卡基盧上尉目前的狀況讓他無法提供任何有關這件事的有益情報。

「請保重。」

在如此告別後，離開病房的約翰叔叔就在內心深深嘆了口氣，同時拿起醫院的電話。

至少得要通知共和國軍，有一名軍官勉強救回一條命的事。只不過——他不得不說一句因為覺得不該說出口而深藏在心中的一句話。以現況來講，這就跟交還給他們一具屍體差不多吧。

即使詢問他當時的狀況，也只知道他完全不記得在遭受攻擊前究竟發生了什麼事。而且很可憐的，他的身體狀況還急速惡化。

這樣與其無故遭到懷疑，還不如趕快把人交還回去吧——由於上頭做出這種理性的反應，於是發出交還病患的通知。

……這也是考慮到收容方的共和國狀態有變，才不得不做出這種打算吧。既然他們那邊無法支撐太久，也就沒辦法再繼續讓「慈善團體」待在這種「危險地帶」。

還有——約翰叔叔在心中補充。最重要的是，一想到哈伯革蘭少將閣下的暴怒模樣，就覺得應該要讓共和國一起分攤一部分的責任。

然而可恨的是，回程機票居然這麼順利就送到手上。想必哈伯革蘭少將閣下肯定是氣瘋了，光是想到這點，就讓我眷戀起菸草的味道。想叼著雪茄，什麼事也不想而連抽數根，就是在指這種心情。

於是，忠於自身慾望的他就從胸前口袋拿出雪茄叼起，剪掉雪茄頭，點火抽了一口。

身為擁有逍遙自在的約翰牛精神之人，約翰叔叔就這樣一面吐煙代替嘆息，一面詛咒老天。

當然，就算是以不論何時都能冷靜沉著自豪的他，也還是有一些想感慨的事。

比方說，恐怕正在海峽對面發飆的上司存在。光是想到這件事就讓他心情憂鬱。

『就算能忍受祖國的食物，也不想聽到那個哈伯革蘭的怒吼。』

會如此感慨的情報部員肯定不少。

心不甘情不願，約翰叔叔就真的一如這字面意思的降落聯合王國。

除了紅茶，沒有事物能撫慰他的心靈。

儘管「哎呀」的嘆息著，約翰叔叔也依舊努力。就算被取消休假緊急派到共和國去出差，也只要當作是在為了家人工作就好。

『真受不了。』

他一邊在心中如此抱怨，一邊為了報告闖進風暴中。雖然已從往來人員的表情上掌握事態，也依舊是不得不去。儘管不太清楚，但觀察會有如噴火龍一樣發飆的人類，肯定也是低廉薪水的分內工作吧。

他邊這樣抱怨，邊不表現在臉上地走進室內。

向在裡頭等待的哈伯革蘭少將以口頭報告重點。

這該說是幸運，還是已經習慣了呢。

總之在報告結束後，約翰叔叔還有多餘的時間能夠摀住耳朵。

當然，他毫不遲疑地這麼做。

「…………別——開玩笑了——！」

在打從帆船時代就以海軍為巢的大海男兒的浪潮之中鍛鍊出來的嗓音，宏亮到就連在狂風暴雨的大海上都能響徹雲霄。而順著憤怒之意發出怒吼的將官聲音更是格外響亮。

對外戰略局的哈伯革蘭少將。

他所揮下的拳頭儘管鮮血淋漓，卻也還是將以耐久性聞名的櫟木辦公桌打破了。還真是漂亮的一拳呢——約翰叔叔露出彷彿望向遠方的眼神，強迫自己努力以客觀的角度去理解上司的奇行異舉。

不過就算是從今天起，他也應該能作為巴流術的師傅混飯吃吧。（註：小說福爾摩斯探案的主角福爾摩斯使用的虛構日本武術）

「哎呀——就算你這麼說也無可奈何吧？畢竟就連唯一的生還者，也是在還沒搞清楚狀況之前就被燒傷了的樣子。」

就知道你會大吼，我才摀住耳朵——一副這種態度的「約翰叔叔」特意深深嘆了口氣。

他們可是老交情，所以也稍微看得出來對方已恢復冷靜。

「生還者的狀況也非常危險。儘管遺憾，但應該撐不了太久。實際上也是直到剛剛才終於有辦法開口說話。」

有關為什麼沒有逼問生還者一事，約翰叔叔就在被問到前先慢慢解釋。

「不得已只好把人移送到共和國方面的設施，讓他接受緊急治療好延長性命，我問出來的最新情報就是這些。看來是無法期待後續的消息呢。」

他也很清楚，面對怒不可遏的哈伯革蘭少將，這種程度的答覆甚至沒有一絲鎮靜效果。

「拜這所賜，是既沒資料，也沒有線索。統統都被燒掉，一切都化為烏有了。」

畢竟說穿了，調查結果全是讓人無法期待的東西。收集到的機密資料盡數燒燬。喪失說不定勉強掌握到某種情報的資深局員，也造成很大的傷害。詢問共和國方面的生還人員所掌握到的事實，就只有他們完全是毫無預警地遭到大火吞沒。

但不管怎麼說，獲得這些微不足道的情報所付出的代價，是讓所有派遣人員的長官們盡數落得要針對「訓練中的事故」寫信賠罪的下場。照這個樣子來看，大概還必須捏造出一個大規模事故的負責人，不著痕跡地偽裝出真實性吧。

人員損害就是龐大到如此不容小覷的規模，而且針對生還者的詢問也幾乎毫無進度。

解說

**【約翰牛精神】**

會在運動比賽與戰爭時發揮真本事的不屈不撓諷刺家精神。不過，料理不太好吃。

「……為什麼？為什麼帝國軍魔導師會特意跑去突擊連你也不知情的機密單位！」

這世上要是有會讓人仰天長嘆，忍著頭疼開口抱怨的事情，肯定就是這件事了。看在約翰叔叔眼中，這實在是不得不長嘆一聲：你連我也懷疑啊。

對這個為你赴湯蹈火賣命工作的老骨頭，你說的這是什麼話？我家的上司，該不會有妄想症吧？在這瞬間，約翰叔叔心生懷疑地瞪了回去。

不過在看到咄咄逼人的哈伯革蘭少將一副「你有意見嗎！」瞪回來的焦躁表情，約翰叔叔就先退讓了。哎呀，既然認為鼴鼠已潛伏到如此嚴重的地步，就不得不懷疑起任何人吧。

畢竟，儘管只有極少數人知情，但這段期間聯合王國情報部可是屢戰屢敗，而且也未免出現太多「不幸的偶然」。

協約聯合派遣部門連同觀測所一起遭到砲擊炸死，說不定是一齣悲劇；帝國軍魔導師偶然意外遭遇協約聯合艦艇，最後還讓流彈集中打在同一個位置，也是有可能發生的事。

就算很不幸地，那個位置有著聯合王國情報部無論如何都要守護住的一群人也一樣。以機率論來看，這也不是不可能的事。

再來是潛艇碰巧被人發現到的事，以機率論來講也是有可能的吧。就船隻的性質來看，可能性並不是零。

換句話說，就算可能性低到能斷言這種事絕對不會發生，魔導師在海上與船隻不期而遇，依舊能說是罕見但有可能發生的事。因此，為了保密而將貨物封口，其實是不幸的偶然事件所導致的結果也說不定。

倘若只有這樣的話，儘管是天文數字般的機率，也還有辦法強辯這是不幸的偶然。不過就在此時，發生了這次的事件。

既然有人提出偶然以外的可能性，也就是懷疑這是情報走漏的結果，會進行調查也是當然的事吧。

而為了進行調查，保密當然就會是重點。因此，聯合王國情報部就與共和國情報部極為機密的暗中合作，進行共同作業的機密設施也受到極為嚴密的保護。

而這座設施會不幸遭到碰巧去襲擊司令部的帝國軍魔導師襲擊，在這廣闊的世界上說不定也是有可能的事。

不過，偶然還真是可怕。可怕到就算有帝國軍的鼴鼠潛伏在聯合王國之中，也不會覺得不可思議的程度……約翰叔叔就在這裡停止思考。

講明白點，就是比起繼續玩著思辨遊戲，現在更需要實際的對應方法。

縱使不可能，但假如真的是偶然，就必須要想辦法證明，否則就會一直受到疑神疑鬼的想法折磨吧。

假如不是偶然，就肯定有一隻超大隻的鼴鼠在四處亂竄。要真是這樣，就必須要打光把鼬鼠揪出來才行。

「好啦，我認為只能去調查了。」

「……早已經調查過好幾遍了。」

唔，鼴鼠說不定鑽得意外地深。即使不惜把整塊地翻過來也要找嗎？約翰叔叔立即向上修正關於鼴鼠的情報。

「姑且也調查一下我這邊吧。」

儘管麻煩，但說不定也該調查一下內政部這邊。

在心中修正預定。雖說有做好鼴鼠對策，但也有必要假設情報是從其他部門洩漏。而且糟糕的是，已經沒有太多時間了。

萊茵戰線崩潰恐怕只是時間上的問題。這是軍事專家們一致的見解。順道一提，「約翰叔叔」也對這項判斷毫無疑問。還不知道有沒有時間慢條斯理地抓鼴鼠。

約翰叔叔是清楚自己能力界限的優秀人員。所以他很清楚，沒辦法的事情就是沒辦法。

現在的心情要說的話，就是爽快至極。

應該要說早安，還是午安好呢？或是該說晚安？儘管不清楚該用哪種招呼會比較適當，但所有人都不吝於露出笑容地互道一聲你好。

倒不如說，今天將要從繼續掃蕩殘留敵軍的帝國軍萊茵戰線，向各位親愛的帝國同胞以及全世界的人們微笑打招呼。

畢竟——譚雅嫣然地笑起，回顧著越過腳下遼闊荒地的瞬間。那塊荒地，正是過去的萊茵戰線。不論是綠意盎然的草地，還是成為休憩場地的小溪，全都遭砲彈掘地三尺化為一片荒蕪的戰壕殘骸。

是曾與眾多戰友在此一起生活，遭到戰死者白骨掩沒的大地。在將被引誘穿越這塊白骨大地的共和國軍主力部隊包圍殲滅之後，沿著毫無阻礙的道路前往巴黎士。沒錯，是朝著法國蝸牛們的巴黎士進軍。既然連親手結束戰爭都不再是夢想，這就是會讓人想發出豪語「我們是勝過世間一切的萊希」的美好光景。

該說「真不愧是帝國軍」，還是該說「毫無抵抗到這種地步還真是不可思議」呢。擔任先鋒的魔導師們直到巴黎士外緣區才總算是與共和國軍接敵。而且非常幸運的是，由於占領到毫髮無傷的鐵路路線，所以我方甚至還備有重砲。

儘管進軍的速度也因此略為平緩，但還不至於阻止關鍵進擊，占領首都只是時間上的問題，這項判斷是包含譚雅在內的帝國軍將校們的共同意見。

就某種意思上，縱使不是帝國軍人，只要是身為軍官，這都是夢寐以求的光景吧。眾人甚至還為了搶先抵達敵國首都展開競賽，是帝國軍的進擊充滿榮耀的瞬間。

而擔任先鋒部隊之一抵達巴黎士郊外的第二〇三航空魔導大隊，這時才總算看到懷著誓死保衛首都的覺悟抗戰的共和國軍部隊。

就從空中眺望的情況來看，似乎是以巴黎士的駐守部隊為主。能確認到的部隊規模約有兩個師團，而且還是與裝甲部隊或機械化等要素無緣的步兵師團。由於成員缺乏年輕人，所以能推測大概是緊急動員的後備軍人部隊。

而光看眼前正在構築中的陣地——或許該加上這句但書吧……巴黎士的郊外儘管正在構築壕溝線，但後方的市區卻是未經工兵隊之手處理，毫髮無傷的瑰麗街道。

……為了暢通防護射擊的射線，至少也該拆除會成為障礙物的建築，或是炸燬橋墩吧，但也沒有。

這對遭到緊急動員的他們來說是可悲的事，但遲遲不想在首都進行城鎮戰的共和國政府，似乎基於政治上的理由強迫他們在外緣區進行防衛戰鬥。

「……真是上司緣不佳的一群人。果然就這點來講，我……或是說帝國軍相對來講，算是非常有上司緣呢。」

……如果他們是據守在經過適當訓練，有著堅固戰壕與重砲掩護的防衛陣地裡，或許就足以造成威脅也說不定。

但在現況下——譚雅暗自竊喜。

區區兩個師團，怎麼可能阻擋得了成為萊茵戰線勝者的帝國軍奔流。有著會下達這種蠢命令的長官，共和國的那些傢伙們要說是可憐也還真是可憐。就這點來講，譚雅則是置身在令她高興的環境之下，不僅是傑圖亞閣下，從帝國軍的下屬乃至於長官，在大致的人際關係上都受到很大的恩惠。

「Fairy01 呼叫ＣＰ。一如事前情報。有兩個師團規模的步兵正在構築防衛陣地。」

「收到。在友軍裝甲師團抵達前致力於阻止行動。」

最近有很多輕鬆的工作還真好。

才剛這麼想，情報部就難得送來有關威脅的妥當敵情。所謂，共和國軍正在巴黎士的外緣區構築防衛線。此外似乎還有數個師團為了防衛首都而集結，算是這陣子以來的最大頭條新聞。

拜這所賜，讓原本待命的預定，變更為偵查兼對地掃射任務。這是該對津貼增加感到高興，還是該感慨休假減少呢？是讓人瞬間感到迷惘的消息。

不過——譚雅在心中喃喃自語。

就現狀來看，接到這種似乎能領到獎金而且輕鬆划算的工作，應該是要感到高興吧。

「Fairy03呼叫01。諸元已輸入完畢。已向砲兵隊發送觀測諸元。」

「Fairy01收到。之後就專心觀測吧。」

就連最有可能遭到妨礙的觀測任務也沒有敵人妨礙，還真是平穩的天空。考慮到就連在諾登的天空，都會一直遭到協約聯合軍的魔導師妨礙，所謂的平穩到讓人驚訝正是指這種狀況。

這片天空就是平穩到這種地步。除了地表偶爾會傳來爆炸聲或竄起黑煙外，是一片蔚藍且晴空萬里的爽朗好天氣。

而正因為是好天氣才值得害怕的防空砲火，也貧乏到惹人憐憫的程度。畢竟，地面發射的防空砲火儘管很顯眼，但不知為何，第二〇三航空魔導大隊卻一次也沒能發現到。

共和國的蠢蛋們，大概是認為在首都設置顯眼的防空砲會有損美觀；或是不想帶給國民就連這裡也會淪為戰場的危機感。總之就可確認到的部分來看，防空砲火是極為薄弱。

就算實際飛過去看，也頂多勉強確認到一些四〇mm聯裝高射機槍。要說到值得恐懼的一二七mm高射砲，則是完全沒發現到。

此外，就連魔導師在戰場上本來應該要最優先攻擊的敵重砲也不見蹤影。順道一提，在這個戰場上所看到的最大火力，只有舊式野戰砲的程度。感到最為棘手的武器，頂多是每個步兵中隊都有的迫擊砲。總之是個缺乏敵砲兵身影的戰場。

在近身戰鬥時，作為當重砲的誤射危險性高的時候，步兵有可能使用的最大火力，或許有必要警戒迫擊砲……換句話說，就是需要警戒的對象只有這種程度的反證。

畢竟這些武器對魔導師來說，只是完全構不成威脅的火力。是只要飛起來就幾乎難以說是威脅的武器吧。

「Fairy03 呼叫大隊各員。請留意砲兵隊進行觀測射擊的射線。」

倒不如說——譚雅碎碎唸道。

如今還比較害怕遭到友軍的誤射。所以只能一面喃喃說著「真受不了」一面蹂躪敵軍。

並不想被友軍的一八〇mm重砲炸飛。儘管應該是待在安全圈內，不過姑且還是決定上升拉開距離。

在上升後，雖然多少會無法用肉眼辨識陸地上的動向，還不至於造成問題。所幸雲朵稀少，讓視野頗為良好。就在以八〇mm野戰砲為主的共和國軍步兵師團，遭到在萊茵戰線磨練出一身好本事的帝國軍砲兵隊連番轟炸的期間內，在高空盡情地看熱鬧吧。

一八〇mm砲與八〇mm砲的射程相差太遠，所以應該會是一面倒的展開。一如字面意思的射程外戰術。這下可輕鬆多了。

由於這是對地掃射任務而不是轟炸任務，所以身上背著大量的重裝備，雖然有點重，不過這種程度是所謂不得不承受的重量。

姑且是預估會遭到共和國軍的殘存魔導師攔截，也有預估當砲兵的觀測射擊有危險時，就要先朝敵地面部隊的腦袋上胡亂拋投榴彈，然後進行格鬥戰。

可是就算想將緊緊綁在身上的馬鈴薯搗碎器（註：24型柄狀手榴彈的俗稱）拋投出去，地面上的敵人也預定遭到砲兵凌虐，但就算是這樣，也不能因為太重就把國家經費購買的武器彈藥丟開。要是有敵魔導師出現，姑且還能用「為了進行格鬥戰才不得已這麼做」的藉口這麼做。

結果因為敵魔導師們沒有出來迎接，只好揹著沉重的累贅，從事砲兵的觀測支援任務。

……是盧提魯德夫閣下的判斷錯誤嗎？

「Fairy01呼叫ＨＱ。以確保所指定的空域。沒有抵抗。未發現敵魔導師。」

沒錯，帝國軍是維持著勢如破竹的攻勢。只不過，再怎麼說都進軍到首都巴黎士，共和國軍卻毫無抵抗，實在是有那裡不太對勁。

不對，共和國軍要說抵抗也確實是有。然而，卻看不出有以殘存戰力全力抵抗的跡象，可說難以理解的事態。

畢竟敵軍的首都上空不僅視野良好，甚至還能圓圈飛行！這已經超乎意外，是讓人難以置信的狀況，過分到擔憂這是不是落入某種邪惡計謀之中還比較有真實性。

是完全超出本來預期的事態。

根據往常的估算，這裡應該會是受到嚴密守備的空域。魔導師是種在伏擊與攔截時容易隱藏的兵科。所以才會在萊茵戰線特意進行武裝偵查，把他們從地洞裡揪出來。

這次針對巴黎士防衛部隊所進行的對地掃射任務，也是想藉此引蛇出洞……卻詭異地絲毫不見蹤影。首都就算沒有防空砲這種顯眼的東西，也肯定會有魔導師。不論是誰都會這麼想，至今也仍有許多要警戒伏擊的聲音。

就像帝都上空不會容許共和國軍飛行一樣，共和國首都上空也該會有相當程度的迎擊。肯定會是注重反魔導師戰鬥，試圖以槍林彈雨的飽和攻擊打穿防禦膜與防禦殼的空域。

這種事前預測也受到將兵們幾乎是毫無抗拒地認同。對在萊茵戰線學到共和國軍有多麼頑強的將兵們來說，這可是理所當然的結論。儘管如此，卻沒有半發子彈射來。既然不覺得不抵抗主義者會超過半數，那就是這裡沒有敵兵？

要真是如此，儘管有湧現痛宰共和國的實感，但要是連防空砲都沒有，反倒讓人感到詭異。是首都裡據守著抗戰義士，想忠實執行與敵人一起自爆的義務嗎？

不對，這裡好歹是首都。政治價值應該沒有低到能自爆炸燬的程度吧。

「ＨＱ收到。繼續彈著觀測並保持警戒。」

不過就算在意這點，現在要是不先專注在其他事情上可就麻煩了。軍方不想進行城鎮戰，意圖在敵人據守市區之前殲滅他們。我對這個方針毫無異議。這可說是正確的打算。

與其在棘手的城鎮戰中一個區塊一個區塊進行掃蕩戰，還是包圍殲滅來得輕鬆。最重要的是很有效率。

只不過，一旦砲兵隊在殲滅上耗費太久時間，就容易讓他們撤退。或是放棄抵抗的敵部隊，也有可能自發性地撤往城鎮。既然如此，就有必要壓制後方區塊阻斷他們的退路吧。

當然，既然沒有安排空降部隊，就會下令要魔導師代替執行。這弄得不好，自己的部隊還有可能要從事空降突襲任務。

不用說，在跟壕溝戰相較之下，這是輕鬆很多沒錯。

只不過，說不定會在正處於敵軍支配下的城市裡遭受伏擊的擔憂可一點也不有趣。要是能不用從事這種任務，當然會比較好。

現在就只能一面牢牢記住敵軍的動向與地形，一面祈求砲兵隊能大展身手。姑且是該檢討一下，能否以對地支援射擊給予退路威脅，藉此牽制他們的行動吧。

「Fairy01 收到。將繼續警戒。」

好不容易才沒讓敦克爾克大撤退發生而來到這裡。等到戰勝之際，就能悠哉地享受餘生吧。正因為是勝仗——譚雅繃緊神經。

必須要存活到最後一刻才有辦法領取獎金。我可不想在加班處理業務時受傷啊。

前天進攻到首都的帝國軍已突破首都防衛線並闖入市區的消息，毫無延遲地傳達到這裡——布雷斯特軍港。共和國國防次長暨陸軍次長的戴・樂高少將百感交集地聽取這份惡耗。

雖說早有覺悟，但在實際聽到後，還真是沒有比這還要讓人悔恨的消息。

自己的計畫儘管是預測到這種事態所制定的，但這也是懷著羞愧的念頭，一面在心底暗自落淚，一面逼迫自己想出來的計畫。

「大陸撤退」計畫。

在他的人生中，沒比擬定這項撤退案還要屈辱的工作。過去一直作為光榮的共和國軍人昂首闊步在陽光之下的戴・樂高少將，如今心中充滿著難以忍受的屈辱感以及更加強烈的憤怒。

相信著共和國的榮耀而死的士兵們與戰友們，正因為有他們的犧牲貢獻，才能將帝國的注意力引誘到首都上。

他很清楚，他們捨命爭取到的時間，是讓共和國命脈延續下去的最為珍貴的事物。所以，一刻也不能浪費。

然而身為一名共和國軍人，這麼做也讓他不得不黯然神傷。質疑自己是不是也該在那裡與戰友們一同並肩作戰的陷入天人交戰。

不過正因為如此，身為指揮官的戴・樂高少將才理解到，自己必須要將這份心念收進內心深處。因為眾人皆懷著相同的苦惱。

正因為如此，才不能去動搖抗戰到底的重要性。如今已在帝國察覺到之前，成功將所能召集到的船隻幾乎全數集結到非尼斯泰爾省的布雷斯特軍港。

為了不讓這一切白白犧牲，他們也要讓船隻載滿重裝備與包含稀少資源在內的大量物資，與眾多的士兵一同逃離。拋下所要保衛的國土與所要保護的人們。

共和國軍萊茵方面軍遭到殲滅，不單只是方面軍的毀滅，同時也相當於是共和國軍本國部隊的全滅。這是因為萊茵方面軍統括著共和國本國保留的大部分兵力，而且因此喪失了大半。如今留在共和國本土上的，是變得空蕩的巨大軍事機構與茫然佇立的軍政官僚們。

要說到保衛祖國所不可欠缺的實戰部隊，則一如字面意思，有過半數量在轉眼間化為烏有。這意味著，他們已沒有軍隊能阻擋在帝國之前。

面對被打出巨大破洞，被視為難以避免崩潰的對帝國戰線的重編問題，共和國政府與軍方首腦集團擺出要靠聯合王國的援助與全國動員加以對抗的姿態。不過也有一些人明白，這坦白講，只是讓難以避免的破局稍微延後片刻的徒勞作為。

身為其中一人的共和國軍國防部國防次長戴・樂高少將，儘管毅然決定要放棄本土，但他對於要放棄國土的躊躇也非比尋常。

理論上，只要能構築戰壕，並放置砲兵與步兵——戰線就絕對……絕對不是守不住。

理性上，他能理解不該仰賴這種做法。

被打出的破洞實在太過巨大，而且最重要的是軍需物資的損失與重砲兵部隊的消滅，將能夠維持戰線的部隊從共和國的編制之中永遠奪走。製造砲彈的重工業地帶喪失過半的現況，也絕對承受不住像至今為止一樣的消耗戰吧。

但即使如此——

只要能借助同盟國的力量。至少……至少聯合王國只要再提早兩週決定介入。不對，或是提早十天就好。甚至只要在共和國軍主力遭到包圍殲滅時，聯合王國有登陸就夠了。

只要他們的遠征軍協助進行遲滯作戰，說不定就有時間，或是能製造出時間構築最低限度的防衛線。儘管不可能拯救全軍，但應該有機會讓一部分的部隊突破包圍。

戴．樂高少將儘管有想到這些可能性，但他也只能說服自己就算再想下去也沒有用。

如今一切都已經太遲。為已經打翻的牛奶痛哭是沒有用的。

充滿榮耀的共和國軍主力，已經從編制之中永遠消失。就連本土也遭到那該死的帝國軍的軍靴蹂躪。這是教人氣憤不已的未來預測，也是已經確定絕對不會失誤的未來構圖。

「……進展狀況呢？」

於是轉換想法，將已經失去的良機從思考中排除。

遭到帝國軍殲滅的主力部隊是受過訓練的武裝精銳。是在萊茵戰線，從未間斷地置身於最前線，經由實戰磨練出來的，一如字面意思的最精銳部隊。喪失這批部隊是極為痛心的一件事。儘管很悲哀，但共和國在這次大戰當中，恐怕再也無法聚集起如此優秀的精兵。

只不過，共和國軍還有著只要召集起來就相當可觀的兵力。在廣大殖民地展開的部隊，以及龐大的天然資源。不用說，倘若再繼續按照現況分散配置，這些就只會淪為各個擊破或解除武裝的對象。

然而……然而這換句話說，就是只要聚集起來，就能活用殖民地的人力資源與巨大的天然資源，守護住共和國光輝燦爛的未來。

然後，只要糾集起殖民地動搖的各大勢力作為資本、只要讓殘存部隊有組織地逃離、只要讓召集起來的軍團保存下來，就將能綿延不絕地揭起強大的反帝國狼煙。

要召集起足以等待機會給予帝國痛擊的兵力絕不是不可能的事。

「第三裝甲師團搭乘完畢。現在，第七戰略機動軍團組成的聯合混編旅團正在搭乘。」

正因為如此，所以無論如何都必須守護住聚集在這裡的重裝備部隊，露出痛苦表情的戴．樂高少將，彷彿祈求似的注視著眼前的起重作業。

第三裝甲師團是珍藏已久的戰車師團。而第七戰略機動軍團，則是裝備著好不容易才趕上投入運用的新型演算寶珠與新型主力戰車。

能與這些部隊會合，是在這個慘劇之中的不幸中的大幸；而他們為了受領新裝備和訓練退回後方，則是前線的不幸吧。

要是有他們在，或許能在前線大展身手也說不定。只不過，多虧他們在這裡，所以共和國還能戰鬥。至少保住了能與質量顯著改善的帝國軍魔導師對抗的部隊，以及在機動戰這種嶄新的戰爭型態下，能與敵人在相同的戰場上交戰所必要的最低限度的棋子。

而大半的魔導師都發揮出他們的機動力集結完畢，只有首都近郊的第七戰略機動軍團會合的有點遲，但趕來會合的他們有著堅如磐石的戰意與不屈不撓的意志。

看到這些兵力，就算不是戴．樂高少將也能確信吧。

共和國軍還能夠戰鬥。沒錯，共和國這個國家，絕對……絕對還沒有輸。

最重要的是手上還握有手牌。

沒錯，共和國軍是大都配置在萊茵方面。在瞬間喪失這些兵力的衝擊極為強大。但是，共和國還沒有失去一切。

就某方面來講這是在逞強吧。不過戰力與戰意都還留著——戴．樂高少將如此激勵著自己幾乎挫敗的心靈。

心想著，怎麼能將國家的命運託付給他國的善意呢。

無法拯救國家的軍人還是死了算了。為了祖國，為了我們的國家，他們必須留在隊列中一起並肩作戰直到最後一刻。

好想吶喊，就算第一回合是對手取勝，最後一回合站著的人也有可能會是共和國。

因此，預期要轉守為攻的他們就想召集手邊的戰力。對戴．樂高少將來說，就連一個士兵都讓他渴望到望眼欲穿。

但同時，他也面臨到指揮官永遠的煩惱——基於作戰性質上的時間限制。

首先，時間愈是拖長就愈有可能讓機密曝光。這樣一來，如今正在手邊集結以作為反攻核心的兵力將很可能遭到徹底擊潰。

再來，儘管矛盾，但考慮到要將正趕往這裡集結的友軍拋下所造成的心理影響，就很難這麼輕易就決定放棄。

當然，指揮官也被迫要基於時間與其他部隊的集結程度做出抉擇。

「……特種作戰部隊呢？還要多久才能會合？」

在這種狀況下，戴．樂高少將格外期盼的是共和國特種作戰部隊的精銳們。

他們是以執行特種任務為前提，由精銳們所組成的魔導部隊。當中特別是從亞雷努市生還的畢安特中校等人的力量與經驗，將會在接下來的戰鬥中成為很大的助力吧，戴．樂高少將對他們抱持著強烈的期待。

參謀們也推測，只要與他們成功會合，所能選擇的戰術將能顯著增加。但就算是這樣，在現況下的等待風險也依舊不小。

「預計還要十個小時。一旦是從巴黎士緊急趕來，就甚至還有遭到追擊的可能性。」

……當他們遭到追擊的時候，在最壞的情況下，將很可能讓追蹤過來的帝國軍部隊偵測到我們的存在。

這樣一來，至今為止的努力就很可能在瞬間破滅。

光是如此這就是值得恐懼的可能性。實在不是能在這種狀況下容許的事情。是不是該拋下他們呢？這是個讓參謀們，特別是艦隊將校們所組成的一部分人員甚至提出這種意見的狀況。

「……十個小時後出港。倘若是魔導師，就還有辦法在海上會合吧。現在就在這段期間內給我進行最大限度的裝載。」

「遵命。」

不過，戴．樂高少將做出要等到極限為止的決定。

裝載作業與時間限制。決定要等到這兩者能容許的極限為止是項賭注。而且風險很高。儘管如此，他們可是壓箱寶。只要平安無事的成功收容，事後的戰力就會確實獲得強化。

「更重要的問題是海路。現在的狀況如何？」

「根據第二護衛艦隊的定時聯絡是all green（一切正常）。」

而且最重要的是——

所幸海上航道在帝國軍的影響之下基本上依舊算是自由無阻。畢竟帝國海軍儘管確信他們壓制著共和國海軍，但這是在幾個限定條件下才勉強能成立的狀態。

能用來教育他們海軍的作戰方式可不只有正面決戰的戰力，如今仍舊健在。

而更重要的是，以牽制聯合王國艦隊與共和國艦隊為目的的帝國艦隊，很容易陷入存在艦隊理論之中（註：指艦隊只要出航就有被殲滅的可能性，但只要存在於港口就能發揮影響力的理論），很難想像他們會在這裡展開放手一搏的決戰。

最重要的是，一旦聯合王國海軍加入戰局，擁有壓倒性優勢的可是我們。可想見帝國軍的戰略靈活性並不會太大。

「第一四獨立潛艦戰隊傳來電報。沒有接敵。航道暢通。」

所幸帝國軍沒有察覺到我方的動向。要是有察覺到，他們是不會容許載滿物資的船隻逃走吧。如今，完全沒確認到這種跡象。

從那些傢伙們的行動基準來看，預計在我們出發後沒多久就會形跡敗露。不用說，一旦開始逃離作戰，帝國很快就會注意到這件事。可以想見會遭到極為激烈的追擊。

所以，機會只有一次。只能賭在這只有一次的機會上。

那就是宣布停戰的瞬間。想要靠這只有一次的機會成功，條件即是不能讓帝國懷疑共和國軍的動向。或著是，轉移他們的注意力。

「駐聯合王國大使館傳來的報告。敵主力正在接待『演習中』的聯合王國艦艇。」

然後，這該說是愚蠢還是慣例呢。

聯合王國本國艦隊突然以「臨時訓練」的名義，毅然決然在臨海邊緣舉辦緊急演習，將帝國軍的注意力完全吸引過去。拜這所賜，帝國軍的主力艦隊與航空魔導戰力全都緊盯著那邊，讓我們獲得自主權。

既然集結中的船隻幾乎沒受到會造成損害的妨礙，對方應該並未察覺到我方的動向。目前也沒有報告表示軍港附近有發現到疑是帝國軍軍事偵察人員的可疑人物。

儘管不能過度自信，但這絕不是需要絕望的狀況。

「……感激不盡的掩護呢。」

「無論如何都要活下去展開反攻。」

「是從南方地區開始的反攻作戰。就算要嗑著聯合王國臭到難以下嚥的飯菜，也要抗戰到最後一刻。」

部下們的戰意也沒有衰減。至少，還能……還能夠繼續抗戰。就算要暫時將祖國寄放到帝國手中，最後也一定會取回這塊宛若母親的土地。

「不管怎麼說，都是從現在開始。」

心中堅定的決心。

就算克制著情緒，喃喃說出的思念裡，也充滿著要與帝國抗戰到底的鬥志。

chapter II

戴・樂高少將是愛國者。

愛著國家，愛著祖國，堅信祖國的榮耀永遠不滅。

畢竟不再偉大的共和國，也將不再是共和國了。

[chapter]

# III

第參章

# 方舟作戰發動

# Operation an ark

只要我們還有一人存活，共和國就會抗戰到底。
縱使平凡無奇，只要最後站著的人是我們就好。
戰爭即是如此。

——戴·樂高國防次長　逃離之際——

統一曆一九二五年六月二十日　帝國軍參謀本部

傑圖亞少將與盧提魯德夫少將一如往常在參謀本部的餐廳裡，一面將不太願意稱之為食物的異味塊狀物，仰賴著同樣過分的假咖啡勉強吞下吐，一面共進晚餐。

雖是非常難以促進食慾的餐點，不過令他們的心情更加惡劣的是，參謀本部的餐點是將最惡劣的食物盛放在最高級的餐具上。

兩人將盛放在甚至不遜於宮中晚餐會的高價餐具上，那個不知道該不該稱為食物的神祕塊狀物切開，一齊蹙眉想著「這算是晚餐嗎？」已是很久以前的事。重點在於，要盡量不去注意自己在吃什麼東西。

然後，對盡可能努力將視線朝向談話對象推進話題的他們來說，今天的話題很難得的有著極為抽象的主題。

是基於已占領共和國首都的好消息所提出來討論的，對義魯朵雅的外交準備。

「所以呢？經由義魯朵雅王國調整那些傢伙們的投降條件果然是最佳選擇吧？」

「盧提魯德夫少將，嚴格來講，我們的軍事義務是帝國防衛。軍人過問外交政策可是越權行為喔。」

「啊，也是啦，你說得沒錯。」

提議是否要針對議和條件統整意見的盧提魯德夫少將，以及規戒他這樣做有些越權的傑圖亞少將。

雙方都盡量不看放在自己餐桌上的食物進行對話的他們，很難得的不是作為政策負責人，而是作為第三者在談論時局。

「既然這是外交部的工作而不是我們的，就該尊重他們的工作。而我們就專心處理自己的軍務吧。」

「也就是說……啊，針對停戰的事務處理嗎？」

正因為如此，在看到傑圖亞少將擺出催促本業工作的態度後，盧提魯德夫少將也立刻跟上話題。雖說是事務性問題，不過看在嘀咕著「停戰處理確實很難搞呢」的作戰負責人眼中，這當中確實有著堆積如山的課題。

對於「呼」的嘆了口氣的盧提魯德夫少將來說，光是要一面確實控制住現場的韁繩，一面還必須將混亂控制在最低限度的立場，就足以讓他感到頭疼。

「曾彼此開槍廝殺過的現場心理很棘手啊。只要一時情緒激動，就很容易擦槍走火……就算只有處理程序，也該在某種程度上先做個統合吧。」

「姑且是有準備前線的停戰方案。局部戰爭使用的標準化停戰程序應該能夠適用，儘管大概是沒問題，但為了小心起見，最好還是確認一下現場狀況。之後得讓軍法官看看。」

軍官都曾在軍官學校學習過讓敵軍投降的手續與停戰的基本規則，但是這些終究只有針對基礎事項大略解釋一遍的程度。在這世上懂得列強之間的正式武裝衝突該如何善後的軍官實在少之又少，就算找遍帝國全軍也不知道能有幾個軍法官答得出來。

「啊，如果要聽現場情況，我家的雷魯根中校剛從現場視察回來。就讓他說明吧。」

所以對他們來說，剛從最前線返回的參謀軍官的見解，顯然會富含著非常有益的啟發。特別是那名參謀軍官是名能幹且能對他的報告寄予信賴的人才時，就更不在話下了。

「感激不盡……最後必須得要好好做個了結。我可是在最高統帥會議上演了一場大戲。我可不想在最後把事情搞砸，淪為眾人的笑柄。」

「你還真敢說。所有人都對你出色的手腕讚不絕口喔。確立起通往首都的後勤路線，真是幫了我一個大忙。我很感謝你呢。」

因此，他們的話題中心就從他們管轄外的外交事項轉移回自己所該負責的實務上。作為能幹的實務家，對傑圖亞少將與盧提魯德夫少將來說，後勤與最前線的各種懸案事項還堆積如山。

「就我倆的交情，還說什麼謝呢。不過，你的這份感謝要是能用咖啡豆表示誠意，我會很高興喔。」

「……等結束後，不論要喝多少進口豆我都立刻請。你這貪得無厭的傢伙。」

所以儘管嘴上開著玩笑，他們心中所想的就只有要順利完成「讓戰爭結束」所必要的軍務這一點。

「彼此彼此。我就直說了，帝國軍原本可是以內線機動為前提編制部隊喔。希望你能理解，我們要任意改動究竟得花費多少苦心。」

「我知道。很好，就去收拾工作吧。」

「就這麼做吧。那麼，把雷魯根中校叫來吧。」

他們是忠勇的軍人，同時也是就算稱為優秀也不為過的軍人。只不過，他們終究只將自己定義為執行軍務的參謀將校，認為軍人的本分就是要專心打仗。

## 同日　帝國軍最高統帥府／外交諮詢委員會

會議室裡並排坐著身穿一成不變的西裝，露出凝重神情的男人們。平時總是威嚴端肅到連悠哉抽著雪茄都不敢，以一觸即發的氛圍醞釀出緊張感的室內，現在卻因為闊別許久的好消息喧騰不已。

大規模反攻作戰的成功，朝共和國首都的進軍，還有軍方傳來的即將停戰的通知，這些全是意味著帝國勝利的佳音。

結束戰爭的夙願還有和平的回歸，如今就擺在眼前。

「依外交部之見，打算怎麼進行戰後處理？」

所以就連毫無半點幽默成分的帝國官員們也浮躁起來，早早考慮起戰後的事情。

戰爭的結束，還有隨之而來的戰後處理。

基於不久前還在對莫大的戰爭經費頭疼，被低地工業地帶的失陷危機嚇得心驚膽顫的反動，讓他們伴隨難以抑制的喜悅露出滿面笑容，早早就談論起戰後的事。

「主要是針對各交戰國劃定和平的國境線並要求支付賠償金，同時要求共和國放棄或割讓數個殖民地。」

「哎呀，意外踏實呢……啊，失禮了。」

所以，外交官僚在眾人的催促下起身做出的報告意外穩健的情況，讓室內略為驚訝的騷動起來。看在認為他們可能會以強硬態度提出條件的眾人眼中，這是很實事求是的要求。

場內瀰漫著「哎呀，聽那些鬧哄哄的少壯官員們誇下的豪語，還以為會提出更加嚴苛的要求呢」的耳語聲。

而這也充分傳到起身報告的外交官僚耳中。

「那個，我懂各位的心情。不過還請各位理解，要是連我們都趁著狂飲勝利美酒的氣勢制定議和案那還得了。」

「這也就是說？」

「說來丟人，是年輕課員闖出來的禍。實在是看不下去，我就要他們宿醉恢復後拿去回重寫一份了。」

露出些許尷尬苦笑的他也因此坦承「因為是自家人的會議，所以……」陳述起事情背後的真相提供給現場眾人。同時補上一句：我也很清楚其他部會都在笑我們鬧得有點過火就是了。

「畢竟原案可是要搭配大規模割讓與巨額賠償金，把他們當作實質上的從屬國，這實在是太不現實了。」

這實在是得丟回去要他們重寫呢——他參雜著苦笑說出內幕。

「啊，不好意思。剛剛那是題外話，請不要寫進會議記錄裡。」

「沒問題。書記官，就這樣處理。」

然後，官員們就展現出從處理年輕人闖禍的精神壓力中解脫之人特有的從容感，並同時基於自身的職責導出結論。

「請求提問。呃，投降的處置要如何進行？」

「啊，那是軍方負責的領域吧。至少，在戰爭結束之前就對作戰指導加上限制，可不是件好事。妥善處理好我們的職務，才是我們最重要的事吧。」

議論以盡可能滿足軍方要求作為結論。然後，他們就勤勉地討論起下一起案件。

「那麼，就進行下一起案件。有關與聯邦的貿易協定……」

## 同日　帝國軍第二〇三航空魔導大隊基地

「什麼？妳說共和國海軍正在撤退？」

聽到這則消息的提古雷查夫少校開口第一句話是毫無起伏的平坦語調。

因此，讓維夏在這瞬間沒能注意到長官正在強迫自己壓抑聲音的起伏。畢竟這封在共和國軍的防衛線逐漸失守，對地支援任務也到一段落的午後，從上級司令部送達的通知，就維夏看來可是個好消息。

「是的，少校。是本國發至全軍的一般通報。共和國軍以次官層級的戴．樂高將軍的名義下達停止戰鬥與移動的命令。這樣一來，終戰只是時間上的問題了呢。」

停戰的通知與共和國軍放棄崗位撤退的消息，這正是帝國軍夢寐以求的勝利光景吧。

「謝列布里亞科夫少尉，本國是說『終戰』嗎？不是停戰，也不是投降？」

「是的，少校。」

所以，維夏在這瞬間不太能理解自己的長官是覺得哪裡有問題。

「本國有親口說出『終戰』嗎？」

「真是非常抱歉，下官並沒有確認到類似的內容。」

這麼說起來，終戰確實是自己樂觀的推測，不該用這種方式告知對報告正確性很囉唆的少校的。就在她「這下可搞砸了」開始反省錯誤時，提古雷查夫少校卻緩緩問起其他事情。

「我想問一件事，妳剛剛說是以戴．樂高將軍的名義下令的吧。那所謂的撤退，究竟是撤往哪裡？」

「是的！下官失禮了。是正在往布雷斯特軍港集結。」

軍方的通報上頭，確實也包含著戴．樂高將軍指示撤退到布雷斯特軍港的詳細內容。自己在勝利之前也變得相當草率了呢——維夏對長官毫不怠慢注意報告正確性的謹慎表現深感佩服。

儘管自認為打從萊茵戰線認識少校到現在，已經很清楚她對報告的堅持，結果還是犯下這種錯誤。大概是勝利當前，整個基地都瀰漫著的慶祝氛圍也讓自己鬆懈下來了吧——維夏結束自我分析，心想自己也必須要效仿長官的慎重的繃緊神經。

「布雷斯特軍港？戴．樂高？……不好意思，給我地圖。」

隨後，維夏就一面覺得想將情報牢記在心，總是展現出絕不大意態度的少校注意力還真是驚人呢，一面照她的吩咐取出地圖，為了讓少校方便觀閱而攤在桌面上。

提古雷查夫少校隨後不發一語凝視起地圖的專注側臉，是與大意這詞彙最無緣的事物。

所以讓她想插嘴詢問「如果要看很久，需不需要她現在去泡咖啡過來」，不過在這之前，提古雷查夫就渾身顫抖，同時盡全力將拳頭打在桌面上突然站起。

「……該死！我這個大笨蛋！為什麼沒注意到！」

「少……少校？」

「副官！準備全力出擊！V－1全機啟動。立刻陳列在跑道上！快通知拜斯中尉過來！」

夾帶著這句嘶吼的凶惡氣勢，是一如字面意思毫無一切詢問餘地的堅決命令。忤逆這種時候的提古雷查夫少校有多麼愚蠢，維夏恐怕比誰都還要清楚。

因此在敬禮並復誦完命令後，她就毫無疑問的衝了出去。她在依照吩咐向拜斯中尉傳達少校緊急找他的口令後，就為了展開V－1親自趕往停機庫。

「打擾了。」

「辛苦了，副隊長。時間有限，我就直接說重點。」

在獨自留下的譚雅一面品嘗著苦惱與苦澀的煩悶一面瞪著航路圖的室內，副隊長拜斯中尉才剛踏進來互相敬禮，譚雅就同時開口說道。

「敵艦隊正往布雷斯特集結。上頭認為這是共和國方基於停戰的撤退行動，要我說的話，撤退是沒錯，但這可是漏夜跑路。」

這要說得具體一點，就只會是敦克爾克大撤退。

「他們打算讓軍隊的殘存單位逃走繼續戰爭。不擊潰他們，戰爭不會結束。」

「少校，請恕下官直言，今晚就要發布停戰命令。在這種狀況下攻擊……」

「中尉，停戰可不是終戰。這是兩碼子的事。而且現在還處於戰爭狀態喔。」

是因為無法理解才會有這種反應吧。拜斯中尉對於攻擊命令非常不願意的從容態度，讓譚雅簡直著急得無法置信。

絕不能讓敦克爾克大撤退發生，不能讓他們逃走，不能讓勝利功虧一簣。假如不在這裡解決掉那傢伙、解決掉戴．樂高，戰爭就不會結束。不對，是無法結束。

這樣一來，前方將會是泥沼，突破之後則只有破滅。

就唯有這種未來，唯有這種在痛苦的總體戰中遭到嚴酷使喚，最後帝國軍這個自己所屬的單位還完全消失的惡夢，唯有雇主的破產，是無論如何都必須要避免的最糟糕的結局。所以——譚雅下定決心。

「可是——」

「中尉，抗議會留下紀錄。現在要行動，就唯有行動。」

不論是任誰叫喊，都絕對要採取行動。與其讓敦克爾克大撤退發生，就算要斷送軍歷，也要阻止敦克爾克大撤退。

如果是現在，就還有可能阻止。譚雅有著「武裝偵查應該會被准許」的自信。即將停戰的軍方一般通報，應該會成為很大的限制要素，但就算是這樣，既然直屬於參謀本部，就還有行動的餘地。

最壞也只要有一個魔導小隊就足以成事。如果是這種程度的兵力，就能以將校偵查的名目強行帶走。就這樣起飛，以無線電靜默為由驅使V－1的最大戰速飛走，就任誰也無法阻止。與其讓他們逃走在這裡切齒扼腕，至少要讓戴．樂高將軍連同旗艦一起死去，不然可就困擾了。

「少校，打擾了！」

「部隊的態勢準備好了？」

「是的。不過，基地司令找妳。」

眼前的光景對有著正常常識的帝國軍人來說，是就算親眼目睹也依舊難以置信的光景。

或許，甚至可說是不忍直視吧。

「請讓我去！不管怎樣都請讓我、讓我的部隊去吧！」

彷彿咳血一般，近乎詛咒的嘶吼聲。

「准許我們，就算只有我的部隊也好，請准許我出擊吧！」

抓著領口的手儘管有力，同時也是極為嬌小的一雙手。

扭曲的表情與哀求似的聲調，是為了避免破滅的請求。不對，甚至就像是在尋求救贖似的悲嘆聲調。

而且，擺出這種不顧一切姿態的人，還是在萊茵戰線上人稱沉著無比的帝國軍自豪的有能魔導將校。

「就在這一小時內，在這短暫的瞬間，將決定帝國會獲得全世界，還是喪失一切啊！」

懇求你。

懇求你讓我出擊吧。

提古雷查夫少校將軍紀、規範、軍規全部拋諸腦後的哀求。

這可是就連因為所有人都認同她是「模範軍人」而本能性厭惡她的雷魯根都認同的軍人。不顧周遭的目光，將一切統統拋開地抓住長官的衣領，幾乎是語帶威脅的嘶吼著。

所以才會讓在場所有人都感到困惑，不知所措地茫然佇立。

就連她在場的部下們也儘管嚴守沉默一動也不動地列隊站好，表情卻也因為她那令人無法理解的嘶喊浮現動搖與混亂。

身經百戰的野戰指揮官；從容完成不可能任務的幹練將校；能輕鬆衝進艦隊防空網，不知恐懼為何物的魔導師；旁若無人地徘徊在漆黑夜幕之下的夜戰專家。
恐怕是在這世上離「恐怖」這份情感最為遙遠的人物，現在則是毫無誤解餘地的慘白著臉大聲嘶喊。
就連身為部下的他們也不知所措吧。
「就只要……就只要五〇〇ｋｍ！只要前進這點距離就好，那裡有著決定這場戰爭、決定今後世界的關鍵啊！」
右手所指著的是貼在黑板上的地圖。而手指所指著的是不久前，有收到發現報告的可疑運輸船團所位在的共和國軍要衝——布雷斯特軍港。
布雷斯特軍港，是共和國海軍屈指可數的海軍根據地，同時也是預期共和國會在停戰前集結艦艇的處所之一。
所以帝國軍不論是誰，都將艦艇集結在此處的動向解釋成共和國是在為了結束戰爭的停戰做準備。當然，就法律上來講戰爭還尚未結束。
但是——不論是誰都不得不接著說道：喪失首都的共和國，已經沒辦法再繼續打下去了吧、戰爭結束只是時間上的問題吧。
要對這種地方，對集結在布雷斯特軍港的共和國軍艦隊請求突襲的許可……不對，幾乎是在懇求？

在就連平時都受到嚴密防護，如今甚至還加上艦隊砲火的現況下，只會被打成蜂窩吧。想主動衝去這種地方的人，腦袋肯定有毛病。只要是腦袋正常的指揮官，不論是誰都會躊躇不前。

這種事不用說她也應該知道。

儘管如此……儘管如此，幾乎驚慌失措的她卻堅持主張，要進行很可能導致終戰交涉惡化的攻擊計畫。

「就只有……就只有現在！請給我擊沉布雷斯特、擊沉共和國的兵力。請讓我……讓我的部隊出擊吧！」

「少校，提古雷查夫少校！冷靜下來，少校！」

「上校，請出兵吧。要是讓那些傢伙逃走，他們絕對會成為帝國的禍根！」

激動到足以讓人覺得「如此幼小的身體，是從哪裡生出這種力道」的提古雷查夫少校，就像是要將閣下的衣領拉扯到自己面前來似的。

「少校，打擾了！」

無法坐視不管的衛兵們儘管提心吊膽地想要介入，但激動的提古雷查夫少校卻不讓任何人阻止她而不停叫喊。

「上校！懇請你聯絡參謀本部！」

就連負傷的獅子也沒有這麼恐怖吧。

衛兵們都受過訓練，有著相當的本領與自信，不過這句話毫無疑問得要加上「僅限於血肉之軀的人類」這句但書。

不論對誰來說，對付魔導師都是不想執行的任務首選。他們好歹也是軍人，早就靠著身體理解到對付魔導師的棘手程度。能向掛著演算寶珠的魔導師挑釁的人，就只有同樣掛著演算寶珠的魔導師。

更別說他們如今對峙的對手……偏偏還是槲葉銀翼突擊章的持有人，而且還是活著領到這面勳章的人。

這面用以表揚幾乎可說是人體兵器的戰功與功勳的勳章，可不是個裝飾品。她的「白銀」別名，在後方也伴隨確實的戰果與「鏽銀」這個令人畏懼的稱呼名聞遐邇。

倘若是敵人，肯定是個讓人不想靠近的對手；就算是友軍，也不是個讓人想挺身阻擋在她面前的對手。

只不過，帝國軍的士兵們儘管如此也依舊回想起自身義務挺身而出。

就算背上冷汗淋漓、恐懼得渾身顫抖，他們也依舊徹底忠於自己的職責。

「提古雷查夫少校，請冷靜點，少校！」

雖說是小女孩，但對方可是魔導師──當他們做好這種覺悟一齊撲上去，然後遭到防禦膜彈開時，他們才總算明白提古雷查夫少校豈止是失常，甚至是以非比尋常的態勢大聲嘶吼。

「上校，我懇求你。請……請務必重新考慮。要為帝國的百年著想，就只有現在了！」

「……提古雷查夫少校！妳才是給我冷靜點！」

不過，基地司令官可是帝國軍人。縱使遭到展開部隊的指揮官逼迫，但要是就這樣點頭答應可當不了司令官。

「攻陷布雷斯特只是時間上的問題。沒有必要白白地消耗兵力！少校！我可不能讓貴官破壞停戰！」

「停戰還沒有生效！假如是現在，就還有可能拯救友軍！」

「提古雷查夫少校！那已是殘兵敗將的艦隊，不足以成為友軍的威脅！」

參謀們側眼看著躊躇不前的衛兵們，大聲出言制止。他們也不認為可以靠武力說服她。不過如果是她這種程度的軍人，應該能用話語說服吧。

懷著這種想法的他們就試著大聲說服。

「啊，懇求你理解。是時間。沒有時間了啊！上校！」

然而，平時應該是被評為頭腦聰慧到無需話語的提古雷查夫少校，就唯有今天是冥頑不肯退讓。豈止如此，還充滿焦躁感地不斷主張要全力出擊。

就像是——

不對，提古雷查夫少校毫無疑問是露出害怕某種東西的表情在苦苦哀求。

這怎麼可能，那傢伙……鏽銀……在害怕？

這是不可能的事吧——周遭的數人如此疑惑。

畢竟，他們還沒能理解。

「他們是打算偷偷摸摸溜走，像隻老鼠一樣的拋下祖國！」

……所以這又怎麼了？

參謀們忍不住湧現疑問，不過他們並沒有錯。大半的軍隊就連在平時都是個大胃王。考慮到有多少人就有多少飢餓的胃，答案就十分清楚。斷絕補給的軍隊下場將會十分可悲。

最重要的是，無依無靠的軍隊距離分崩離析也只是時間上的問題。

考慮到這些，集結在布雷斯特軍港的共和國軍就肯定是用來重新編製防衛線的部隊。大多數的軍人都是這樣分析，倒不如應該採取警戒逆登陸的行動。確實是如此，要是像我們那樣從後方登陸威脅補給線的話，是會很棘手吧。

「既然如此，他們也只會自取滅亡。不就是這樣嗎！」

這有什麼好怕的？要消滅孤立的軍隊並不是什麼難事。

不過，也不是完全沒有人感到一絲不安。畢竟眼前幾乎陷入癲狂的幼女將校的腦袋，可是掛保證的。

看在知情的人眼中，她可是就連軍大學的俊傑、參謀本部的得意門徒這種評價，都還算是過分低估的戰略家。

「自取毀滅？這是不可能的！他們……不對，他是打算讓反攻的戰力逃走！絕對不能讓他們逃走！」

然後，她大聲尖叫的聲音在基地的跑道上驚人地迴盪開來。

但就算是這樣，也無人能理解眼前聲嘶力竭不斷叫喊的她為什麼一定要堅持攻擊。她拚命訴說的姿態，儘管看得出來是想對所有人訴說某件事情，卻無人明白她想訴說的內容是什麼。

為什麼要如此拘泥這點？為什麼會達到這種結論？

「這是毫無根據的空論！認為是重編防衛線或展開反擊的部隊是最為妥當的！」

「要是讓那批部隊逃走，就會撼動帝國的勝利，總有一天會導致毀滅的！」

有數人開始努力思考。但很無情的是，已經太遲了。

「撼動帝國的勝利、總有一天將導致毀滅」。

聽到這種叫喊的反應，導致了與叫喊者意圖完全不同的結果。

「夠了，把少校扣起來！少校，妳給我適可而止！」

是忍無可忍了吧，司令下令壓制。不太情願的衛兵與提古雷查夫少校的部下衝上去將她給拉開。不過，這時提古雷查夫少校的抵抗超乎常軌。儘管動用到五個大男人，他們也必須使出渾身力道才能把人拉開。

「上校，我懇求你！懇求你！」

她的叫喊讓人留下極為深刻的印象。

「必須要在布雷斯特軍港殲滅那些傢伙！」

「他們是有可能威脅到帝國的敵人！現在應該要在這裡加以殲滅！不然會給將來留下禍患！應該要將他們的殘存部隊在布雷斯特軍港徹底殲滅！還請懇求你理解這點。卜官是作為軍人，必須要去盡到自己應盡的職責，這也並非是下官的本意。只是下官確信，布雷斯特軍港是無論如何都要加以摧毀。」

「我不會讓妳這麼做的，少校！」

然而她的哀求，卻被近乎期望的聲音拒絕了。

「……無論如何都不准許嗎？」

「夠了！」

「少校？」

「那就麻煩還請不要插手。司令，我應該具有這種權限。」

基地司令所述說的理由極為明確，就是這麼做會危害停戰；相對地，提古雷查夫少校的反駁也同樣明確。所謂，關我屁事。

「我要以參謀本部所賦予的權限，獨斷執行武裝偵查任務。」

接著，她就故意轉身背向發出怒吼制止的將官，氣勢洶洶地衝向自己的部隊。

憲兵們儘管瞬間覺得「應該要制止她」而擺出架式，不過卻因為提古雷查夫少校的眼神渾身僵住。而且那個眼神——他們在事後異口同聲的表示：那毫無疑問是一旦阻擾，就打算不惜「排除」對手的眼神。

緊急召開的指揮官會議。譚雅看了一眼聚集在此的軍官們，同時自問自答。

戴．樂高少將，這個名字實在太不祥了。可說是不祥至極的名字。簡直就像是會進行核試爆並宣言脫離 NATO（註：北大西洋公約組織）似的名字。

散發著一種彷彿會自稱是自由共和國的非常不祥的氣息。是絕對、絕對不能讓他逃走獲得自由的對手。

最丟人的是，上級司令部完全不肯理解我的意見。真是可悲，只能靠自力救濟結束戰爭。那麼，獨自一個部隊要怎麼打？

只要不動手情況就不會變壞，但這樣就本末倒置至極。想想魯德爾，就能明白出擊並不會遭到敵國責難。既然這不是會在戰後被送上軍事法庭的行動，最終來講……就是可容許的風險。

就以出擊為前提考量吧。雖然直到剛剛都還在拚命掙扎，不過還是失去了能獲得官方支援的體制。

能夠取得聯繫的恐怕，就只有使用V－1時接觸過的那支潛水艦部隊。他們恐怕還在構築巡邏線吧。

只是老實講，毫無事前規劃就要在海上讓潛艇收容的風險太大。考慮到無法會合的可能性，還是打從一開始就不要指望他們會比較安全。

雖不想這麼做，但只能毅然決定獨自襲擊了吧。不知是幸還是不幸，只要使用已備妥的V－1，就有可能不受妨礙地突破到布雷斯特。

既然如此，至少也要請戴．樂高少將從這個世界上退場。

這要說的話，就是對發展驚人的新興企業進行惡意的公開市場收購。是將假如不控制住專利與資產，將來就很可能對公司造成威脅的目標排除掉的合理決策。況且只要在這裡擊潰他們，應該就能變得相當輕鬆。

我可受不了在需要毫不遲疑介入的事態上遲疑，導致遭到後世的人嘲弄「這還真是不合理的作為」。

「大隊注意！」

「辛苦了。各位，我們等下要去襲擊布雷斯特軍港。」

所以，譚雅就以一如往常的態度說出目標。認為既然他們毫無疑問是必須擊潰的敵人，這就只是在重複平時的工作。然而，軍官們在聽到這句話時表情瞬間僵硬的反應，讓譚雅不得不對自己口中的目標所帶給部下的影響感到錯愕。

實際上不僅是常識人的拜斯中尉，就連其他軍官們也一臉錯愕。這看在譚雅眼中，讓她察覺到自己的話語聽在他們耳中是種異常。

不過，譚雅首先感到的是困惑。畢竟她認為這就算會讓熱愛戰爭的部下們高興，也完全沒想過他們會因此錯愕，所以稍微有點不知所措。

還以為他們會永無止境追求著功勳與好敵手。

正因為作為人事人員，認為自己有確實理解部下動向，所以才會感到震撼。沒想到竟然沒能理解需要管理的部下的要求與希望，要真是這樣，就只是在證明自己的無能。

……不對，先冷靜下來思考。焦急乃是大忌，現在先不要妄下判斷。

「大隊長！這是……」

「獨斷獨行。正是為了這麼做的參謀本部直屬部隊。正是為了這麼做的獨立行動權。」

獨立行動權就跟保險的概念一樣，是儘管能不派上用場最好，但最好還是帶著以防萬一的一張鬼牌。

由於會嚴重擾亂通常的指揮管理系統，所以是讓上級司令部最為厭惡的權限，不過要譚雅說的話，只要將自己與部下們視為一個專案團隊，也就比較容易理解這項權限的行使方式。

不受直屬長官以外的人管理，只要認為是在負責總裁特別命令的重要專案就好。根據必要賦予特別命令小組行動權限是理所當然的事，而獲得這份權利的人也會受到期待能負起責任妥善行使這個權限。只將必要的事情做到最低限度就能解決問題，這就會是最有效率的做法。

以醫學的角度來看，在情況惡化之前加以預防會比較輕鬆是顯而易見的事。最重要的是，還能夠抑制醫療費用。可避免的浪費就必須避免。

打一針預防接種就能防止各種風險於未然，就絕對應該要這麼做。人類雖然有著會過大評價眼前風險的傾向，但遺忘真正恐怖的長期風險也很愚昧。

只要想到這樣能抑制多少社會成本，預防醫學就真的非常優秀。就算沒辦法完全無視瞬間的疼痛與某種風險，但拘泥在這點上可算是本末倒置。而這次的戴．樂高將軍請退場作戰也很接近預防醫學的概念。就算多少會納入一些風險，也有強行執行的價值在。

這是因為，必須要防範侵蝕帝國的疾病於未然。倘若不加以防範，社會就要付出無法挽回的成本。而且這還不是其他，剛好是認同譚雅．提古雷查夫權利的社會。

唯有這種事……唯有這種事絕對要避免。

「可……可是，只靠我們大隊，怎樣都不覺得能襲擊布雷斯特軍港。」

而且我們當中有實際運用過V－1的人員就只有之前的選拔中隊——就連拜斯中尉這以人數不夠為由敦促她收回成命的常識性說詞，看在現在的譚雅眼中也只是被既有概念束縛的蠢話。

就理論上來講，布雷斯特軍港的防備確實是固若金湯。沒錯，就算是魔導大隊的精銳，要是與駐守部隊正面交戰，會預期產生相當的損害也是理所當然的事也說不定。

不過就算是把這些全都加進來考量，譚雅也認為這有值得去做的價值，手邊也擁有值得去做的手段。所以沒有不做的道理。

「中尉，我們就只是要打帶跑。與其說是突襲，更接近是某種武裝偵查吧。我相信如果是我們大隊就一定能做到。而且，目標也有著這種價值。」

所以譚雅做出保證。所謂，如果是我們就能做到。畢竟，那些傢伙的防禦可是預估對艦、對地的狀況，再來，這首先就只是讓飛到附近的V—1一頭撞下去的打帶跑作戰。

除了這些前提條件外，布雷斯特軍港的防禦也不是針對航空技術或魔導師的空降襲擊戰術所預估的防禦系統。

「外加上從防禦面來講，他們的防禦也是時代錯誤的東西。況且，既然不是正面設施，就很難想像會緊急更新設備。可認為幾乎都還是舊式的防禦。」

或許是基於地理條件，布雷斯特軍港是天然的好港口。原本就是作為躲避暴風雨的避風港發展的港口，加上最適合供大型艦船入港的自然地形，以及難以讓地面部隊輕易靠近的地理特性，自古以來就作為艦隊根據地運用至今確實是有著相當的理由。距離假想敵國的帝國遙遠，也是讓這裡成為安全的後方地點的重要考量要素。

不過，安全的後方地點這項前提帶來有趣的命題。在分秒必爭的軍備競賽中，不會有太多餘力能更新正面設施以外的設施。在這種時期，被視為安全的布雷斯特軍港會受到多大的重視呢？這是相當值得探討的疑問。

不過作為一種假設，要是敵人是期許能將艦隊的防禦力與火力用在防禦上，情況會怎樣呢？就算預期布雷斯特軍港的防禦力不值一提也沒什麼好奇怪。

畢竟跟ＷＷ２（第二次世界大戰）末期的防禦火力相比，現在的防空砲火可說是玩具槍。只要我方不要無意義地拖長襲擊時間，就肯定能抑制損耗率。最重要的是，共和國艦隊的傢伙們欠缺實戰經驗。

帝國海軍與共和國海軍不斷維持著存在艦隊理論的對峙。換句話說雙方都是家裡蹲。當然是有艦艇獨自參與過戰爭，但可以認為他們缺乏以艦隊規模進行對空戰鬥與反魔導師戰鬥的經驗。畢竟魔導部隊大半都全力投入萊茵戰線的消耗戰之中，這也是無可厚非的事。

而且，就算曾在萊茵戰線經歷過地獄洗禮的傢伙們也在撤退部隊中，大半也都是預備戰力。要是帶著缺乏前線經驗的部隊作戰，精銳們也無法維持一致的步調吧。不論程度多寡，是否有過在前線戰鬥的經驗，就是會導致如此大幅的差距。

「此外，已跟在布雷斯特軍港附近展開的友軍潛艇取得聯繫。」

而且，也確認到布雷斯特軍港附近有友軍在構築巡邏線。雖然比起阻止逃離，頂多期待他們擔任通報艦程度的角色。

儘管如此，只要成功讓他們回收，就還有可能進行反覆攻擊或是水面下的脫離。選擇變多是件值得高興的事吧。最重要的是，只要沒受到潛艇隊司令部阻擾，就還有可能配合魚雷攻擊發動海上襲擊。

「因此，考量到這些條件，我判斷以V－1直接攻擊布雷斯特軍港，隨後讓潛艇收容進行反覆攻擊是最佳選擇。換句話說，就是我們已經做過一次的運用V－1發動的突襲。倘若是各位，我相信就能再次獲得成功。」

作戰本身就是複製過去的經驗。既然是獨斷獨行，無法獲得作戰立案支援也是沒辦法的事。既然穩健行事最好，譚雅就從過去參與過的作戰當中選出最為簡單的做法。

當然，平時她是完全不想使用。但修格魯主任工程師的發明V－1就連在過去的作戰當中也有盡到重要的職責。要是有那個彈頭的破壞力，就還有十二分的可能性擊破艦船吧——譚雅做出這種判斷。

況且——只要用上那個，不論是防空網的迎擊還是友軍的阻止都能甩開吧。光是讓裝滿的燃料直接擊中船隻，就能期待獲得相當於反艦飛彈的戰果。就算是戰艦，應該也無法全身而退。

而且要是大隊全力出擊，就等同有四十八根的反艦飛彈。這樣想的話，應該能期待獲得相當的戰果。當然，這是在缺乏運用經驗狀況下的行動。就算全都處於最佳狀況之下，也必須要有命中率低下的覺悟。

只不過——以V－1的威力來看，應該是相當充分。縱使只有半數命中，換算下來就是有二十四發直接擊中，這對停泊艦隊來說絕不是可期待的過剩命中率。

而就算只有這些命中，也算是過於充分的戰果。考慮到魔導師還會接著襲擊，就毫無疑問能讓可能成為我等仇敵的戴．樂高少將閣下榮升為上將閣下。如果有需要，還可以附贈戰艦代作為巨大的墓碑。

不對，不能用毫無疑問這種表現。現在必須是要「絕對」做到這件事。沒錯，與其讓那傢伙成為元帥，更應該贈送他晉升兩級的權利。而且還要幫他立一個名為戰艦的特人墓碑。

「少校，請求發問。」

對此，部下所提出的是疑問。儘管很清楚他們的疑問，但要是無法妥善讓他們接受就很可能導致失敗。所以要慎重地，並擺出問心無愧的態度從容點頭。

「准許發問。什麼事？」

「大隊長，我們要從哪裡找V－1過來？」

「技術廠剛好有幾具部署在這裡。是把那些拿來用。」

與預想的不同，居然是技術性的提問。雖然有點亂了步調，不過這樣也好——譚雅平淡地說出答案。

「那麼，那個……有獲得許可嗎？」

這雖是棘手的提問，不過早已準備好答案。有辦法對應。好歹也準備了不讓自己被送上軍事法庭所必要的最低限度的理由。

雖然真的只是所必要的最低限度。不對，比起正當理由，這種時候只要能在出擊之前爭取到最低限度的時間，就沒什麼好抱怨的。

去做超乎薪水價值的工作，儘管讓我痛苦得就彷彿內臟扭曲成一團，但一想到這攸關自己的性命，就不得不這麼做了。

「你在說什麼呀，修格魯主任工程師不是請求我們進行實戰測試嗎？我們就只要遵循本國的請求就好。」

沒想到那傢伙的請求會在這種時候派上用場。命運這種東西還真是諷刺的巧合，不過，只要能派上用場就沒有問題。畢竟多虧這點，讓我準備好襲擊布雷斯特軍港所需要的手續。

參謀本部答應技術廠進行V－1的再次測試請求，要重新取得實戰資料並進行細部調整。而自己與部下們是唯一能在實戰中使用這些機具的部隊。以結論來講，這是為了追加實驗去收集資料，沒必要忌諱任何人。

「……這已超過獨斷獨行，很容易被視為越權行為吧。」

「倘若不採取行動，將會被後世的歷史家說是怠慢職務吧。我可不想被他們恣意嘲笑。本來就連議論的時間都很可惜。各位，假如沒有其他意見，議論就到此為止。立即開始行動。」

絕不容許他們在這裡逃走。倘若敦克爾克大撤退沒有成功，英軍與法軍還能夠守住大不列顛本土防衛線嗎？

不對，還不只如此。為了防衛大不列顛本土而將必要戰力聚集起來的英軍，還能夠把義呆利軍打得如此慘不忍睹嗎？

豈止如此，這雖然只是再多想一下就能明白的事。這是ＩＦ。就算要改說是妄言也沒關係。只不過，只要擊潰大不列顛本土，不用再擔心後方地區的德國甚至能心無旁騖地與蘇聯開戰不是嗎？帝國也一樣。

……極端來講，只要在這裡擊潰共和國艦隊，聯合王國不僅得直接面對制海權的問題，還得直接面對在共和國脫離戰局的狀況下與帝國對峙的惡夢。

這樣一來，至少有可能讓帝國形成一些層面不廣但在戰略上非常有利的環境。

也就是長打局面。聯合王國絕不可能獨自殲滅帝國的地面部隊，而帝國軍海軍也強大到足以跟聯合王國海軍持續對峙的程度。既然如此……既然如此，這場對峙就對帝國有利。能活用支配地區的工業基礎儲備戰力，倘若有時間甚至能建造船艦。

只要建立起這些基礎……不對，是只要聯合王國判斷帝國做得到，就算戰爭因此結束也是有可能的事。

這樣一來，也不會有更進一步的危險；這樣一來，理想的平穩世界就擺在眼前。這是為了結束戰爭。

如今，必須在這裡，讓事情做一個了結。

去讓戰爭結束吧。

去親手掌握住和平吧。

因此，譚雅・馮・提古雷查夫魔導少校以前所未有的堅決語氣嚴格命令部下，催促不情願的部下們展開行動。而就跟她預期的一樣，一旦發出嚴令，部下的動作就會機敏起來。

列隊站好的大隊成員與為了運用帶來的V－1而待在現場的技術人員與維修兵。險些就要演變成搶奪，但最後還是以技術廠的請求作為後盾讓後方倉庫吐出來的V－1，已整齊排列在跑道上。隨後他們就一如譚雅的期待，將V－1本體俐落安裝到發射台上，開始著手最終確認。

親眼確認到出擊準備的順利，讓提古雷查夫少校一臉滿足地環視起部隊。能準備到預估超乎以往的長距離襲擊狀況而為了儲存燃料加裝上副油箱的V－1是件令人高興的事。加上為了增強破壞力，儘管放棄了對艦攻擊用的八〇號炸彈，也依舊在彈頭部分追加搭載了二五號炸彈。

只要被以音速衝過去的這些V－1直接擊中，大半的船隻都會一次擊沉吧。就連戰艦的裝甲都很懷疑能不能承受得住。最重要的是，這是針對停泊的停泊艦隊攻擊。首先，命中率將會得到非常不錯的數字吧。

如此璀璨的未來預想讓譚雅心情變得非常好。

雖然不清楚戴・樂高少將閣下是以哪艘船作為旗艦，但只要瞄準所有的戰艦攻擊，就肯定會打中一發。光是這種預想，對她來說就是非常愉快到想大笑出聲的預想。

最壞就算只有請戴・樂高少將閣下退場，也能期待充分的回報。不用說，光是打擊他想帶走的殘存部隊，也能有相當的成果吧。

「……大隊長，部隊已集結完畢。」

「非常好。V－1調整好了嗎？雖不想說這種話，但要是部下乘坐的東西因事故而失控，我可受不了。」

「這方面是毫無疏失。維修人員對自己的本事起誓保證，斷言整備是萬無一失。」

「很好，那麼……怎麼啦，拜斯中尉，有意見就趕快說吧。」

「少校，這麼做果然是……過於違背本國意圖的行動吧？倘若是命令，這也是沒辦法的事。可是，這對少校來說會是非常危險的行動。」

有別於這種高回報的期待，部隊的主要軍官們似乎懷著些許擔憂。

想長嘆一聲「真受不了」，但他們的擔憂就某方面來講也不是沒有道理，所以才難辦。

不過，只要拿出成果就好。

似乎提不起勁的副隊長，也只要看到攻擊的成果就能理解了吧。雖然拜斯中尉基本上就是不怎麼喜歡這種獨斷獨行的類型。既然他是在裁量權的範圍內這麼做，就當他這樣比阻止我要來得好吧。

「中尉，我很感謝貴官的忠告，但我不打算收回成命。還有其他想說的事嗎？」

畢竟，他是名軍人。不會因為提不起勁就混水摸魚。就這點來講，是可寄予完全信賴的人。對職務有著明確的真誠可說是相當值得高興的事。

還真不知道我為了在執行派遣業務的時候，因為提不起勁這種愚蠢理由進行消極抵抗的作為煩惱了多少次。甚至還到處破壞公司的名聲，這看在支付薪水的一方眼中，毫無疑問是令人火大的事態。

就這點來講，軍人的狀況可就完全不同。信賴度高得不可同日而語。雖說這本來就是再怎麼提不起勁，只要放水就會死的職場。也不是輕鬆到可以讓人混水摸魚的工作。

「是的……可是，這樣好嗎？基地司令大發雷霆地說要找參謀本部抗議。」

「找參謀本部？既然不是越權行為，不過是螳臂擋車罷了。」

這可有經過正規的手續。雖然這麼說也有點怪，但回應技術廠的請求，在指揮系統上是能擔保正當性的行為。要熟知法律與規則，這樣一來就絕對能找到將自己的行動正當化的條款——真懷念被教導這句話的過往。

規則不是用來打破的，而是要加以運用，用來鑽漏洞的。

提案遭到現場司令官駁回還真是教人遺憾。只不過，自己在執行作戰行動時並不會受到任何限制。

按照通常的手續，就算是允許獨斷獨行的參謀本部管轄部隊，也不會被容許去襲擊布雷斯特軍港吧。

但如果是正在平定戰況的現在，就有辦法擴大解釋參與戰役的現場部隊擁有的些許裁量權。即使基地司令向參謀本部提出抗議，參謀本部應該也不會正式責備自己。

當然，這並非是輕忽在水面下遭到嚴重警告的情況。但無論如何這都是我這邊行動結束之後的事。

能在攸關生死的這個瞬間確保行動的自由，還真是教人高興的事。

只要成功，不管怎樣都是能充分對應的範疇。為了能考慮未來的事，首先也必須要消滅掉眼前的病原體。

「……方面軍司令部給大隊長的命令。」

但討厭的是，突然收到方面軍司令部傳來的命令。朝著不幸擔任傳令的通訊兵無意間板起臉來是我的過失。

邊向他道歉，邊收過他遞來的信件閱覽起來。

內容單純是勸告之類的話。總歸來講，就是方面軍司令部要我老實待著的溫和勸告。雖說在名目上我們是獨立部隊，但這可是方面軍司令部發出的請求。

以必須盡可能遵守的立場來看，這相當於是干預指揮。

本來的話，就連譚雅自己也會因此選擇退讓。這就是如此強力的勸告意見。但唯有現在，譚雅有著無論如何都不能答應的事情。

「幫我傳話說『我已理解請求，並尊重他們的意見』。」

選擇簡短的話語指示回信。既然理解請求並尊重意見這句話沒有否定的意思，就很難想像會再次發出警告。而這也沒有特別在說謊——譚雅重新咀嚼自己的話語，確認沒有問題。

沒錯，只要在理解並尊重之後，仍然要採取行動就好。

該說是幸運吧。等到方面軍司令部聰明的某人注意到這邊的行動時，V－1早已經擊中布雷斯特。這樣一來，對方就束手無策了。

不過——譚雅注意到自己的預測，有著判斷過於天真的部分。既然連做到這種地步都要阻止我，看來是相當不中意我的作為。這只表示有單位正在監視自己。

儘管就剩不到多少時間，但也不知道會在這短時間內出什麼差錯。

「看來會遭到阻礙，給我提早出擊時程。」

因此，譚雅·提古雷查夫少校做出決定，表示必須要趕快出發。

所以在考慮到風險後，決定提早出擊時程。當機立斷做出比起確保萬全的狀況，更需要兵貴神速的決定。

本來是要在取得氣象情報與進行敵情分析之後才決定出擊行程，不過現在全部省略。狀況就只要在抵達之前以無線電聽取大致概況，決定採取最短路徑發動襲擊。這樣燃料的消耗最少，因此還可期待V－1擊中敵船艦時的戰果，預期獲得這種次要效果吧。

不管怎麼說，巧遲不如拙速。

所幸，帶來的技術人員們不論是好是壞也確實是技術人員。從他們俐落處理必要事情的身影上，可窺見到帝國引以為傲的高技術領域吧。

我由衷想感謝他們肯確實幫忙整備高精度的機械。

再過一會兒……

不對，再過數分鐘就能開始行動了。

差不多該命令全員搭乘了吧？就在譚雅考慮是否該開始行動時——

在這瞬間，譚雅的視野中看到一名從通訊設施連忙跑來的士兵。跟剛剛拿著方面軍司令部的勸告過來的是同一名士兵。又有某種通知嗎？如此疑惑的譚雅表情隨即僵硬起來。

他雖然是剛剛那名通訊兵，但卻是臉色大變地跑來。他拚命奔跑的腳步，還有想跟我們傳達某種事情的眼神。

就像是要將重要的通知盡早傳達過來似的拚命奔跑——譚雅就在這時察覺到這點。

「……啊，該死。」

所以，譚雅只能仰天大罵。

直覺雖然不值得信賴，但也察覺到他將會帶來惡耗。霎時間環顧起部隊，現況還要再一會兒時間才能出擊。實戰時的些許延遲，竟然會如此的致命！

雖然僅僅是數分鐘之差，就只遲了這幾分鐘，就十分足以讓趕過來的那名士兵開口傳達話語了吧。

儘管後悔莫及，但這是就算打從心底懊悔應該要早點行動也無法收拾的大失態。霎時間，甚至還考慮起要不要把傳令打暈，但這可不是能在大庭廣眾之下去做的行為而隨即放棄。

光是感到著急，事態卻完全沒有改善。這就是執行死刑前的討厭氣氛吧。不管怎麼說，沒有比這還要倒楣的事了。

「大隊長，是來自參謀本部的特別命令！」

啊，我不想聽。接下來的事，我什麼也不想聽。就算不用你說，我也知道這是沒什麼好事的通知。

該死，就不能再機靈一點嗎！再稍微……只要再稍微拖延一下工作就好！

……我很清楚感情湧現起不合理的判斷。我明明不久前才讚賞過軍人的忠實，竟然要在這之後就收回前言，也太不公平了。

儘管如此——

譚雅也極度有種想抓破喉嚨的衝動。

「已發布停戰命令！是參謀本部通知全體部隊的最優先命令！」

「停戰命令！你說停戰命令！」

還來不及制止，拜斯中尉就開始確認傳令。拜這所賜，讓全體將兵都聽到這句話了吧。這樣就沒辦法宣稱「沒聽到」強行發動攻擊了。

自己獨自出擊，不僅得不到太大的戰果，還會因為破壞停戰而遭到槍斃。

「大隊長，請立刻中止出擊！」

這句叫喊毫無誤解的餘地。

「這是停戰，請立刻中止出擊！」

傳令為了制止我們而大聲叫喊。

嗯，我聽得很清楚——譚雅揮手做出回應。既然這是貴官的工作，這就是值得尊敬的行動。

身為軍人，身為一介該忠於自身職務的士官，這甚至是理想的行動。

然而，這對譚雅來說是怎樣也無法接受的事。幾乎是懷著會遭到某種程度處分的覺悟將獨斷獨行的手續準備到這種地步。這全是因為發現到防止帝國敗北這個恐怖未來的最後機會。

現在……現在要是不採取行動，靠其他的手段就絕對來不及。這種恐怖的事實，譚雅．提古雷查夫少校是知道的。倘若讓敦克爾克大撤退發生，帝國的勝利就將會逃到無法觸及的世界。

所以，現在只能採取行動。要不然，將無法拯救帝國。

同時也理解到。現在要是出擊，自己就會成為打破停戰的當事人。

要是能想出推卸責任的權宜之計倒也還另當別論。但是，既然已明確說出停戰與中止出擊，就毫無任何餘地可供譚雅操弄詭辯。

所以，譚雅這時的表情極為糾結。要是不去，即能預見到帝國毀滅這個遙遠未來的破局。這是必然的事。

但是要去，就無法避免自身的毀滅。這也是必然的事。

也就是基於極為單純的理由無法出擊。但要是不出擊，很可能意味著緩慢死去的破局就等在前方。而將這種可能性粉碎得體無完膚的好機會儘管就擺在眼前，卻不得不放過的苦境。

「……該死、該死、該死，中止！中止出擊！」

因此……

她發出放棄出擊的喊聲，不顧旁人目光而癱坐在跑道上，並伴隨近乎絕望的音色，語帶呻吟地喊出這句話。

[chapter]

# IV

第肆章

# 勝利的使用方式

# How to use victory

祝我萊希，充滿榮耀！

—— 無名帝國士兵

## 統一曆一九二五年七月十日　帝國軍布雷斯特軍政管轄區

「報告！」

格蘭茲少尉儘管充滿緊張，也依舊以靠著義務感抑制語氣起伏的語調，跑過來就開口說道。從他的表情上看出狀況已準備妥善的拜斯中尉也全身充斥著緊張感，連忙端正姿勢面對他。

「拜斯中尉，大隊已集結完畢！」

「辛苦了，格蘭茲少尉。後勤狀況有延誤嗎？」

「毫無任何問題！糧食、裝備一應俱全！」

是萬事俱備的通知。然而如此重大的通知，偏偏是越過指揮官提古雷查夫少校，由副指揮官的自己聽取並做出判斷。

考慮到事情的重大性，這本來該是由提古雷查夫大隊長親自做出判斷的案件。但是，如今在場的最高階軍官是拜斯中尉。

感受到身為最資深指揮官的義務感與緊張感，不過最主要的，還是「越過那個提古雷查夫少校由自己做決定」的緊張感難以估計。像這樣的自己，大隊長居然傳話說可能會在年內不久後晉升，這世上還真是不可思議。

「……中尉？」

「不，我沒事，少尉。」

不過，現在不是猶豫的時候。是要求做出決定，以指揮官身分做出判斷的瞬間。澆熄眾人這份一觸即發的緊張感與期待感，是身為將校絕對無法容許的過錯。他的義務，如今要求他在此善盡職責。

「各中隊指揮官回報各隊狀況！」

因此，他喊出這句話。

他詢問狀況的聲音，有別於他身為專家想保持克制的努力，在掩蓋不住的期待感下，不得不變成略為高亢的語調。

「全員集結完畢，已就第一級戰鬥位置！」

響亮的號令與萬全準備的通知。

「回報狀況！」

這是宣告戰鬥開始的吶喊。

「啤酒準備完畢！葡萄酒準備完畢！」

這是充滿自豪的答覆。

# chapter Ⅳ

「大魚、大肉全準備完畢！」

這是補給表示「要是能吃光、要是能喝光，你們就吃光喝光給我看吧」的大手筆特別供應。是將偷偷摸來的各類品項庫存一掃而空，毫不吝嗇的戰力集中投入。

「大海，準備完畢！」

然後，這是選出最棒場所的堅定自信。

「很好，各位，開始行動！」

清澈的大海，蔚藍的天空，以及爽朗的初夏陽光。並列的鐵板與料理台上，毫不客氣堆放著小山高的新鮮肉類。當然，以箱計算的罐裝啤酒也用複數的小型冰箱搬運完畢，而且還隨處可見似乎是從某處弄來的香檳與葡萄酒。

今天，聚集在這裡的是第二〇三航空魔導大隊的精兵們。這群士兵，今天為了享受海灘，毫不吝嗇地獻出全身精力。

這一切全是為了今天這一天。

「向勝利！」

「向戰友！」

「向萊希！」

「「「乾杯！」」」

眾人齊呼起響亮的乾杯怒吼。

同時喊著「今天就無分階級狂歡吧」互相噴灑啤酒，香檳的軟木塞往來交錯，然後勾肩搭背高聲齊唱「我們是勝過世間一切的萊希」的男人們。

他們在共和國的度假勝地毫不節制地從丹田發出宏亮叫喊。這是將親手緊握住的冰涼勝利美酒，在毫無任何阻礙的大海上高聲歌頌的最佳機會。

高喊著「向帝國乾杯」並同時將冰涼的酒瓶一飲而盡，他們以最大限度享受這歌頌的機會。當中數人在沙灘上豪邁揮舞鏟子，不顧年紀地玩起沙子，然後在不久後開始分隊對抗挖起沙坑。另一方面，有部分的人則是早早跳進大海，還有一些人高喊著「我要吃肉」衝向鐵板。

在場不論是誰都老實陶醉著。陶醉在勝利、陶醉在生還的喜悅，以及陶醉在達成義務的成就感之中。

**同時間／帝國軍布雷斯特基地**

看完副官遞交的通訊文件後，她就像感到頭疼似的按壓著額角發出呻吟。然後，帝國軍魔導大隊指揮官暨參謀軍官的譚雅·馮·提古雷查夫少校，就寄望著重看一遍或許結論就會改變的樂觀推測，再一次看向手邊的通訊文件。

不過，就算她再怎麼埋首重讀內容也毫無意義。畢竟手邊的信件內容上，只記載著明確到毫無誤解餘地的參謀本部的正式通知。

「……不好意思，謝列布里亞科夫少尉，我稍微離席一下。」

因此，譚雅在向拿通訊文件過來的副官說一聲後，就不耐煩地將軍帽戴起並緩緩起身，隨後走向鄰接大隊司令部的官舍個人房間。

抬頭望去，天空是有別於自己心境的晴朗。

「……就快是夏天了呀。」

雖然還不到酷暑時期，但也差不多要夏天了。認可拜斯中尉與其他大多數的大隊魔導師一齊請假享受假期的人不是別人，正是自己。兼作為部下的慰勞，他們要以准許由大隊公庫支出少許金額的形式，在海灘上舉辦一整天烤肉派對的事，譚雅也早已同意。

這樣，也還好。

這是因為他們終究只是從事野戰的魔導將校。至少，在現況下享受勝利美酒的權利，是他們應該被認可的當然權利。就譚雅來說，她也不吝於極力尊重他人的權利。因為她很清楚，就算是部下，侵害他們享樂的權利也是身為長官所不被容許的態度。

因此，譚雅毫無責怪現場人員慶祝勝利的念頭。這樣，倒也還好。畢竟他們在他們的崗位上把事情做到最好了。

問題是——譚雅勉強壓抑著宛如在地獄深處沸騰高漲的憤怒，仰天在心中長嘆……就連高層也感染到同一份樂觀的無藥可救的現實。

而不斷累積的鬱憤與不信感全因方才參謀本部送來的那封愚蠢的「慶賀勝利的通信文」完全突破極限。這假如是私信也就算了，但偏偏是以對全軍發送的正式聲明、偏偏是參謀本部的俊傑們，在近乎天真的讚美這場大勝利？

理解到這點的瞬間，譚雅就險些克制不住自己的情緒。是靠著僅存的自制心才勉強沒有當場爆發開來。不過，所謂怒不可遏的憤怒正是指這種情況吧。

「該死！說什麼……勝利的……美酒！我們……可是讓結束戰爭的機會……溜走了啊！儘管知道勝利的方法，卻不知道勝利的使用方式嗎！」

於是，一關上個人房間的房門，譚雅就順著情緒將帽子砸在房間地板上發出吶喊。

靠著腦袋還清醒的部分，譚雅也很清楚大吼大叫「別開玩笑了」是不像樣的行為，也還保留著所以至少要顧忌他人觀感在個人房間裡喊出這些話的理性。

不過一旦在房間裡開罵後，譚雅就難以克制地繼續大罵：「『明明戰爭都還沒結束』，就因為這場大勝利歡天喜地起來，參謀本部那些人的腦袋究竟是有多單純啊？」所謂，真不懂他們在想些什麼。於是，她一面吶喊一面順著衝動破口大罵。

「難以置信！為什麼……為什麼參謀本部沒有活用這場勝利！這是為什麼！為什麼最高統帥府沒有進行外交交涉！他們真的有心要結束戰爭嗎！」

戰爭可分為數個階段。沒錯，目前帝國軍將兵們至少已在前線盡到充分的義務，最終對這場大勝利做出了貢獻。所以，他們身為達成義務之人可以歌頌這場勝利，他們擁有這種權利。

但要是就連應該要負責戰爭指導的參謀本部與上級單位的最高統帥府，也跟著天真地大肆慶賀起勝利，喝起勝利的美酒——

這就是怠惰。

這就是失策。

不對，比這些還要惡質。這是犯罪般的毫無作為。

「該死，為什麼會這樣？參謀本部為什麼會這麼突然？」

突然知性就鈍化了？

不管是為什麼，現況都讓譚雅不禁搔抓起頭髮，並為了讓自己冷靜下來，點起房間內備有的酒精燈，一面煮水一面拿起磨豆機。

邊將前幾天在攻略完巴黎士後弄到手的高級阿拉比卡豆慎重磨碎，邊準備濾滴用的濾紙，再用充分煮沸的熱水稍微悶過之後慎重注入熱水，最後將咖啡倒入咖啡杯中，讓譚雅一面聞著香氣尋求安寧，一面深呼吸讓情緒冷靜下來。

「參謀本部沒能理解事態。這是為什麼？」

這是單純的疑問；是為什麼會這麼做的質問。帝國軍本來應該是近乎偏執，就連下級軍官也會讓他們徹底學習企劃立案與計畫擬定的效率主義集團。軍大學的教育可是徹底灌輸了我們，遭遇未知事態時的對應計畫擬定與處理方法的當機立斷，以及為了讓戰爭迷霧最小化而進行最大限度的事前準備。

「……我無法理解。究竟發生了什麼事？」

正因為如此，雖說只是暫時，但譚雅恢復冷靜的理性，無法理解帝國軍參謀本部竟會因為勝利而高興到失去分寸的這件事。

參謀本部應該就連在帝國軍當中都是格外徹底的理性主義者集團，所有參謀突然全員一起失常這種事，就機率論來講實在是不太可能吧。

不過既然如此，他們是為什麼會一齊陶醉在勝利的美酒之中？

「果然是難以理解上頭的變質……啊，夠了，百聞不如一見，就只能親自走一趟了。」

因此，一面品味一面嚥下咖啡的譚雅就做出決定。認為既然如此，就只能親自去一趟參謀本部詢問了。

對決定要這麼做的譚雅來說幸運的是，大隊目前正解除快速反應的待命指示。指揮官離開自己的部隊儘管是不太值得嘉許的行為，但預定前往參謀本部數日的程度應該是不成大礙。

既然如此——譚雅做出決定。既然時間這項資源有限，就不許浪費。只要一度決定好方針，就唯有迅速行動。

於是在拿起房間角落備有的基地內用內線電話後，譚雅就立刻呼叫起大隊司令部的電話。

「你好，我是值班軍官謝列布里亞科夫少尉。」

「少尉，是我，提古雷查夫少校。」

「是的，少校。請問有什麼事嗎？」

譚雅佩服著謝列布里亞科夫少尉響兩聲鈴就接起電話的機敏，一面享受著些許滿足感，一面簡短地告知要件。

「我要去參謀本部一趟！在我向司令部取得許可的期間內幫我準備行李。我還有貴官的份。這件事幫我傳達給拜斯中尉。」

「遵命。休假中他人應該外出了，我就先傳話給他。請問要訂長距離火車的車票嗎？」

「啊，他要是沒辦法來，用通訊聯絡也無妨。還有不用訂車票。這次我們要取得飛行許可直接飛往參謀本部。不過要確保在帝都的住所。」

既然趕時間，就沒那個閒暇悠哉搭乘長距離火車過去。所以譚雅早在腦內決定，要橫越過去的萊茵戰線上空直接飛行到帝都。該說是幸運吧。倘若是九七式，就能保留充分的體力飛到帝都。戰鬥飛行還另當別論，但如果只是要橫越友軍制空圈，就十分有可能辦到。

「收到，少校！請問要在帝都停留幾天？」

「應該不會太久，幫我訂三天的房間。」

畢竟傑圖亞閣下也有自己的行程，重點還是多估算一點時間確保住所吧——譚雅很快就做好長期抗戰的覺悟。

當然，本來的話是不想離開工作地點太久……不過譚雅已在心中做好決定，若有必要，她甚至不惜要在帝都展開激烈論戰。

「收到，我立刻照辦。」

很好——譚雅迅速將整套裝備與第一種軍裝塞進行李箱，以自己還有謝列布里亞科夫少尉的名義撰寫兩份飛行許可申請手續文件，同時提交以直接前往為前提的飛行計畫書，並在不久後獲得認可。

然後，接獲命令的維夏也以不遜於譚雅的速度著手前往帝都訪問的準備。

在聯絡對方幫忙準備魔導將校用的將校級客房兩間後，順便活用參謀本部直屬大隊指揮官副官的官銜，從參謀本部的後方單位確保一輛客車作為帝都內的代步工具。

雖然總是在這種時候，不過維夏切身感受到，就直屬參謀本部這點上，第二〇三航空魔導大隊果然是作為相當特殊的部隊備受尊敬吧。一般來說，上頭的人都討厭隔著看不到對方的電話溝通。儘管如此，對於像自己這種年輕軍官的要求，後方作業人員竟然會慷慨地欣然應允，可說是相當罕見呢。

「代替海灘的休假嗎……既然能回去帝都，或許能去看一下好久不見的老朋友吧？」

因此，雖然只有瞬間，但也讓她覺得「只要好好安排時間，說不定能不用透過信件，直接與朋友報告近況吧？」稍微期待起享受休假的可能性。

只不過，這些全是要把該做的事情做好之後的事。因此，維夏就依照順序處理該做的事項。準備住所，也確保好移動手段。交接報告姑且就作為部隊日誌與詳細的業務報告書彙整起來。倘若是拜斯中尉，應該只要看一遍就能掌握住必要事項。

提古雷查夫少校有說她知道拜斯中尉正在休假，所以維夏只要跟他聯絡一聲就好。

「打擾了，我是謝列布里亞科夫少尉。請幫我找拜斯中尉。」

很好——她一拿起長距離電話，就姑且打到之前通知的休假去處的度假設施，透過電話呼叫拜斯中尉。

「是的，我是拜斯中尉。」

「中尉，我是謝列布里亞科夫少尉。真是不好意思，難得休假還讓你特地過來接電話。」

所以——就先這麼說吧。當時維夏本來只打算通知拜斯中尉「少校請你聯絡她」這句話。

「哎呀，維夏，妳也打電話哭訴想來海邊玩嗎？也對，我們這邊玩得可愉快了呢。」

沒錯，這只是個偶然。

當平時會稍微穩重一點深思熟慮的拜斯中尉，不小心趁著醉意說溜了一句多餘的話時，讓維夏頓時有點火大。

在這之前頂多是「我當然也想去，但既然副指揮官出面帶隊，自己的長官少校要留在基地的話，身為副官的自己也只好擔任值班任務了吧」這種程度的心情。

不過，這全是他運氣不好吧。

「……不，跟這沒關係，是事務聯絡。少校表示她有事要前往參謀本部，需要空出三四天左右的行程。」

所以，維夏就稍微忠於自己火大的情緒，順著對方說溜嘴的話，將事實平淡地說出口。

「是交接聯絡嗎？」

「是的，她要我通知你這件事。」

這是提古雷查夫少校所吩咐的全部內容。由於要前往帝都，所以要告知拜斯中尉此事進行交接業務。既然這是吩咐謝列布里亞科夫少尉的任務，她這句話就是毫無虛假的事實。

「……聽到這句話，我看來是必須要返回基地與少校調整業務吧。」

「請隨意。恕下官僭越，既已告知必要的聯絡事項，下官就不該再說多餘的意見了吧。」

很可悲的，這可是毫無虛假的事實。維夏在心中「呸」的吐著舌頭，稍微報復回去。

長官是說「不要勉強把人找來」。這換句話說，就是提古雷查夫少校並沒有明確說是要人「過來」還是「不要過來」，因此揣摩長官的想法可不是維夏的工作。雖然功利主義的少校，大概是覺得用通訊聯絡就好了吧。

不過告知這這件事的義務，對現在的維夏來說稍微有點不足。

「我明白了，少尉。這確實是我該直接詢問少校的事項。很好，格蘭茲少尉！接下來就交給你了。至於我嗎？可是收到美女的邀約呢！」

因此，似乎是一個人擅自接受什麼事的拜斯中尉，就以前所未有的略為開朗的語氣，將之後的事託付給格蘭茲少尉，讓隔著聽筒聽到他們對話的維夏嘻嘻笑了起來。

「是的，中尉！請儘管放心！我們將緊咬著這些強敵直到最後一人，堅守崗位奮力戰到最後一刻！」

然後，隔著聽筒想像起對面情境的維夏就稍微覺得「啊，拜斯中尉大概是真的喝醉了，才會理解得這麼慢吧」。

「該死，有著這種好部下，我還真是開心啊！」

「要去跟女性見面，我勸你先醒醒酒喔，中尉！」

「嘿，你們這些傢伙，全都給我宿醉到掛吧！」

丟下這句話並攔了一輛前往基地的車，一面醒酒一面回到基地的拜斯中尉將便服換成軍服，迅速前往大隊司令部。

長官會在這種時期突然前往參謀本部，說不定是出了什麼事。倘若真是這樣，恐怕是跟前幾天大隊長差點因為獨斷行動犯下的違反停戰命令未遂有關。或許是因為這種猜測，讓他有點想太多了。

「拜斯中尉報告。」

認為不論發生什麼事都沒關係的拜斯中尉，就一面擔心自己嘴中有沒有殘留酒味，一面在走進房間時大聲報告。然後他的眼睛就在走進房間的同時，注意到提古雷查夫少校與維夏已經戴上飛行用的護目鏡並抱著行李。

「啊，中尉。你來得正好。狀況毫無進展。參謀本部那些傢伙只顧著大肆慶祝，完全沒考慮幫戰爭收拾善後。實在是沒辦法，我就親自過去一趟。幾天而已，就麻煩你留守了。」

「遵命。」

是委託留守的通知。

這實際上就跟電話聯絡的內容一樣。那麼，接下來是要交代自己什麼重要的通知吧——做好這種心理準備的拜斯中尉就全神貫注傾聽著提古雷查夫少校接下來的話語。

「但話說回來，雖然我是找你沒錯，但也知道你正在休假。只要一通電話就能解決的事，真沒想到你會特意趕回來。你是在擔心我吧，打擾派對還真抱歉了，中尉。」

長官隨口說出的話語，讓拜斯中尉不經意亂了步調。該怎麼說好，本來還以為她會交代重大的祕密命令，結果卻是沒有特別含意的留守命令。

……該說，正因為如此吧。拜斯中尉這時才總算明白自己完全是白緊張一場。

「啊，不，那個，這並不算什麼。」

一面語無倫次答覆著不惜犬馬之勞的話，同時也總算明白幫提古雷查夫少校傳話的維夏，對於自己「是否該回去」的詢問，回答「請隨意」的意思。

「哎呀，怎麼了嗎，謝列布里亞科夫少尉？」

「沒事，只是對拜斯中尉就連細節部分也不怠慢縝密聯絡的細心姿態深感佩服。」

畢竟，提古雷查夫少校並不是個會下達曖昧指示的長官，當維夏說出「請隨意」時就該注意到了。

往後在聯絡時，還是別讓酒精上腦吧——拜斯中尉總算是開始反省。只要頭腦冷靜，就算隔著電話，也應該能從維夏傳達的話語內容中聽出意思。

雖說是休假……姑且就算是休假期間，也還是該做好會被呼叫的準備吧——他做出反省。要補充的話，就是說不定只要別說多餘的話就沒事了。

不過話說回來，作為可悲的事實，對於拜斯中尉與其他大多數的帝國軍人來說，「戰時的休假」這種概念比較類似「在後方地區的療養」與「戰壕的非值班時段」，所以說到底這還是他們第一次享受到真正意思的休假，這背後也確實存在著這種可悲的內情。

「嗯，這可是報告、聯絡、商談的模範呢。那我就出門了。留守中你就放輕鬆吧。訓練也只要能維持住水準就沒關係。」

「遵命，少校。期盼妳平安歸來。」

「抱歉，那我就出門了。」

「……我是提古雷查夫少校，請幫我聯絡傑圖亞閣下。」

「好的，少校，不過非常抱歉，閣下目前正在外出當中。」

覺得「哎呀，這還真是稀奇」，同時也想說「既然他軍務繁忙，這也是沒辦法的事」的譚雅就改變主意，「那麼……」開口問道。

「那麼，不好意思請幫我聯絡盧提魯德夫閣下。」

就先去跟傑圖亞閣下的好友見面吧——雖是以這種程度的輕率心情開口，不過譚雅隨即就從值班人員的困擾表情上看出這也是辦不到的要求，用眼神詢問「怎麼了嗎」。

「不好意思，少校，那個……參謀本部的參謀們全都外出了……」

譚雅懷著值班軍官或許會相當不願回答的覺悟詢問，不過出乎她意料的是，對方輕易就說出了答案。

「嗯，我明白了。那麼他們是上哪去了？」

只不過，就算他輕易說出答案，對譚雅來說這種答覆依舊只會讓她感到不對勁。畢竟，她有著參謀本部隨時都會有人留守的確信。

這是因為譚雅基於經驗知道，就算是突然登門，只要有重要案件，參謀本部就會優先處理。而這種通融性與靈活性正是帝國軍參謀本部的強處，同時也是為了顧及軍官之間的緊密聯繫這個作戰指導的根基，正因為她清楚這件事，才會有著這種確信。

因此，譚雅才無法相信。

就算被告知參謀本部現在幾乎形同空城，她也有點難以理解。

正因為難以理解，所以當然會假設這是受到某種必要性的驅使。比方說，被要求出席諸如在宮廷舉辦的大型活動，要不然就是去參加某種活動或慶祝會，做出這種天真的判斷。

畢竟這群耿直的人，是不可能毫無理由就在這種重大局面下，做出讓參謀本部唱空城計的愚昧之舉。

「……我想應該是在啤酒館。」

「啤酒館？」

因此，她在這瞬間就只能複述對方給予的答覆。

他剛剛說的話，是什麼來著？

啤酒館？

那是什麼地方啊？

啤酒館。

那是喝酒作樂的地方。

到底是基於怎樣的必要性，讓參謀本部的眾人大舉離開參謀本部前往那種地方啊？

「是呀，畢竟是喊著說要暢飲勝利的美酒。可以的話我也想加入，可惜要值班。」

「這樣啊，軍務辛苦了。那我就先告辭了。」

因此，聽到這句話的譚雅就強迫自己保持面無表情，陷入幾乎要費盡全力才有辦法點頭回應的窘境。

「是的，少校晚安。」

然後在一無所知的值班軍官悠哉的送別下，譚雅幾乎是懷著黯然的心情鑽進被窩裡。

等到隔天早上，譚雅・馮・提古雷查夫魔導少校就猛然闖進在闊別許久的痛快暢飲後，參謀軍官們懷著甚至感到懷念的宿醉頭疼，互相比拚故作沒事功夫的參謀本部之中。

「閣下，恕我打擾了……」

她甚至懷著要在參謀本部的中樞，直接與傑圖亞少將談判質問一切的覺悟。

「啊，少校，艦隊的事情我聽說了。還有基地司令的抗議。不過就結論來說，我們認為雙方在執行軍務的過程中都有不對。」

然而，這是怎麼一回事？

「既然雙方的堅持都沒錯，就只會發出要求雙方自制程度的譴責。但話說回來，少校，貴官似乎做得有點過火呢。」

聽到他隨口說出方向錯誤的答覆，讓譚雅儘管知道失禮，也還是忍不住筆直瞪起傑圖亞少將的臉。心想，長官到底是怎麼了？

「但妳放心吧，少校。」

不過，傑圖亞少將接著說出讓譚雅更加錯愕的話語。

「我們獲得如此盛大的勝利。在即將終戰的現在，是不會有人想把事情鬧大的。」

然而在下一瞬間，終戰這個發音就讓譚雅忍不住全身僵硬。終戰，光是這一句話就有著相當的破壞力。這是因為，就只有譚雅知道這件事。知道這是不可能發生的事。

而難以掩飾表情，只好瞬間將視線別向窗外的譚雅，注意到自己犯了一個錯。

往來參謀本部的軍官們臉上帶著充滿欣快感的表情。眼角在捕捉到他們的這種表情後，譚雅就懊悔的心想「原來是這樣啊」。不論是誰，都對這場大勝利歡喜不已。

不論是誰，都在萊茵戰線的全面勝利下，因為成功攻略巴黎士而品嘗起勝利的美酒。眾人皆沉浸在欣快感之中，甚至還難得到啤酒館盡情作樂的幸福瞬間。

原來是這樣啊——譚雅就在這時理解了。

傑圖亞少將毫無疑問是精通政治、軍事的優秀長官，而且還是會以極為客觀的角度，基於必要性用數據與統計看待事物的某種實用主義者。

這個傑圖亞少將正陶醉在勝利的美酒之中。

……恐怕是因為這是合理的判斷，所以他才確信已經獲得勝利了。

認為再繼續抗戰下去，對共和國來說不僅沒有意義，甚至還會造成傷害；認為這場戰爭既然已無利益可言，這場戰爭也就到此為止了。

……傑圖亞少將肯定是無法理解。共和國的人們不顧一切打算、合理性以及損益得失也要抗戰到底的未來。

不過在下一瞬間，譚雅稍微清醒的腦袋就客觀地保守判斷，自己只是知道讓敦克爾克大撤退發生之後的未來走向，知道某種正確解答才會感到失望吧。

他們這些逃走的殘黨，是所謂的抵抗的種子。某些種子將會被擊敗吧。某些種子將會遭到帝國軍的軍靴踐踏，或是在航空艦隊的攻擊下被摘除部分吧。

大多數的種子則毫無疑問會因為缺乏名為人民的水氣灌溉，還未能長出抵抗的嫩芽就隨即枯死。然而，抵抗的種子只要播種在殖民地這塊柔軟的土壤上，不久後就將會作為反攻勢力開花結果。這是實際的威脅。

只不過，就算將這些納入考量以客觀的角度來看，現在也依舊是無法否定的大勝利。畢竟，這不論是看在任何人眼中都是帝國的勝利。

就算聯合王國發出介入宣言與最後通牒，也還是以電光石火的速度達成的偉業。

帝國轉眼間殲滅共和國，開始對協約聯合實施軍事統治，對達基亞的軍事統治也一帆風順。世界只能瞠目結舌的注視著這份姿態。帝國的勝利、帝國的榮耀，在這瞬間是名副其實。

所以——譚雅親眼目睹到，她懷著黯然心情「知道」的事實與現況下合理導出的結論背離的瞬間。

只要合理判斷就會知道戰爭將在此結束——散發著這種態度的傑圖亞少將是對的。這是因為帝國已獲得勝利，成功殲滅了共和國軍主力。這恐怕會是名留戰史的歷史性大勝利吧。對於在野戰上獲得如此壓倒性勝利的帝國而言，值得擔憂的要素是屈指可數。

勝利，喔喔，這是多麼誘人的事物啊。帝國如今已取得陶醉在這份美酒之中的權利。

「聽到你這麼說下官就安心了。若有機會，還請務必給予下官機會，彌補這次給參謀本部帶來困擾的過失。」

「很好。那就恭喜勝利。」

「恭喜勝利。」

然後，一面祝賀帝國的勝利，一面互相敬禮的譚雅就靠著自制心壓抑感情，保持禮節地離開房間。

只不過，譚雅·馮·提古雷查夫魔導少校也是人。因此與譚雅擦身而過，帶著要請傑圖亞少將裁決的文件過來的雷魯根中校，注意到面熟的譚雅臉上有著她從未有過的苦悶表情。

「打擾了……發生了什麼事嗎？提古雷查夫少校的表情有點奇怪。」

簡直就像是符合她年齡的哭臉——雷魯根中校難以說到這種程度。畢竟，這可是那個提古雷查夫少校苦悶著一張臉。不論是發生什麼事，這都讓他略感疑惑，不由得擔心起來。

「啊，是雷魯根中校呀。你說奇怪？」

「是的，傑圖亞閣下。那個，雖然只有稍微看到，不過提古雷查夫少校的表情，看起來似乎很難過。」

「什麼？……糟糕，她說不定是有什麼事想要進言。」

正因為如此，傑圖亞少將並沒有得知「譚雅絕望得就快哭出來」的事實。

而就算能察覺到她有事沒能說出口，但縱使是傑圖亞，也難以察覺到她未能說出口的理由，是因為她已經看破了。

「要我叫她回來嗎？」

「不，等下次見面時再說吧。」

所以他告訴雷魯根中校「如果有事她自己會來進言，就等她過來吧」，隨後埋首處理需要自己裁決的無數文件。畢竟他身為副戰務參謀長，還有著無數的重要工作堆積如山。

當時，所有人都相信。相信，戰爭將會結束吧。而且，還會是帝國的勝利。

然而，這絕不是能大肆歡迎的未來。所以為了阻止這種該說是惡夢的事態，其他國家——特別是首當其衝的聯合王國皆舉國一致發出要徹底抗戰的怒吼。

逃離共和國本土的共和國軍殘黨，以及與他們會合的協約聯合軍殘黨，也在同一時間以共和國的海外殖民地為據點，宣言要與帝國持續抗爭。自稱自由共和國的他們的抵抗姿態，很快就對帝國軍在共和國本土的軍事統治造成挑戰，醞釀出不平穩的氣氛，讓帝國當局開始感到煩惱。

而她——瑪麗・蘇身邊瀰漫的氣氛，也同樣逐漸充滿著對帝國的敵愾心與恐懼。

她原本就是在逃離協約聯合，待在安寧之地希冀恢復和平的人們圍繞之下長大。而對於大多數的難民來說，與帝國對峙的眾國之中，就連共和國也脫離戰局這件事只會讓他們大失所望。

他們期待著帝國的毀滅。所以才會由衷感激共和國的攻勢。然後在目睹到他們的挫敗時品嘗到大失所望的滋味，接著在目睹到共和國軍逐漸潰散的模樣後，所有人都愕然失色。

難道就沒有人能封鎖住帝國的邪惡嗎？——感受到這種衝擊。

不過，他們無法承認這件事。正因為如此，難民隨即反駁自己軟弱的疑問反駁。

反駁說，這是不可能的事。相信正義不會漠視這種惡行的他們祈求，並且禱告。正因為如此，有許多難民異口同聲的拚命高呼，不能再讓那邪惡的帝國繼續擴張下去。

『我們也要戰鬥。』

受到這份號召的鼓舞，或是說陶醉的人們，就開始自發性的志願從軍。於是，各國就以無法婉拒這份熱情的形式開始接受志願從軍。

於是，不僅是難民，就連外國的年輕人們也順應著這份狂熱開始齊聲高喊——現在就加入與帝國對峙的聯合王國軍與帝國抗戰吧。

同時，許多報紙也伴隨著有識之士的言論開始刊載畏懼「過於強大的帝國」誕生的論述，開始敲響著就連合州國也無法與大陸情勢完全無關的警鐘。

這是因為所有人都不容拒絕地，不得不理解到勢力均衡的驟變期已經到來所導致的議論。於是基於不安的議論，就在不久後總結成為了自國安全而敦促要防備帝國的論調。

正因如此，所有人都對宣言要抵抗強悍的帝國，由共和國軍殘存部隊組成的自由共和國軍的存在，發自內心地送上聲援；正因如此，所有人都對宣言要徹底抗戰的聯合王國新首相——馬爾博羅公爵堅決的戰爭指導寄予期待，並更進一步為了與帝國交戰開始聚集在他的指導之下。

她擁有力量。

這是她從父親安森身上繼承到的魔導師才能，而且還是明顯超出周遭一個水準的優秀資質。要是沒有爆發戰爭，這份資質或許會作為對本人沒有太大用途的東西而遭到埋沒也說不定。

實際上，她的父親安森也經常跟家人說，就算擁有魔導師的才能，也沒有一定要成為魔導師的道理。

瑪麗如今也能回想起，父親溫柔說著「我不想讓妳的人生道路變狹隘」的聲音。父親就只是鼓勵她「走自己所選擇的道路吧」，並總是說「我會支持妳所選擇的未來」。然而，也正因為如此讓瑪麗下定決心。

而同一時間，帝國儘管不太願意卻也還是接受戰爭將會繼續下去的事實，並為了在長期化的戰爭中再度大獲全勝展開動作。

只不過——或許該這麼說吧。

讓帝國傷腦筋的是，聯合王國有別於過往的敵國，怎麼樣都無法避免越洋作戰。當然，對於曾以針對敵地後方的兩棲作戰截斷協約聯合補給線的帝國來說，並不是沒辦法選擇登陸作戰這個方案。

只不過，總是得在這種時候加上一句但書——僅限於確保制海權時。而要問到確保制海權的把握，艦隊司令部的答覆一直都是賭上全艦覆沒可能性，或許就有可能辦到。

因此，帝國就在這裡面臨到深刻的困境。

要是尋求艦隊決戰，或是在局部但關鍵的局面排除或阻止聯合王國艦隊的抵抗，縱使只有瞬間，就說不定能登陸聯合王國本土。

只不過，帝國軍的大洋艦隊一旦全滅，帝國軍就會喪失進行下一次艦隊決戰的能力。這樣一來，就算成功讓大陸軍主力登陸聯合王國本土，後勤也會自然崩潰，然後就會跟之前殲滅的共和國軍主力一樣全軍覆沒吧。

儘管如此，要是放著聯合王國本土不管，也等同是對敵軍有力的作戰基地置之不理。當然，聯合王國陸軍的兵力有限，並不是重大的直接威脅……只不過，這將會是個長打局面。

[chapter]

# V

第伍章

# 內政階段

# Internal affairs

或許該先確認一件事。我們是軍人。
既然是軍人，祖國的政治希望怎麼做，我們就要去做。
我們的意見在這時並不重要。

——傑圖亞中將　節錄自參謀本部會議紀錄——

某個次元的某個存在領域

位在那裡的存在正歡喜得顫抖。

「呵呵呵，這太棒了！」

由於太過歡喜，甚至快要不自覺讚美起主的榮光。不對，祂為了莊嚴讚美全能的存在，是先以虔誠的表情仰望天際，再隨即高呼起哈利路亞。

只不過，這裡並沒有會斥責祂的存在，只有著似乎會跟祂一起讚美的存在。這是因為祂們全都是某種類似飛天義大利麵怪物的偉大知性的創造物。

「智天使，請問怎麼了嗎？」

「喔，是大天使啊。聖務辛苦了。沒事，只是信仰心以不錯的氣勢上升了。」

結束陶醉祈禱的那個存在，以美好笑容答覆詢問後，隨即讚美起應當成人的存在正逐漸回歸輪迴之事。

這可是個美好的消息——智天使的這種態度，是對終於恢復的秩序感到安心。這對將引導身為創造物的人類、將靈魂導向正途視為自身職責的祂們來說是闊別許久的喜訊。

然後就像當然似的，大天使也露出微笑贊同。宛如理所當然的慶賀著理所當然的事。這是對偉大的存在，自內心、自存在滿溢而出的讚歌。

所謂，神呀、創造主呀，祢是偉大的。

「這是令人高興的事呢。只不過，真奇怪。咦？」

然而，大天使端正的容貌上也同時浮現疑問。信仰的恢復與回歸註定的輪迴是美好的事。既然對人們的呼籲能夠奏功，不久後也能引導人類的靈魂吧。

然而，大天使卻在這時不得不突然感到困惑。這是因為，這跟自己在不久前聽到的事情好像不太一樣。

祂們在全能之神面前一切平等，有關職務方面，除了上下關係之外皆比較寬容，所以能允許對長官的話語突然提出疑義。該說，正因為如此吧。

既然要勤勉聖務，大天使就有義務要詢問智天使不懂之處。

「哎呀，怎麼了嗎？」

解說

**【飛天義大利麵怪物】**

擁有偉大知性的存在。有著就連無神論者的學者也會信奉的恩澤。拉麵（RAmen）。

而智天使也有義務要給予答覆。對祂們來說，執行神聖的義務是不容拖延，要排除一切障礙於萬難的行為。

當然，智天使也懷著善意，為了答覆疑問和藹回以溫柔的聲音。在祂看來，這是向一同為主的榮光奮戰的同志伸出援手的善意行為。

那裡的一切全是善意。

「我聽說那個世界正橫行著無神論者的邪惡……」

正因為如此，祂們毫不畏懼地與邪惡對峙。

這是神聖的義務。

「咦？我的管轄並沒有發生這種事。祢知道是哪一位的管轄嗎？」

然而，從大天使口中說出的話語，卻是智天使從未聽說過的事。

在祂所負責的領域上，人們開始確實感受到神的存在。

沒錯，眾人虔誠地想仰賴神的旨意，展現出創造物應有的姿態，熱心祈求著宛如父親的偉大存在的恩典。

這對視守護與引導虔誠信徒們為喜悅的智天使來說是無上的喜悅。不對，這正是祂的存在意義，也是智天使這個存在被創造出來的理由。

所以，這甚至讓祂露出喜悅的笑容。

反過來說，超越本位主義這種應當唾棄的惡習的祂們，在懷著善意聽到應當守護引導的羔羊們之中充滿著無神論這種值得恐懼的惡意時，就難受得彷彿胸口遭到撕裂。

光是聽聞無神論者們四處橫行的消息，就讓秀麗的容貌覆上陰霾。要是在自己的管理下發生這種事，肯定會陷入極大的憂鬱吧。

因此……

祂們是基於徹底的善意與義務感發出詢問。更別說要是發生這種令人恐懼的悲劇——

要是有某一位面臨到這種問題——

「我們想盡可能提供協助。請問知道是哪一位的管轄嗎？」

就務必要伸出援手。

「啊，儘管無地自容，但那是我的管轄。」

於是想當然的，祂們比起隱瞞不利於己之事，更希望能共同解決問題。畢竟，祂們背負著身為引導者的義務。不對，是身為被創造的創造物，背負著對於主的神聖責任。

要是無法將迷途的羔羊導向正途，就等同是否定身為引導者的自己。伴隨著喜悅，將迷途的羔羊們導向正道、導向理想的存在方式，正是祂們的存在意義。

怠慢此事之輩，只會被視為墮落且邪惡的無法救贖之存在。

所以，為了提供救贖的引導而提議伸出援手，一直都是受到彼此歡迎的提案。只不過，這種事就算偶爾會發生，也是基於經驗尚淺、自身也還會迷惘的存在引導失敗這個默認的前提。

正因如此，對於引導方式感到迷惘的管理負責人，頓時讓在場的存在不由得大吃一驚。

「居然是熾天使所引導的人們！這到底是發生了什麼事，才會導致這種事態啊！」

熾天使應該是聖父最為、最為貼身的近侍。

居然就連祂的引導都無法傳達給人類。熾天使不僅信仰深厚，還深得聖父信賴，要是連在祂的引導之下也無法救贖，就不得不讓祂們感到困惑了吧。

「唉，可嘆的是，他們豈止是捨棄信仰，而且偏偏還……正在冒瀆著。」

冒瀆是什麼意思？

基本上，祂們這些存在對於個別的羔羊與其說是寬容，更甚至能說是不感興趣，能讓祂們不得不改變這種心態的事態相當罕見。

然而這件事，卻震撼到足以引發這種罕見的例外。這是因為，祂們面臨到結為集團的無神論者。豈止如此，甚至還報告說以集團規模犯下足以被斷定為冒瀆的行為？

是犯下了冒瀆神聖的大罪嗎？

但這要是事實，究竟是為什麼？全體所感受到的，是搞不太清楚狀況的疑問。

「就是不應該有的事。甚至還看到試圖將統治者神格化的冒犯舉動。」

然而，熾天使一副就連說出口也感到厭惡的態度所吐出的話語，打消了祂們的疑惑。

瞬間鴉雀無聲，經過片刻呼吸，等到所有存在都理解此話的意思，頓時驚起一片錯愕。

「不知恐懼也該有的限度吧！究竟是怎樣之人犯下這等罪孽！」

「就連說出口也覺得汙穢，但似乎是將神歸類為鴉片之徒。」

以不太情願的態度補充的說明，偏偏是將世界的根源與這種汙穢之物劃上等號。

而且還是妄想取聖父而代之的不肖之徒。這可是就連過去墮落的存在，也未曾想過的可怕行為。正因為如此，祂們才會在過於動搖之下愕然失色。

「祢說什麼！……這種事也未免太可怕了！」

這幾乎是祂們的共同意見。

未說出口的想法只有一個。

『究竟是為什麼會發生這種事？』

「還真是無法如意呢。」

智天使忍不住隨著嘆息發出感慨，而這毫無疑問也是在場所有存在的共同意見。

先前滿溢的喜悅就宛如謊言一般，那裡充滿著悲哀。

「明明有一半的世界，如今正逐漸充滿著尋求救贖的虔誠羔羊。」

明明好不容易就快能將神的旨意傳達給信徒了；明明在戰爭之中，人類終於開始向超越的存在尋求救贖了。

「另外一半的世界竟然卻落入無神論的邪惡手中！」

竟然有一半的世界落入黑暗之中，就連福音也傳達不到！

「……恕我直言，我有點無法相信這種事。竟然會有一半的世界籠罩在無神論這種未開化的黑暗之下……福音已經帶來了喔。這種事真的有可能發生嗎？」

同時，大天使與其他天使發出宛如嘆息的疑問。

這真的有可能發生嗎？的疑問；這真的是多數派嗎？的苦悶。這真的是難以想像的事態。不對，這是對應該不可能發生的現象予以否定。

因為，這是獲得福音引導的集團所應該不可能陷入的現象。

單一個體的話，或許還有可能。個人遭到這種瘋狂束縛，在人類的歷史上也有事例可循。有關這種個別的事例，基本上不會重視是至今為止的方針。畢竟，有別於對集團的關心，祂們對於個體幾乎是毫無興趣。

然而，只不過，要是發生在帶來福音後，集團仍陷入這種黑暗的事態，就只會感到擔憂了。這幾乎是史無前例的事態。一些新的信仰形式或信仰心降低的情況，只要用心仔細去找，就能在過去找到事例。正因為如此，對應這些事例的經驗也很豐富。

然而，像這樣的事例不僅是史無前例，也從未預想過。

「確實是很奇怪。哎呀，這下該怎麼辦啊？」

儘管如此，也不能光是感慨而怠慢行動。不知厭倦地忠於職務的祂們就開始絞盡自己所擁有的一切智慧。

「如果是要恢復信仰心，派遣那個個體過去如何？」

「身為神僕的榮耀對於單純的個體，是呀，對於人類來說太過沉重，會很難理解吧？」

「只是盡可能宣告主的意思說不定會很艱辛。在過去的事例當中，我們也是經由無數次的宣告，才總算是成功讓人類聽從。」

「那麼，果然是要持續發出呼喚嗎？」

「不，這樣並沒有辦法給予他們的靈魂救贖。我們放任毫無信仰的靈魂徘徊，可是不合神意的行為。」

基於徹底的善意，所導出的結論是恢復信仰心這個既定辦法。

「那麼，經由試煉讓人類理解神的恩典，果然是最好的做法吧？」

有關最重要的手段，智天使提議採取某個至今正逐漸產生成果的方法，並獲得認同。

「原來如此，只要給予作為神僕奮戰的榮譽，那個人也會悔改吧。」

畢竟，本來對單一個體毫無興趣的存在們，早已有一個祂們所關注的個體。

藉由這種方法，實際上是提高了人們的信仰心，這就十分足以讓祂們判斷這件事有試著去做的價值。

「請稍等一下。作為神僕奮戰的榮譽，並不是該讓單一個人獨占的榮譽吧。啟蒙是很重要，但同時對信仰深厚之人的祈求伸出援手也很要緊吧。」

外加上祂們心存善意。讓那個人為了神的榮光奮戰，是基於徹底的善意所提出的意見。

認為必須要讓無法理解神的庇佑與榮耀並遺忘光芒的羔羊悔改，同時還要拯救如今正在祈求之人。

「那麼，就朝這方向去做。詳情呢？」

這是眾存在舉雙手歡迎的意見。祂們是救濟者。獲得這份恩典的個體有何意見，對祂們來說毫無意義。不對，說到底在漠視意見之前，根本就沒有存在指出聽取意見的必要性。

不，硬要說的話，這是基於觀點的不同吧。畢竟人類也幾乎不會聽取人類以外的意見。

「那可以拜託座天使嗎？」

「沒問題。主那邊就由我來說吧。」

因此，事情就在毫無反論的情況下決定了。

共和國本土淪陷的兩個月後，當時硬要說的話，帝國的居民們皆相信一件事。相信戰爭已經結束。這是因為帝國已將協約聯合、共和國，連帶還附加大公國這些鄰近的敵對國家擊破，就連我們是勝過世間一切的萊希這種豪語都能說是基於實際情況的表現。

哪怕是聯合王國加入共和國陣營參戰的新聞，都無法充分冷卻這份欣快感。在未與聯合王國爆發大規模會戰與艦隊決戰的狀況下，聯合王國是不可能成為恢復和平之際的障礙。人人都極為認真地擺出自以為是的嘴臉喃喃說道——他們的參戰實在太遲了。

所以當聯合王國回絕帝國呼籲的談和會議之事受到報導時，大半的帝國輿論甚至表示困惑。難以理解聯合王國的人究竟是覺得哪裡有趣，高漲著鬥志要將這種戰爭持續下去。

當然，帝國的輿論也知道由高呼徹底抗戰的前共和國軍組成的自由共和國軍，儘管抵抗微弱也依舊在一部分的共和國殖民地上持續抗戰的事實。

最重要的是他們也有經由報導得知，決意介入這場戰爭的聯合王國與構成王國的各王國與自由共和國軍攜手合作的事實。

不過就算知道這些，眾人也依舊感到疑問。他們究竟是為什麼想繼續戰爭到這種地步。已在戰場上決定勝負了。帝國軍一如字面意思將協約聯合軍、大公國軍、共和國軍一掃而空，作為大陸的霸者威震八方。

於是，相信帝國提出的條約儘管條件嚴苛，但基本上是有辦法恢復和平的他們，已對不知好歹的共和國殘黨與聯合王國的頑強抵抗感到不耐煩，最後湧現起煩躁的情緒。

疑惑著，他們為什麼這麼想繼續戰爭啊。

然後沒過多久，他們就想起一個事實。挑起這場戰爭的不也是他們嗎？的竊竊私語聲。這些聲音絕對不小。不對，這是公然的事實。

正因為如此，足以讓帝國眾人相信的心理基盤打從一開始就準備好了。相信著，那些傢伙、那些敵人想讓戰爭繼續下去。

因此，他們請求。

我們要對加害萊希之徒施以制裁的鐵鎚。

「要將邪惡的敵人從這世上殲滅」。

於是，狂熱高呼著打倒敵人的氣氛傳播開來。人人都深信不疑。深信著正義，深信著自國的正當性。

正因為如此，他們沒能理解到。

對於帝國這個強大國家在大陸中央確立起強大無比的霸權這件事，周邊諸國是懷著怎樣的情感？這種根本性的恐怖。

要補充的話，就是帝國在帝國的成立過程中抱持著許多紛爭地區。這些地區對帝國來說是無庸置疑的帝國固有領土，對周邊諸國來說卻是遭到帝國搶奪的地區，這種無法相容的認知也是問題的根源。

結果正因如此，讓共和國為了包圍帝國，與周邊諸國合作發展出外線戰略，帝國則是為了打破包圍發展起內線戰略。然後終於將國家安全上的威脅盡數排除一事，讓帝國由衷感到高興。

然而，這看在他們以外的當事人眼中，同時也是對自國的國家安全來說深刻且無法忽視的重大威脅。可悲的是，帝國太過於誇示自己手中這把名為帝國軍的劍有多麼鋒利，而沒能理解到周遭眾人對這把劍的恐懼。

民族主義與互不信任也在這時火上加油。

當然，不論是誰都希望著和平。如此祈願著。所以為了和平、為了守護眾人，他們拿起槍，希冀著和平而戰。各懷鬼胎的其他國家就在這時提供支援。

於是，希望和平的心願，很諷刺地不僅無法平息戰爭，反而還讓戰況愈演愈烈。

## 同日　合眾國

募兵事務所的一個房間裡，被介紹是房間之主暨徵兵負責部主管的少校，以有點為難的表情勸瑪麗入座，同時開口。

「瑪麗．蘇小姐。我們非常高興妳的報名。」

少校發出平穩的聲音，以注視著自己的眼睛坦率述說的方式說道。

「但是，合州國視雙重國籍為非常複雜的問題。特別是在協約聯合的國際法上，報名參與合州國軍，就結果來說將會有損妳的協約聯合國籍吧。因此我必須警告妳，這麼做會害妳必須得在這個年齡就選擇國籍的可能性非常濃厚。」

逼迫妳做出困難的抉擇並非我們的本意——如此述說的少校語氣非常懇切，同時也尊重著瑪麗的意志。這正是溫柔的合州國人們總是對自己表示的關心。

在合州國，人人都異口同聲對像自己這樣從協約聯合過來的難民小孩溫柔說道：「我很高興妳的這份心意。只不過，妳現在就算不這麼做也沒關係喔。」

「妳的外婆、母親……肯定就連妳往生的父親，也都不希望妳在這塊安全的土地上遭遇到危險吧？大家都很擔心妳不是嗎？」

「是的，可是，正因為如此，我想為了守護這份和平，去做自己能做到的事情。我覺得自己也有著能貢獻心力的事。」

所以，瑪麗就以自己的話語，竭盡全力地拚命述說著自己志願從軍的理由——我應該也有著什麼能夠貢獻心力的事。她向少校請求著，希望能為了合州國、為了和平，讓她去做自己能夠做到的事。

「妳這麼說確實也有道理。合州國軍這次是要招募志願參與派遣到友好國聯合王國的『義勇派兵部隊』。這是妳所謂的守護和平的其中一項努力。可是，除了這項任務外，合州國也還有著許多該由年輕人肩負的有益且必要的任務。」

募兵時所告知的，是有關派遣到聯合王國的合州國義勇遠征軍的內容。這是要招募原則上明確表示不會介入戰術行動，並且要「駐紮在聯合王國」的部隊士兵。公告說這批部隊是要以參與擔保航海自由與市民在國際法上的權利的巡邏活動為派遣名目進行派遣。

只不過，這次的派遣不論是看在誰眼中，都認為是合州國要踏出決定性第一步的契機。所以在收到這份通知時，瑪麗立即就飛奔而出。

她衝進最近的辦公室想要提出申請書，卻總是像這樣不斷被溫和勸說「妳還太早了」。

「譬如，作為一名良好的合州國市民嗎？」

「沒錯。我們並沒有緊迫到必須要將應當守護的孩子們送上戰場的地步。實際上，妳還只有接受報名的最低年齡喔。不覺得等到仔細考量過後再做出抉擇也不遲嗎？」

要不要試著當一名良好市民？的詢問。合州國對於協約聯合過來的難民們，只要有近親住在合州國，就會以相當通融的國際法解釋，很寬容地給予雙重國籍。

於是，合州國就藉由提供難民們平穩的生活與短暫的和平，替難民們打造了居所。

瑪麗也很清楚，負責人不希望派遣年輕人上戰場的反覆說明，正是因為收容難民的他們希望我們能夠安全活下去。

然而，瑪麗有報名的資格。所獲得的國籍以及「身為魔導師的才能」。這兩項條件賦予了她報名的資格。所以，她就在仔細考慮過後做出抉擇。

「是的，雖然考慮了很多，但我還是要報名。」

掛在房間中央的國旗，是不同於祖國的合州國國旗。對瑪麗來說，那並不是故鄉的旗幟。是與敬愛的父親、母親自豪掛在家中的協約聯合國旗不同的旗幟。

然而那卻是……作為我們的搖籃，溫柔接納我們的第二個故鄉的旗幟。要是背後有著外婆、母親，以及需要守護的家人的話；要是自己能為了結束這場戰爭做出某種貢獻的話……

「瑪麗・蘇小姐。要是上戰場，妳說不定會受傷。或許，還說不定會喪命。會害妳的母親與外婆傷心也說不定喔。」

「……我很對不起她們。可是，要是不去做自己能做到的事，我想我一定會後悔。」

光是這件事，就讓她深深煩惱過了。儘管如此，瑪麗也依舊在「必須去做自己做得到的某種事情」這種內在衝動的刺激下可以斷言——

就算是這樣，我也有著必須要去做的事情。

「……真的可以嗎？」

「是的，我心意已決。」

在教會獻上祈禱的人們背上浮現著對故國的思念。感慨、悲傷，以及對於救贖的請求。要是能為他們挺身而出，做到某種事情的話……

就為了神、為了家族，以及為了我們自己，去做自己能做到的事吧。

「很好。那麼，志願從軍之際要向國旗宣誓。妳記得宣誓內容嗎？」

「是的，我記得。」

「……看來妳的決心似乎不假。一旦志願從軍，妳就必須得要遵從軍務的要求……妳能夠接受嗎？」

該說是最後確認的少校的提醒。

因為知道這句提醒隱約帶著他由衷希望自己能回心轉意的意思，瑪麗就為了不讓他再繼續婉拒，迅速開口答話。

「當然。宣誓！」

她一站起身就注視起國旗，舉手說出那段誓約。從今以後，她將投身於合州國的誓言。

「我謹宣誓。」

這是名為瑪麗．蘇的一名少女與合州國的契約。力量，必須要以正義之名行使。所以，她要去做自己能做到的事。

「效忠在上帝之下，未可分裂之國度——合州國與其兄弟同胞們。」

要將這份力量全部貢獻給必須守護的家人與人們，以及執行神的正義。

「並為了防衛共和國。」

為了打造出再也不會……再也不會因為帝國讓喪失家人的悲傷不斷發生的世界。

「以自由與正義之名宣誓忠誠。」

基於自己的正義，向所相信的良心發誓。

「願合州國受到上帝的庇佑。」

神呀，請務必守護我們。

於是伴隨著真摯的祈禱，她——瑪麗．蘇志願從軍，並與其他志願魔導師們一起配屬到合州國自由協約聯合第一魔導連隊。

### 》》統一曆一九二五年八月二十四日　帝國軍參謀本部第一晚餐室《《

參謀本部的餐廳自我約束要提供與戰地士兵同等，或是更加低劣的伙食。這種謠言如今正作為帝國國內的美談流傳開來，所以參謀本部第一晚餐室今天也依舊冷清。

說到會出現在這種餐廳裡的人，就只有因為迫不得已的事情不得不在這裡用餐的人。於是，得要不甘願地品嘗假咖啡那無藥可救的香氣之人，就總是得陷入要碎碎唸著對餐點品質發出的不滿，用平淡無味的開水或假咖啡把食物嚥下肚的窘境。

「是勝利的報酬呢。你我都晉升了。恭喜，傑圖亞中將。」

「謝謝，盧提魯德夫中將。就繼續談公事吧。」

「的確。在這裡慶祝也有點掃興呢。」

因此，即使傑圖亞與盧提魯德夫兩位中將互相恭賀著對方的晉升，慶賀之情也在假咖啡那無藥可救的味道下大幅冷卻。所以當傑圖亞中將事務性地催促「繼續談公事」時，盧提魯德夫中將會覺得「沒有慶祝的氣氛呢」而放棄慶祝，正是因為這裡是參謀本部的餐廳。

「那就進入主題吧。」

因此，盧提魯德夫中將乾脆地切換心情，針對眼前的懸案事項，也就是下一階段的作戰行動提出相關話題。

儘管共和國本土已占領完畢，但共和國軍殘黨卻打著「自由共和國」的名號，如今依舊以共和國殖民地為據點繼續抗戰。至於參戰的聯合王國本國艦隊則是在與帝國軍的大洋艦隊對峙，但可悲的是，敵我的艦隊戰力仍然有著相當大的差距。

就算舉自軍的全艦隊戰力，也只能與敵方的一個艦隊勢均力敵。

就算輿論與最高統帥府的部分人士沸沸揚揚吵著要對聯合王國本土發動侵略作戰，但帝國軍的戰力所能做出的選擇卻意外地少，讓傑圖亞與盧提魯德夫都深感頭疼。

「考慮到眼前的戰局，以封鎖內海航路與打破殘存共和國軍基盤為目的發動南方作戰，確實有其道理。」

因此，他們就作為針對狀況的對應策略之一環，檢討起意圖向殘存共和國軍發起作戰行動的南方戰役計畫。

要展現出帝國具有向共和國殖民地派兵的能力。認為只要展現出這種能力，就至少能成為與共和國軍殘黨或共和國殖民地談和的誘因吧。

這種期待，對已經看不出繼續這場戰爭有何意義的帝國軍參謀本部，是為了盡早結束戰爭的現實的妥協策略。就算不占領下整個敵國，只要能靠交涉結束戰爭，這就是最輕鬆的做法。

「請容我提醒你一件事。我明白你想說什麼，但我國所能容許的戰力投射能力極為有限，就連內海的海上戰力也很有限。」

「傑圖亞，確實就如你所說的，所以我才會拜託你。」

只不過，就像盧提魯德夫中將不太甘願地同意了傑圖亞中將的指謫一樣，不論是帝國艦隊戰力，還是戰力投射能力，本來可是就連局部的越洋侵略都未曾預想過。以國內的內線戰略為前提整備的帝國軍編制，就連占領鄰國都會超出負荷。

「考慮到這種情勢，南方戰線的極限就是以政治目的為主的局部戰鬥，能接受嗎？」

因此，傑圖亞中將就提醒著盧提魯德夫中將——南方戰線可無法期待什麼軍事上的成果。表示就算在純粹的軍事面上奏效，也別期待能確保內海的制海權或是遮斷交通航道。

「沒問題。主要目的是要讓『義魯朵雅王國』經由南方戰線的合作，實質加入我方陣營。我明白你的主張，也不會否定純粹軍事面以外的要素。」

相對地，盧提魯德夫中將對於會受到政治事由掣肘的警告，則是表示「我會接受啦」笑著欣然應允。

這將會是個費心勞神的戰場吧，但……如果是類似萊茵戰的芝麻開門那樣迂迴卻有效果的做法，盧提魯德夫中將也跟傑圖亞中將一樣能夠理解。認為既然有用，就毫無疑問有試著去做的價值吧。

「最壞的情況下，也能經由義魯朵雅王國善意的中立，展現出我們能威脅到共和國、聯合王國的生命線這件事。尤其是殖民地就更不在話下了。這個事實，要說對如今的我們來說是絕對必要的話，也確實是如此呢……」

「果然是後勤的問題嗎？」

然而，平時總像是在朗讀公式或學說一樣毫不遲疑的傑圖亞難得欲言又止的模樣，讓盧提魯德夫中將一臉疑惑地問道——帝國軍的後勤與後勤路線的問題竟有這麼嚴重嗎？

「不，這方面的問題可以克服。儘管如此，也難以抹去『這就本質上來講難道不是無意義的派兵嗎？』這種擔憂。就沒辦法有條件談和嗎？」

「我才想反問你，有條件談和是為什麼不行？我們就只能遵照最高統帥府的意向喔。」

接著，兩人之間就出現了短暫的沉默。然後在默想著為什麼會無法結束戰爭後……對他們而言，答案就只有一個。

「……追根究柢，問題果然是在於我們沒能徹底打倒敵人啊。」

發自肺腑擠出的一句話。

沒能徹底打倒敵人的悔恨失態。大好良機就在他們陶醉在勝利美酒之中的瞬間，從手中溜走了。當然，勝利確實是勝利。包圍、殲滅、進軍、占領。這一切全都一帆風順，帝國軍消滅掉了所有的敵人。

然而，美酒還欠缺著一樣東西，還欠缺著終戰與隨之而來的和平恢復。逃走的共和國艦隊如今已化作頭痛的來源開始高呼著徹底抗戰，讓和平還遙不可及。

因此，兩人都懷著「必須要結束最後的工作」的想法重新認識了事態，為了善盡義務而攜手合作。

「既然要打，就要徹底殲滅。就這點來說，針對南方大陸的派兵就從尋求談和的觀點來看，絕不會導致負面的結果吧。」

正因為如此，下次我不會再犯相同的錯誤——盧提魯德夫中將如此斷言。表示，既然阻擋在我等面前，不論理由為何都要徹底殲滅。

「我知道了。我就盡可能安排適任的部隊與指揮官人選吧。」

因此，這充滿自信的答覆就讓傑圖亞中將稍微放鬆神情的點頭回應，不過就算是這樣，他仍舊是以彷彿不太釋懷的表情再次說道。

「不過，有一點該說是提醒吧，總之想跟你做個確認。我們是陸軍國家。而且還將重點放在內線戰略上。」

「是呀，這是你指出過無數次的事實。」

帝國軍的編制全是以自國內部的機動為重點進行整備。很可悲的，遠征能力這部分帝國還正在急忙整備當中。而且就連開戰以來，持續受到嚴酷使喚的軍方後勤單位也已經提出複數的障礙報告。

「沒錯。像這樣對外派兵，會對軍方戰力造成相當負擔的可能性濃厚。特別是南方大陸的制海權情況，雖說與聯合王國本土近海不同，但依舊是越洋作戰喔。必須要做好消耗的覺悟。」

儘管欲言又止，但傑圖亞中將就在這裡表示「我話還沒有說完」繼續說道：

「正因為如此，對南方大陸的派兵我打算以輕裝備的師團為主軸。並不打算派遣太大規模的部隊過去。既然你也能夠理解，這應該不成問題吧。」

「身為作戰負責人，就算是輕裝備的師團我也沒意見。這有什麼問題嗎？」

「不，應該是沒有。」

這將會是一趟艱難的遠征，並在理解到這點後選擇了輕師團。這樣做應該就沒有問題的說話方式，但也正因為如此，讓這句話聽在盧提魯德夫中將耳中，實在不得不覺得他的話語之中帶有迷惘。

「……就我倆的交情，你想說什麼？」

「我們……果然是有哪裡做錯了吧？」

前陣子出現在參謀本部，似乎有話想說的提古雷查夫少校的身影，莫名在腦海中留下印象。我記得──傑圖亞中將在事後隨即做過確認。提古雷查夫少校似乎有事情煩惱，到頭來卻難以啟齒，就這樣返回基地。

事到如今雖然只是臆測，但那個時候的少校就像是想要大叫「你們錯了」一樣。他後悔莫及地想，當時要是有聽她說就好了。因此，他才會詢問戰友──我們是不是有哪裡做錯了？

而傑圖亞中將吐露出來的話語，也讓盧提魯德夫中將深有同感。是不是有哪裡做錯的不對勁感。原來如此，聽他這麼一說，也確實是這樣。

「我想應該是做錯了吧。戰爭可是有對手的，不可能凡事都照著我方的意思發展，給我想起來這個事實。敵人採取有別於我方預測的對應，並不是什麼稀奇的事吧。只是你大半時候都料事如神，犯錯的次數太少罷了。」

不過，盧提魯德夫中將儘管沒有否定這個錯誤，但也乾脆地認為太過在意也無濟於事。面對戰爭迷霧，是不可能所做的一切都完全正確。既然如此，要是已竭盡全力並獲得了次佳的結果，再高的要求就是奢望了吧。

「……那就好。總之，要將負擔壓在最低限度。」

「沒問題。對我們來說，能在本國運用的預備部隊是愈多愈好可是事實，所以派遣部隊要是能用拼湊的方式打發掉，我這邊也比較好做事。」

傑圖亞中將格外堅持要讓負擔最小化的態度，也讓盧提魯德夫中將深有同感地點頭。沒錯，最好是能將後勤路線的負擔壓在最低限度吧。

所以——他開口說道：

「很好，那就再把那個借我吧。」

你那裡的第二〇三航空魔導大隊。倘若是那批部隊，儘管會對後勤路線帶來五十人規模的負擔，卻有可能發揮出加強大隊以上的戰力，算是很有效率吧——盧提魯德夫中將補上這句話。

順道一提，假如要以作戰負責人的角度來講，只要手頭上有著方便使喚的機動戰力，就能在南方大陸這種沙漠地帶擴展各種運用幅度，這也是很大的利處。

「……航空魔導殲滅戰需要他們。再說，要是隨便放開韁繩，她不知會衝到哪裡去啊！」

不過這反過來說，這麼便利的壓箱寶不論是誰都會想放在手邊。傑圖亞中將可不想這麼輕易就把人交出去。

「她可是突擊的先鋒。為了擾亂南方，你也給我把人交出來。」

兩位將軍沒完沒了進行著「交出來」、「沒辦法」、「不，你給我交出來」的對話，不過盧提魯德夫中將的堅決態度最終還是發揮了效果。

「夠了，就照這樣安排吧。我會在下次會議時發出正式通告。你呢？」

盧提魯德夫中將邊對傑圖亞中將感慨「麻煩的安排又變多了」的悲嘆部分充耳不聞，邊充滿幹勁地重新將話題迅速切到下一個案件上。

「就委任貴官了。抱歉，我想以對聯合王國為前提去現場視察一趟。」

「我知道了。結論也傳一份到我這來。」

「沒問題。」

「很好。彼此就好好加油吧。」

**統一曆一九二五年八月二十九日　帝國軍參謀本部　戰務作戰聯合會議**

「時間已到。」

年輕軍官語調緊張的宣告著開會的時間已到。

「即刻起將召開對共和國本土戰役暨協約聯合戰役之終結，與隨之而來對聯合王國計畫的檢討會。」

會議的內容，是要決定帝國軍的基本方針。

當然，參加者齊聚著參謀本部參謀總長以下的各大要員。

議題簡單明瞭。

是要調整針對這場戰爭的大方針所激起的意見對立。

「首先，有關終結的北方戰線，請各位閱覽手邊的資料。」

總算是結束了。儘管不妥，但眾人皆說這樣形容是最為貼切的對北方戰線的壓制，以及隨之而來的軍事統治的糾紛。

這雖是麻煩事連二連三騷動不斷的北方方面盼望已久的好消息，但也無法否認有種略嫌太遲的感覺。畢竟是在戰力、國力皆具有壓倒性優勢之下，還讓對手糾纏到這種地步。

想當然，是不能無視各列強有提供援助的要素。但就算是這樣，要是戰爭如此曠日廢時，這些援助也會有個限度。

光是這點，就讓列席將官們臉上浮現的表情與喜悅相距甚遠。

不過，事到如今這也成為了某種感傷——他們轉變想法。聽取事後報告並加以承認雖是工作沒錯，但如今他們主要關心的對象還是聯合王國與共和國的殘黨。

認定協約聯合充其量只是軍事統治的問題。覺得這是只要之後由戰務、作戰抽出必要戰力，正式決定軍事統治的主管軍官就能解決的事。

「針對這起案件，決定在諮詢過最高統帥府與參謀本部人事局的意見後選拔軍政官。」

未經多少議論，只有對兩三項詳細的相關項目提出補充詢問，這件事就輕易獲得認可。

然後，會議的主題即是接下來的這起案件。

「接著，我想針對傑圖亞參謀本部副戰務參謀長提議的南方大陸作戰進行審議。」

受到會議主持人的敦促，傑圖亞參謀本部副戰務參謀長隨即起身。

前陣子因為共和國軍引誘殲滅計畫的功績晉升的傑圖亞中將，所提出的計畫讓參謀本部分為兩派。

這是針對聯合王國本土，由大陸軍所執行的牽制計畫。一面將大陸軍集結到共和國上展示武力，一面維持實質上的對峙。

同時，抽出二線級部隊與一部分的精銳執行的南方大陸作戰，則是作為某種攻擊計畫而制定企劃。

乍看之下，這項作戰似乎是將重點放在南方大陸的攻略上。

但這實際上幾乎是消極的戰線重編策略，在軍方內部被視為是以防禦為意圖的計畫。當然，將南方大陸作為主戰場，讓戰爭在帝國以外的地方開打，就國防上來講是非常好的選擇。

殖民地的防衛與本國之間的距離愈遠，應該就會讓聯合王國的後勤路線負擔愈為沉重的分析也有其道理。然而，這是為了爭取時間重新編製主力部隊，幾乎是眾人一致的看法。

傑圖亞中將是將這作為一種有效的騷擾手段，並以執行這種手段作為計畫的制定目的。內容還讓一部分的人士開始嚴厲批判這麼做未免太過消極。簡單來講，就是他們認為，怎麼不派保留的主力去攻打聯合王國本土？甚至還竊竊私語著，這樣不就能計畫展開決戰了嗎？

當然，敵人將會被迫必須要同時守護殖民地與本土。

這樣一來為了守護本土，就會導致殖民地的戰力不足吧。

這所代表的意思，不用說，就是會讓殖民地的攻略變得容易。

然後只要攻略成功，應該就能消滅聯合王國的續戰能力，摧毀自由共和國的根基。

因此，人人都要求在聯合王國的本土上展開決戰。只不過，就連這些人也都承認南方大陸作戰本身的效果。

首先，抽出所要運用的部隊並不會很困難。

外加上實行這項作戰也能強迫敵人分散戰力，減少攻略聯合王國本土的障礙，這點也頗受他們好評。

然而，終究還是有大多數的人高聲主張，不需要拘泥迂迴的策略，直接派遣大陸軍攻打聯合王國本土就好。

主張說這樣就能「結束戰爭」。

「我認為在南方大陸強迫敵人損耗，並在這段期間內平定占領地區的游擊活動與重新編製部隊才是當務之急。」

相對地，傑圖亞中將的想法則是完全相反。

在他看來，對聯合王國本土的壓制並不樂觀。他可以想見，即使無視各種風險，在孤注一擲的艦隊決戰後讓兩棲作戰成功，帝國也會疲弊不堪。這樣一來，姑且不論是誰，但一想到這說不定會讓某一方趁虛而入，就足以讓他戰戰兢兢。

「我反對！大陸軍有辦法快速反應。應該在他們鞏固防禦之前突襲聯合王國本土！」

「請回想起海軍戰力的差距。我們沒辦法確保住制海權。」

同時，聯合王國海軍的優勢也作為實際的問題擺在眼前。帝國海軍不論質或量都比聯合王國海軍略遜一籌。難以奪取制海權是一般見解。畢竟，帝國本來就是個大陸國家。雖說海軍戰力正靠著近年來的努力急速擴充，但仍舊不得不承認這是他們不如人的領域。

「所以才更應該要靠航空、魔導戰力確保住制空權吧。」

不用說，這種程度的事，是與會將官們人人都熟知的實際情況。就算單一船艦的性能勝過聯合王國，戰爭也沒有簡單到光靠硬體就足以取勝。

既然無法無視訓練與技術的要素，數量就是絕對性的要素之一。

帝國能補足這方面差距的，即是航空戰力與魔導師。

當然，依照這種傾向來看，可假設是要活用航空戰力與魔導師消耗敵軍戰力。經由航空魔導戰力確保制空權，並以對艦攻擊強迫敵軍磨耗。這本身可說是很普通的想法，帝國軍也有辦法準備。由於已在萊茵戰線累積過經驗，所以應該還可以考慮擴充後方部門的支援體制。

不過就算是這樣，海峽這個戰術要素如今正作為一道厚重的戰略障礙，阻擋在帝國軍面前。越洋攻擊所代表的意義，在戰略立案的過程中確實成為帝國軍負責人的頭痛來源。

「在對手的戰場上打消耗戰，坦白講我很不中意。」

以想要長期性的磨耗敵戰力而由我方主動發動消耗戰來講，對手非常糟糕。

在列強的主場上打消耗戰可是個難題。這要是弄得不好，就有著我方很可能會先喘不過氣的風險在。萊茵戰還是沿著雙方的國境展開，所以條件是五五波。

可是一旦演變成敵軍的本土空戰，敵軍的戰意當然就會高漲吧。即使遭到擊墜，也能夠立刻回歸戰線。畢竟就他們看來這可是在本國戰鬥，即使降落也完全不用擔心會遭到俘虜。

相對地，我方在遭到擊墜時，即使大難不死也會淪為俘虜。這樣一來就算擊墜數相同，實質上的損耗也完全不同。

當然，既然沒辦法承受相同程度的損耗率，就不得不時常抑制損耗並強迫對手產生損耗。儘管不是完全不可能辦到，不過一旦要求要實際執行，原來如此，這確實是個難題。

「時間才是最該擔心的要素。等到對手鞏固好防備後就太遲了。」

但同時來講，向鞏固好防禦的敵軍本土發動侵略作戰，要說是有勇無謀也確實是如此。

數名參謀鑽牛角尖地認定速戰速決才是唯一的解決之道，而主張攻擊計畫。認為要是不這麼做，就會落得要對付跟萊茵戰線相同規模的敵重防禦陣地與要塞群的下場。

「我方也能在這段期間內鞏固防禦，狀況是一模一樣吧。」

傑圖亞中將的意圖很單純。他相信軍隊要守護的是帝國而不是占領地。既然如此，他的想法就是比起擴大占領地，更加要優先保存軍隊。不用說，同時還要強迫對方失血。

「說到底，帝國軍本來的內線戰略可是以國土防衛為主要目標編制，還請各位理解這種組織上的限制。我們是犧牲了遠征能力，確保住某種程度的質量與兵力的優勢。」

沒錯，要是不這麼做的話，帝國軍就難以充分維持這個龐大身軀，背後也有藏有這種麻煩的內情。

「但是，到頭來要是不攻進敵地簽訂城下之盟，就無法結束戰爭。傑圖亞閣下的擔憂很有道理，但也不能因此在戰場上無期限地對峙，這樣將會侵蝕國力，還請你理解這一點。」

換句話說，就是極端來講，只要能結束戰爭，不論是以怎樣的形式結束他都毫不在意。就這層意思上，他未必會認同稱霸聯合王國本土的必要性。

豈止如此，甚至開始思考起讓戰況膠著下去的最壞手段。這是因為以艦隊戰力發起挑戰，很明顯是個愚昧之舉。他相信不該在敵人的戰場上戰鬥，而是要將敵人拖到自己所選擇的戰場上，才有辦法找出勝算。

然而，這種想法可沒辦法公開發表，這種棘手的內情成為了傑圖亞中將的煩惱來源。那些認為已經擊敗共和國而趾高氣昂的傢伙們，自信滿滿地認為也能順勢殲滅聯合王國。

盧提魯德夫中將等負責作戰指導的軍人們還能理解，然而國民與官員們的對應，怎樣都很容易偏向「如果是帝國軍就有可能吧」這種過高的期盼。

所以傑圖亞等人就只好不甘願地提出有限攻勢的方案。將失血控制在最低限度，同時將範圍限制在預期能獲得回報的作戰上。

一面隱藏心中的實話，一面主張抑制損耗策略。除此之外，傑圖亞中將別無選擇。

南方大陸戰線是「沙漠」。

那裡儼然存在著不同於大陸本土的規則。

那就是「適者生存」。

當時，在南方大陸建立起勢力的列強有三，分別是聯合王國、共和國，以及伊斯巴尼亞共同體。當中的伊斯巴尼亞共同體，直到現在都還維持著中立。這主要是因為伊斯巴尼亞共同體內部激烈的政治鬥爭，導致他們沒有餘力對外干涉。

然而，義魯朵雅王國意圖「遷居」南方大陸而介入其中的行動，讓事態變得複雜了起來。結果導致土庫曼諸公國構成的一派勢力與義魯朵雅王國旗下的遷居殖民地，描繪出變化不斷的地圖模樣。

各國主權混雜的地區情勢，一言以蔽之就是「混亂」。不用說，是有可能大致區分陣營。大半的勢力與傀儡政權皆屬於聯合王國以及共和國。

就算表面上是中立，實際上也會派遣義勇軍或提供物資表明立場。

不過，並非所有國家都成為帝國的敵人。比方說，在南方大陸殖民地爭奪競賽中與共和國或聯合王國有利益衝突的國家就會跟隨帝國。

義魯朵雅王國即是典型案例。尋求利益關係一致的同盟對象，對帝國也不是什麼困難的事。讓共和國負責人感到可恨的是，共和國的衰退讓希望擴大勢力範圍的鄰近競爭國大為欣喜。

義魯朵雅王國正是基於這種理由選擇成為帝國的同盟國。

當然，同盟國並不等於就是共和國與聯合王國的交戰國。因為兩國間的同盟關係，基本上就只有加入任意的參戰規定，並沒有談及參戰義務。

在帝國派遣南方大陸遠征軍團時，義魯朵雅王國在官方上是保持中立。

不過只是作為同盟國間的協助，允許他們「駐紮」。而對於這次遠征，帝國的動作也絕對稱不上快。

基於帝國軍輕視南方大陸的情況，僅派遣了兩個師團與支援部隊組成的一個軍團。

有關是否要增派更多兵力，讓參謀本部展開了一場激烈論戰。一般而言，就連共和國軍部署在南方大陸的現地警備隊都有辦法對抗這批部隊。

當時人人都認為派遣過去的帝國軍部隊，短期內應該會致力在集中戰力上。畢竟區區一個軍團，算不上什麼軍事上的威脅。然而就政治上來講，光是那裡存在著帝國軍，就具有很大的象徵意義了吧。

隆美爾軍團長應該是基於擴大影響力與協助同盟國的政治派兵目的受到派遣，這種推測性的分析就作為人人都覺得很合理的理由受到廣泛接納。

因此，人人都認為短期內應該會維持「穩定狀態」。

有關這種論點，就連當事人——執行帝國軍軍令的參謀本部當局，也半認真地這麼認為。總之，雖說派遣了某種程度的部隊，但是否該正式著重在這個戰線上，他們也還在迷惘。

畢竟是派遣部隊到覺得不會有任何收穫的地區。倘若不是基於總體戰要擴大敵軍消耗這個目的，帝國軍對派遣這件事甚至連討論都不會有。

就這層意思上，人人都覺得會維持穩定狀態的預測，只要加以分析的話，就會發現是非常妥當的意見。

預測會遭到顛覆，現場所做出的驚人行動即是一切的原因。至於最根本的主因，則是隆美爾軍團長這名將軍。不僅敵人，就連我方都認定不會有動作的南方大陸遠征軍，就在抵達的同時開始閃電行動。

讓世間重新認知到所謂能幹的將軍，即是一種珍惜時間的生物。而這件事的最大受害者，恐怕就是派遣去防衛共和國殖民地的聯合王國部隊吧。

剛參戰沒多久，還欠缺實戰經驗洗禮的他們，就只能將帝國軍派遣區區兩個師團駐紮南方大陸的意圖理解成一種政治手段。

輕視他們就只有兩個師團的聯合王國部隊，甚至因此沒有採取像樣的警戒態勢。於是在隆美爾軍團長指揮下的帝國軍派遣部隊就在他們集結之前各個擊破。

向數倍規模的敵軍展開戰史上無與倫比的機動戰的帝國軍在這場戰役上，由於也有半數兵力是歷經過實戰磨練的萊茵戰精銳，所以單純是靠著質量凌駕聯合王國。

未料到他們會在沙漠發起機動戰的聯合王國部隊，很快就遭到痛擊、潰敗逃竄。

對此，戴·樂高將軍所採取的戰略相當明確。

就是向義魯朵雅王國採取政治行動，同時致力加強各種不讓他們獲得支援的地下活動。

只不過，與戴·樂高將軍的幹練手腕對峙的隆美爾軍團長則是更加機敏。他的戰術至今仍受世人大為讚賞是巧妙至極的一手。他在察覺時間經過未必會對自己有利後，隨即派出少許部隊佯攻，同時奇襲占領港灣都市。

一方面確保不需要仰賴義魯朵雅王國補給的根據地，一方面痛擊共和國、聯合王國的後勤路線。共和國、聯合王國作為補給據點的丘魯斯軍港淪陷，就結果來說造成相當深刻的影響。

到頭來有別於當初的預測，帝國軍南方大陸遠征軍誇耀著他們的存在。最重要的是，一面倒的戰果讓帝國的人們為之狂熱。

人們深信是在萊茵戰線付出了莫大的戰爭經費與死者才將共和國擊敗。

在這種時候繼續戰爭，弄得不好很容易導致厭戰情緒。

就算不是參謀本部，也會擔憂起這件事的危險性。然而帝國軍卻在南方大陸獲得的壓倒性戰果。繼達基亞、萊茵之後，這種一面倒的勝利讓人們為之狂熱。

彷彿帝國軍所向無敵的論調蔓延開來，讓狂熱的人們好戰地支持戰爭。

……同時，他們也因此要求更進一步的戰果。

這種情況對帝國軍參謀本部可說是個誤算吧。就他們的立場來看，民眾肯支持繼續戰爭還算是值得歡迎的事。

至少能抑制住充滿厭戰情緒的國民遭到國內動亂分子煽動的徵候。

這值得大肆歡迎。

然而，伴隨南方大陸的英雄誕生，他們也害怕會因此掌握不住撤退的時期。

特別是對於追求擴大戰果的積極派，以傑圖亞中將為中心的抑制損耗派做出頑強抵抗。

看在他們眼中，向南方大陸增派必要以上的兵力，只會是難以接受的資源浪費。就連追加一條補給線的負擔，都會是難以承受的規模。

護衛艦呢？

運輸船呢？

直接掩護部隊呢？

光是想到這些，就算不是抑制損耗派，後勤負責人也都會抱頭呻吟的難題實際上可是堆積如山。不過話說回來，以內線戰略為前提的帝國軍甚至從未正式預測過讓自軍的戰略投射能力在國外充分發揮機能的狀況。

這跟在本土移動一個軍團有著截然不同的意思。就連一把步槍，也必須依循複雜的途徑才能將本土製造的產品送到手。而且前提還是會有數成在運輸途中損壞，或是因為運輸船遭到擊沉而損失。這對當事者可是件笑不出來的事，帝國軍也承受不了這種損害。這是因為帝國軍的海上運輸能力，頂多只有預估在諾登方面的狹窄海域上，自軍的支配領域圈內往來的狀況。既然如此，帝國軍就對積極確保運輸船的必要性沒什麼切身之痛，整備也停留在非常緩慢的程度上。

外加上缺乏防衛巨大航路概念的大陸國家帝國對護衛海上交通的方法，就連紙上談兵的理論研究都還幾乎停留在基礎的概念理解上，這種落後也造成很大的壓力。

相對於帝國，在殖民地具有一定工業基礎的聯合王國與共和國則是能做到某種程度的自給自足，而且還有著用之不竭的船隻。

相對地，帝國軍當然能期待獲得親帝國勢力的補給。只不過，親帝國勢力總歸來講也只是基於利害關係站在同一陣線。

當然，仰賴這些勢力提供補給，只要是正常的軍人都會感到害怕。

因此，參謀本部再度展開激烈論戰。

眾人皆覺得無論如何都要阻止戰線繼續擴大，但也不知道能否丟著眼前敵人不管的苦惱。儘管如此，看在決定若有必要也應該考慮緊縮戰線的傑圖亞中將等人眼中，近期內應該要專注在全面性的重新編制防衛線與對各外國的勢力活動上。

不過在得出結論之前，就突然再度收到南方大陸傳來的通知。

這是該稱為偉大勝利的報告。於是南方大陸傳來的「正以追擊戰逐漸擴大戰果」的捷報，在替人們帶來新一波狂熱的同時，也在後勤面上讓傑圖亞中將抱頭苦吟。幸運的是，傑圖亞中將現在還不知道這件事。

第一眼看到要配屬到南方大陸的部隊時的感受，我直到現在都還忘不了。因為是要納入自己指揮之下的部隊，所以本打算意氣軒昂地收下通知。

登載在編制表上的就只有兩個師團。

一個是輕裝的步兵師團，而且還是由補充兵與後備役兵組成的新編師團。至於意思意思幫忙安排的另一個該說是老兵的師團，講得再好聽也難以說是完全狀態的實戰部隊。

姑且不論帳面戰力，是一批在萊茵戰中損耗慘重的師團。參與過萊茵戰的隆美爾將軍根據經驗，就算再討厭也十分清楚這將會損失多少戰力。要是就連帳面上的戰力都難以期待，只要是正常的指揮官任誰都會感到頭痛。

對隆美爾來說，要靠僅能勉強湊出二線級警備部隊程度的戰力打南方戰役的命令太過蠻橫，所以才會向參謀本部陳情，請求增強戰力，但這件事卻宛如石沉大海似的毫無回應。

受不了直接跑去抗議，在死命糾纏之下終於得到的答覆，是答應增派一個加強魔導大隊。而且還是大手筆的增派參謀本部的戰務作戰聯合直屬運用部隊，這種大有來頭的部隊。如果是這種裝備狀況、實戰經驗、人員數量一切良好的一線級加強魔導大隊，我可是高興得不得了。

只不過，我差點忍不住大呼過癮的高亢情緒，就在拿到指揮官的效率評等時急轉直下。

不對，評等本身非常良好。

軍官學校給予她一定的評價，所謂認可她具備作為野戰軍官的必要水準。光是能獲得這種評價，就表示她毫無疑問是名相當有前途的軍官吧。

而且以魔導將校來說相當罕見的是，這名指揮官還讀過軍大學，具備擔任參謀將校的資格，並獲得軍大學給予她一定的評價。所謂，作為將校具備著可期待的水準。

這些評價本身還算讓人有好感。

光是這些評價，就保證她不論是作為參謀軍官還是野戰軍官，都毫無疑問具備一定以上的知識水準。不過平時也就算了，但現在可是戰時。而她在戰時最為重視的現場評價相當悽慘。

特別是北方方面軍提出該說是狠狠批判的一大疊抗議。所謂，對指揮權提出明確異議而轉調單位。

西部方面軍則反過來拒絕講評。所謂，功過參半所以難以評價。此外，曾抗命未遂。

該說這真是讓人煩惱該怎麼判斷的內容吧。不過就連抗命未遂都還能被說是功過參半，也不是不能感受到某種優秀的氣息。

話雖如此，但也不想把會犯下抗命未遂的軍官放在自己底下。況且是在手邊只有少數部隊的狀況下，最需要依靠的魔導部隊指揮官還是這種人，根本就不像話吧。

於是，對於一臉厭煩讀著效率評等的隆美爾將軍來說，技術研究所提出的模稜兩可，表示雖有成果，但專案的投資報酬率極差無比的講評，一點也無法讓心情高興。

他在讀完效率評等後想到兩件事。

第一件，是這些全是出自於司令部觀點的評價。

她作為野戰軍官親自率領的士兵，似乎給予她很高的評價。不過作為接管的部下，會如此難以運用的部隊也很少見吧。雖說會遵守命令，但也會反對高層方針的魔導師大都會遭到排擠。

最主要還是難以使喚。

第二件則是儘管矛盾，但她有著足以被視為優秀的實際成績這個微妙的事實。

麻煩的是，姑且不論她身為將校的評價，她個人被評為是一名非常優秀的魔導師，具有能在萊茵戰線爭奪擊墜王寶座的實力。

外加上，還是能在那個萊茵戰線從容辦到強行突破與伏擊的野戰軍官。

某位軍官對她的評語是「狂犬」。聽說最近的趨勢好像是叫她鏽銀的樣子，原來如此，確實是可以理解。

儘管覺得這與她的別名「白銀」帶有的優雅相距甚遠，但的確是很貼切的稱呼，讓我深感佩服。共和國似乎還稱她是「萊茵的惡魔」。

總而言之，純粹以魔導師來看是優秀無比。作為指揮官的實力也絕對不差。正因為如此，才會以援軍的名目把她趕走吧。

最直觀的印象，就是被硬塞了一件麻煩事。

「……是要我領著沒戴項圈的狂犬去散步嗎？」

喃喃說出的抱怨。這要說是偏見，也確實如此吧。只不過，對當時的隆美爾將軍來說，這也是無可厚非的事。畢竟在他看來，這就像是命令他用不像樣的手牌去打仗一樣。

「開什麼玩笑。可不能讓部下白白送死。參謀本部那些傢伙，是認為戰死者就只是個統計數字嗎？」

正因為如此，他才會對參謀本部這道把苦差事推給現場的人事命令喃喃發出怨言。

就算是這樣，姑且還是見她一面吧——決定等候提古雷查夫少校到來，是隆美爾將軍個人對創下戰果的魔導將校所表示的敬意。

雖說因為強烈的刻板印象，所以在聽到提古雷查夫少校前來做到任報告時，也讓他提高警覺就是了。

然後在請她入室聽取到任報告時，始終維持淡然的禮貌性問候，不管怎樣先試圖看穿對手底細，也算是他的一種壞毛病。

只不過，隆美爾將軍很快就發現提古雷查夫少校也跟自己一樣享受著淡然的禮貌性問候，因此感到不小的驚訝。

畢竟魔導師與軍官大多都是一群自視甚高的傢伙。也許該說是自尊心太強也說不定——帝國軍的人對此深信不疑。

所以才會大略估算，倘若是身經百戰的魔導將校，不論外表長怎樣，骨子裡也應該是死硬的武鬥派。

隆美爾將軍甚至認為，這種人要是在最初的見面階段以官僚性質的迂迴問候歡迎，大都會稍微感到動搖或是表示憤怒。

然而對方毫無動搖，淡然進行社交禮儀對話的表現，讓隆美爾將軍感受到某種新奇的驚訝。就在這時，隆美爾將軍承認自己的估算有哪裡出錯了。

厚臉皮的魔導將校。該不會是因為這樣，才會無視命令與抗命未遂吧？腦海中不經意閃過作為實戰軍官的擔憂。

這心臟確實是很大顆吧……是會自己獨斷獨行的那種人——因為他本能性察覺到這件事才會如此擔憂。這該如何判斷才好。正當隆美爾煩惱起來時，提古雷查夫少校就「最後……」的打岔說道。

「閣下，有關我的部隊，希望你能給予我獨立行動權。」

擺出若無其事的嘴臉，在很貼心地表示「參謀本部已同意此事了」之後提出要求的模樣，是足以說是豪邁的桀傲不遜。

『雖聽過傳聞，沒想到居然會真的要求脫離指揮系統的權限。』——連會被他人說是傲慢的隆美爾本身，也對她如此隨口提出「你只需要承認就好」這種厚臉皮的要求感到忍無可忍。

光是她能夠滿不在乎地說出這句話，就能瞬間理解北方與西方難以忍受提古雷查夫少校的理由了。

讓魔導大隊完全脫離指揮系統，幾乎就跟欠缺一個師團一樣。容許其他體系的指揮權存在，本來應該是指揮官怎樣也無法容忍之事。

「很大的口氣嘛！那麼，提古雷查夫少校。這話可是妳說的喔。既然提出這種要求，貴官的部隊就應該能優秀地達成相對的成果吧？」

然而，她似乎不中意隆美爾的反應。

面對針對能力的質疑，一副不服的態度保持沉默。以面對長官質問的態度來說，這幾乎是傲慢至極到難以置信的態度。原來如此——這甚至反過來讓隆美爾隱約察覺到，自己以前遭到長官們疏遠的理由。

只不過，就連反抗性強烈的隆美爾都沒她這麼過分。

「怎樣啊？」

不經意地加強語氣催促她答話。同時下定決心，她要是還不肯回答，不管參謀本部怎麼說都要把人給趕回去。

「隆美爾閣下，請恕下官直言……下官只是不想浪費時間回答無法回答的問題。」

「……什麼？」

然而，所得到的答覆卻讓他忍不住反問。這傢伙……剛剛說了什麼？居然說這是無法回答的問題？

「下官是軍人而非口舌之徒，難以口舌證明實戰能力。」

語調突然改變。搭配妄自尊大的態度，讓人感到強烈的諷刺感。

「就算能以口舌證明，我想閣下也不會接受。因此，下官難以回答這個問題。」

話語闖進耳中。這是以耳熟且清晰的帝國發音說出的帝國官方語言。是聽起來不構成任何妨礙的銀鈴之聲。

儘管如此，霎時間卻難以理解她的意圖。沒辦法瞬間理解的話語，居然出自於眼前的小孩子之口？

難以立即理解。於是在僵直片刻後，隆美爾才總算是理解這段話語所帶有的意思。

「……所以貴官是這個意思吧，想說百聞不如一見嗎？」

「就交由你任意解釋了。閣下，還請你信賴我與我的部隊。」

寂靜。

她眼中浮現的是真摯的訴求。然而這所代表的意思就只會是瘋狂。

不自覺地啞口無言。感覺就只能說是看到了難以置信的事物。

所能想到的情況就只有一個。

「前線症候群」。

然後，提古雷查夫少校出現了無數該做出這種判斷的癥候。雖是用暗喻，卻表示別問蠢事的警告；同時還擺出「你看不出我的實力嗎？」這種態度的脅迫；儘管如此，本人卻有著能做出真摯對應的跡象。

所以她在傲慢的同時，也簡單明瞭地扭曲到可怕的境界。

她不相信任何事物。不論是高層的力量還是戰略，恐怕就連友軍也不相信吧。然而令人驚訝的是，她對帝國軍是一味地忠實。甚至可說是忠實無比，但願成為國家看門狗的異常者。

正因為如此——隆美爾理解到，眼前的提古雷查夫少校在過去犯下的抗命行為，究竟是怎麼引起的。

她就只是想作為一名愛國者，努力讓國家變得更好罷了。也就是說，她是某種能幹的狂人，同時最為惡質的是，她沒有自覺到自身的扭曲。

「……少校，我手邊並沒有足以信賴貴官的材料。」

她瘋了。而且優秀。並且誠實無比。因此對隆美爾將軍來說，她是罕見地難以估算的存在。再怎麼樣也不會是容易使喚的對象。

所以他發出詢問——我要妳怎麼做才能夠信賴妳。

「作為口舌之徒述說功勳也毫無意義，故想請你下達命令。」

然後她對於詢問，答覆了非常明確的意見。不是用話語，而是要用行動展現結果的態度讓隆美爾將軍非常中意。

假如是平時的話。不是對力量感到自豪、也沒有沉溺於力量的淡然宣言的態度。她恐怕也有著能看穿何事有可能、何事很困難的才能吧。

倘若不是這樣，就不會做出乍看之下就像是在火藥庫玩火的危險行為。也就是說，這傢伙的這種態度，是以無可限量的實力擔保的瘋狂。只能認為她瘋了。

「我想見識妳的實力。啊，別誤會。這是作為戰略家的判斷。」

不論是要我稱呼妳為英雄也好、狂人也好、戰友也好。

所以，妳應該展現出實力吧。妳是單純遭到瘋狂侵蝕的猛獸？亦或是具有瘋狂智慧的狡猾野獸呢？

忽然間，隆美爾將軍發覺自己想知道這個問題的答案。

「給予妳游擊任務。想讓妳擔任第二陣。姑且是作為第七戰鬥群，所以指揮權打算給妳相當於戰鬥群的裁量權。雖說只是單獨的大隊就是了。希望妳別辜負我的期待。」

就給予她某種程度的獨立任務來判斷吧。雖說已在某種程度內料想到結果……但希望務必要是好的結果。

「遵命，我將不會辜負你的期待。」

看吧。

那凶惡的微笑。

那興高采烈的喜悅表情。

那獲得戰場而歡喜的模樣。

她毫無疑問地會是最糟糕的熟人吧。而且也確實會是戰場上最值得信賴的戰友之一吧。

[chapter]

# VI

第陸章

# 南方戰役

# The southern campaign

王感嘆著勝利。
因為這場勝利付出了太過高昂的代價，
想再次取得相同的勝利，
王的軍隊就將分崩離析。

皮洛士的勝利

## 統一曆一九二五年九月二十二日　南方大陸

「排除前方的敵砲兵。提古雷查夫少校，貴官的部隊……」

「？通訊兵，修復連線！」

「快聯絡ＨＱ！發生１１０５通信故障！請求通訊旁路！」

因通信中斷引起騷動的簡易野戰指揮所。

在戰局愈演愈烈的南方戰線，人人都失去了從容。

……不過在萊茵可是一直都是這樣，畢竟在戰場上還能保持從容才是怪事。而譚雅如今正在南方大地上，像這樣過著跟萊茵一模一樣的生活。

當無線無法接通時，就從簡易野戰指揮所以有線通訊線路經由司令部嘗試通訊，也已是獲得確立的訣竅。

壕溝戰與高機動戰時的各種通信故障，這種實戰特有的問題大都已有過經驗。也早已研究過不會因為這種程度就驚慌失措的對策。因此，現在該做的就是依照各類檢查表迅速排除問題。通訊兵立即開啟呼叫ＨＱ的有線線路。

他的手腳快得值得讚賞吧。

儘管指揮系統暫時中斷，也能不慌不忙做出處置。

然而在簡短對話過後，他們一下子就面無血色。

「這不是通訊干擾！也不是雜訊！與鄰近部隊的通訊正常。是第四四方面機材故障！」

啊，該死。

只要待過萊茵戰線，大概都知道這代表什麼意思——譚雅在心中破口大罵。恐怕，曾在萊茵接受過洗禮的傢伙們也一樣吧。

「給我繼續呼叫！就算用短波通訊也無所謂。以防萬一，再次檢查機材！動作快！」

儘管想把希望賭在渺茫的可能性上，卻不會抱持期待。

在戰場上有時候與其隨便抱持著某種期待，還不如假設最壞的悲觀推測會比較妥當。希望是很重要，但要是依存名為希望的嗎啡，就會在戰爭中毀滅。

該說是一如預期吧。儘管通訊兵連忙重新檢查機材，但結果依舊是沒問題。機材全都正常運作。他們主張既然找不出問題，這就是第四四魔導大隊方面的機材故障。

這要是事實，情況可不樂觀。

這是在巴魯巴德沙漠進行的高機動戰，要是無法與擔任左翼先鋒的第七戰鬥群指揮所取得聯絡，可不只是會招致指揮系統的混亂。

狀況究竟怎樣了？軍官們儘管焦躁不安，也勉強克制自己不表現在臉上。

軍官要是在士兵面前露出動搖醜態，將會讓混亂加速擴大是顯而易見的事。當然，這種程度的事就連當中最年輕的格蘭茲少尉都懂吧。

「已建立通訊！是短波！」

「確認代號一致！」

霎時間，簡易野戰指揮所內部瀰漫起安心的氣息。

……年輕軍官與缺乏實戰經驗的傢伙，怎樣都很容易陷入樂觀推測嗎？——譚雅不得不對這件事感到些許苦澀。

養成設想最壞情況的習慣，對於合理的經濟人來說很困難。

行為經濟學對於泡沫經濟與經濟危機的理論，就在這點上完全揭露出來。就連無關生死的金融交易都會這樣，要在戰場上保持樂觀並做好最壞的準備，對經驗不足的人來說會很困難吧——譚雅發著牢騷。

「萊茵布魯克少校戰死！」

這雖是最壞的消息，但不是代表破滅局面的消息，讓我以自己的方式安心下來。只要默默環顧指揮所內部，就會發現老兵們正在絞盡腦汁想要確實理解事態並加以掌控。這樣應該是不會引起破滅性的混亂吧。

還算可以。

作為在萊茵獨斷獨行與抗命未遂的懲罰被送往南部時，能帶著大隊一塊前來算是不幸中的大幸。拜這所賜，讓用在教育上的工夫減少一半。

不對，只要將一部分交給部下去做，就能再減少一半。

也就是說，比起由自己重新教育，自己就只需要負擔百分之二十五的時間與勞力。這就是所謂的效率吧。

不管怎麼說，所謂優秀的組織，就是隨時隨地都會做好不讓齒輪生鏽的準備。人正是組織的關鍵。於是想當然的，名為軍隊的組織會在規劃建立時將戰死這種事態納入其中。

這也就是說，就算是優秀的軍人，只是一名戰鬥群指揮官死去的程度，也無法動搖在理論上受到如此規劃的軍組織。軍隊作為以無數可取代之人所組成的團體，儘管成本高昂，卻是非常強韌的組織。

「ＨＱ向第七戰鬥群發出廣域呼叫！」

與萊茵布魯克少校的通訊中斷。雖說是短波，但友軍部隊傳來指揮官的戰死報告。

只要不是太過天真的傢伙，就會盡可能立刻讓次級軍官繼承指揮權，極力緩和對指揮系統的衝擊。況且對習慣戰爭的帝國來說，指揮權的繼承儘管少見，但也不是完全沒有過的事態。

而且在這場戰爭中最可悲的是，上級指揮官死亡所導致的指揮權繼承早已是一種稀鬆平常的事態。

「即刻起第七戰鬥群的指揮權將移交給提古雷查夫少校。負責立即重新編制戰線！」

「聯絡ＨＱ說，提古雷查夫收到。」

對於以該說是熟練的速度傳來的繼承指揮權的通訊，譚雅高喊出表示同意的答覆。雖想大叫這是過度工作，但還是以克己的精神勉強壓下這股衝動。

身為第七戰鬥群的副指揮官，要在這種狀況下做出所能採取的最佳抉擇可是義務。

既然是義務，逃避就是違反契約。

像這種近代以前的野蠻人才會做出的不義之舉，身為受過近代教育而具有教養的市民是絕對做不出來。所以為了善盡義務，我就拿出儘管不清楚，但也寫有可掌握敵情的地圖，試圖努力掌握狀況。

然後，就在我彎腰想把萊茵布魯克少校的部隊在不久前接觸敵人的報告寫上去時……

……感到某種東西掠過了背部。

搶在思考之前，身體有了動作。連忙抱頭撲向地面。

幾乎是基於經驗法則的匍匐在大地上，警戒著下一波的子彈。緊接著，聽到某種東西貫穿帳篷擊中外頭建築物彈開的討厭聲音。

從方位來看，是來自聯合、共和國軍的防衛陣地附近。

「敵狙擊兵展開中！該死，是四〇mm反魔導狙擊彈！」

某人喊出警告，總算是慢吞吞地採取對應，但動作也太慢了。讓人著急到真想大叫，就連民間的保全公司動作都比你們快。

用不著確認受害情況，會用在這種行為上的武器，帝國軍魔導師可是無人不知無人不曉。是在四〇mm口徑的非魔導依存槍械中，具有最大等級破壞力的反器材步槍。

實際上比起對付器材，更多時候是用來對付魔導師的關係，所以甚至被俗稱是反魔導步槍的魔導師天敵。

一想到自己被這把槍發射的，以難以受到干涉式影響的重金屬鑄成彈殼的子彈攻擊，就讓我不寒而慄。

以大半的重機槍威力來講，就算被直接擊中數發，最壞也能靠防禦殼擋下來。

然而這種四〇mm子彈，不僅威力幾乎不會因防禦膜減弱，就連防禦殼也能輕易貫穿。

這似乎是聯合王國自豪的產品。好像是要依循獵狐的傳統，勉為其難地狩獵魔導師來代替狐狸的樣子。應該也有提供給共和國軍吧。

還真是只有碰到運動與戰爭才會認真起來的混帳國家。不對，光是沒被當成獵野鴨的練習對象就該覺得不錯了吧。

「制壓射擊！給我壓制敵人的腦袋！」

本來應該是要避免讓這種危險物品靠近的外圍防衛完全沒發揮到機能，真是讓人感到火大。我明明就在認真工作，其他人究竟是在搞什麼鬼啊？

儘管趴伏橫躺在地面上，也依舊想抓著沙子咆哮的怠慢。無法忍受。讓人想破口大罵「周遭部隊究竟是在混什麼啊」的粗心大意。

四〇mm雖說是人有辦法扛起來的武器，但可不是能藏起來的大小。要不是給予的部隊是二線級，這甚至可視為是故意怠慢的失態。壓抑情緒，強忍住咂嘴的衝動，卻平復不了怒氣。

要是有確實警戒，根本就不可能讓狙擊手靠到這麼近的距離。讓敵人悠哉地狙擊，本來就不是一件可以發生，也絕對不容許發生的事。

而且，險些淪為受害者的人偏偏還是自己。差一點就要被敵人斬首了。

對於能對人類經濟做出貢獻的合理性思考遭到野蠻暴力斷絕一事感到的恐怖。

人力資本投資差一點就要瞬間變成無法回收的呆帳。

要不是個子矮，真的會很危險。等注意到的時候，譚雅已闊別許久地感謝起自己的身高很矮這件事。

身高要是再高一點，就算彎腰，頭部也會被子彈直接擊中。這究竟是該高興，還是該難過呢？

儘管困惑，但要是活著是件值得高興的事，這就該感到高興吧。

不管怎麼說，腦海中瞬間想到的是狙擊兵對策的基本。也就是只能將可疑的地點統統砲擊一遍的古典解答。真受不了，帝國軍的後勤路線可沒強硬到能這麼浪費地使用砲彈啊。不過就算感慨這種事，但要是不做自己就會有生命危險，就只能硬著頭皮去做了。畢竟如果是戰壕，只要分別砲擊各個區塊就好，但這裡可是沙漠。光是躲在沙丘後方，就需要花費相當久的時間偵察。

「將狙擊兵連同躲藏的區塊一起炸飛！」

既然如此，為了自身的安全著想，也要毫不遲疑地連同整個區塊一起攻擊才是正確選擇。就算無法在市區採用，但倘若是在沙漠，也就沒理由猶豫了。

「直接掩護在搞什麼鬼！去把人趕出來，現在立刻！」

同時，副官的拜斯中尉確保住一時的秩序。幫我下達指示，讓待命中的快速反應部隊作為增援出擊去排除狙擊手。

多虧有他，才讓我能專心恢復指揮系統。

所謂優秀的副隊長，還真是不論在哪個時代都肯定能派上用場。是我要是待在人事局，就會立刻推薦他晉升與重用的人才。

不管怎麼說，既然已將雜務交給部下處理，就必須開始依照順序處理不得不做的工作。

畢竟要是無法在行動命令與情報悠哉送來之前理解狀況並決定對應方針，就很有可能蒙受重大損害。光是這點就讓譚雅也緊張起來，但現在可不能讓周遭人發現到她在緊張。

所幸，通訊兵與通訊機材還健在。能夠確保住通訊。

這是該跟平時一樣，帶著笑容平穩處理事情的狀況。

就跟交涉一樣，需要虛張聲勢吧。

「我是繼承指揮權的提古雷查夫少校。回報狀況。」

邊親切地笑道「就在剛剛，差點遭遇到跟你那邊的上司一樣的危機呢」邊發出呼叫。對於這則通訊的回覆也充滿著類似的幽默。

因為我這邊笑得出來，所以對方也能帶著微笑答覆吧。

這是很好的跡象。要是活下來的是緊張到全身僵硬的新兵，就連我這邊也會感到絕望。

凡事都是跟值得信賴的交涉對象或夥伴一起會比較方便做事。這不僅限於商業，而是貫穿一切事物的真理吧。

「四四大隊呼叫CP。我是繼承指揮權的卡洛斯上尉。」

沒受傷吧，少校？——他隨後補充的慰問也獲得我的高評價。既然指揮官沒辦法在這種狀況下訴苦，不論有沒有受傷都只能硬撐。帝國軍就連尉官層級的軍人都這麼有骨氣啊。不對——譚雅在這種狀況下忽然感到一陣輕鬆的補上一句話——這下可輕鬆了。畢是要是在戰場上引發歇斯底里症候群就只能靠誤射解決，所以軍官夠堅強可是幫了我一個大忙。

儘管上司突然被人掛掉也沒有徹底混亂的表現值得大書特書。有這種部下，就算是在公司裡也肯定會很輕鬆。

只要回想起交接的困難與麻煩，就覺得這點真的很需要跟軍隊學學。或許真該寫一本講企業在經營時務必要參考這部分的書吧。

將軍事戰略應用在經營戰略上的商業書籍，確實也有許多能派上用場，市面上也肯定有這種需求。

「卡洛斯上尉，我是提古雷查夫少校。通訊狀況很差，有辦法改善嗎？」

不過麻煩的是畫質很糟糕。雖然成功連線，但要是用短波而且還是在戰場上的話，就連最低限度的品質都是痴心妄想。

「真是非常抱歉。這已經是極限了。就連機材也一起被狙擊兵毀了。」

「那就沒辦法了。很好，就來談公事吧。」

前往南方的航行旅程相當舒適。是因為船隻本身是用萊希郵政定期貨船改造而成的關係吧。以運兵船來說，這是趟格外舒適的航行旅程。

現在想想，因為這種良好待遇就鬆懈下來，肯定很糟糕吧。

只不過這也是沒辦法的事。畢竟對在軍官餐廳享用海軍自豪的午餐伙食的格蘭茲等人來說，感覺已經好久沒有吃到正常的食物了。有關這方面，就連大隊長也心滿意足地表示：以內海旅遊來說還算及格。

雖說是因為大隊長的行動才會來到這種地方，所以也讓我有點擔憂就是了。

……停戰前的越權行為未遂。這本來應該是很容易演變成重大問題的火種。

畢竟那與其說是越權行為，更幾乎算是抗命未遂的暴行。依循正規管道所提出的作戰遭到駁回，陳情也遭到駁回的時候還算好。但最後要是抓住司令官的衣領做出幾乎算是脅迫的行為，這件事就不可能私下解決了。

甚至還拒絕司令官制止的差點強行出擊。那個就像是嚴謹耿直的實際範例的大隊長居然做出這種事。這是足以讓長久以來擔任她副官的拜斯中尉喃喃說出「恐怕會上軍事法庭吧」的事態。

是幾乎有一段時間都在想「不知何時會收到傳票」的狀況。

但很諷刺的是，這件事卻因為外部的敵人讓問題徹底消失的關係而獲得解決。

「聯合王國的介入」。

名目是在共和國的委託之下進行和平交涉的斡旋。

話雖是這麼說，但這卻是儘管之前發出的「通知」遭到拒絕也依舊以相同條件要求談和，打從一開始就以會遭到拒絕為前提所提出的斡旋。

既然如此，和平交涉的斡旋就只是個名目，這種事不論看在誰眼中都是一目了然。條件太過一廂情願的通告，然後還附上一廂情願的最後通牒。

當然，對於聯合王國所發出的最後通牒，帝國方面的答覆是拒絕。就跟眾人所想的一樣一口回絕。

然而對當時的帝國來說出乎意料的是，共和國政府發出徹底抗戰的宣言。帝國以共和國會認同向帝國有條件投降為前提進行和平交涉。對此，率領逃離殘存部隊的戴．樂高將軍作為國防次長宣言徹底抗戰，並開始主張自己等人才是正統的共和國政府。

當然，官方上的政府，是位在帝國占領的首都，但共和國軍部隊與大多數的殖民地卻跟隨著戴．樂高將軍。

有別於「大概是聯合王國的傀儡」的預測，戴．樂高將軍發出自由共和國的宣言。糾集南方大陸的殖民地勢力，訴求繼續對帝國戰爭。

而共和國軍，在本來就經常爆發叛亂的南方大陸上，有著以地方警備軍來說過於重裝備的戰力。最重要的是，考慮到聯合王國與義魯朵雅王國對策而部署的魔導部隊戰力可是一股不容小覷的威脅。

不用說，這讓帝國軍參謀本部是深感頭疼。

因為與聯合王國同盟的自由共和國能將這一切戰力活用在對帝國戰上。要在大陸本土保留一定以上的戰力，同時還要打破南方大陸的情勢。面對這些堆積如山的難題，我們的大隊長哪怕有著獨斷獨行的傾向，但要割捨掉她也太過可惜的樣子。

或許是沒辦法徹底庇護吧，她至今為止在萊茵戰中的授勳申請似乎遭到取消。不過這反過來說，也就是不會有更進一步的追究。

要說這是很有大隊長風格的始末，也確實是如此吧。

只不過就結果來說，這也讓強力魔導師的戰力重要性重新獲得重視。伴隨著這點，格蘭茲等人的薪資也因此大幅改善算是值得高興的誤算。

唯一要說是不滿的地方，就是儘管加薪，但在南方充滿沙漠的土地上，縱使有錢也沒處花的難題吧。

但既然是以環境險惡著名的南方大陸，在某種程度內我也看開了，不過會想喃喃抱怨「真想喝冰冰涼涼的啤酒」也是無可奈何的事吧。

不過除此之外，他們也能接受打擊聯合王國與共和國的殖民地以削弱他們的續戰能力，是個不錯的戰略。

『以脅迫來講，算是不錯的戰略。』

拜斯中尉與大隊長基本上也對這點表示同意。

問題在於派往這座南方大陸的部隊品質。看起來只能說二線級的部隊占了大半，所招集的後備軍人與補充兵們恐怕是缺乏訓練。

就連在萊茵戰線被當作帶殼雛鳥看待的格蘭茲，如今也必須得視為獨當一面的軍人。不過曾在萊茵受過鐵之洗禮的部隊，也因此挖掘出他們的利用價值就是了。

愛嚼舌根的老兵們開始賭起軍團長隆美爾將軍什麼時候會氣到爆炸。順道一提，最多人賭的是他早就氣炸了。

情況就是這樣。由於老兵很多，所以我們大隊似乎是受到熱烈歡迎。

光看我們分配到的運兵船，也能清楚知道隆美爾軍團長舉雙手歡迎我們的事吧。我們很明顯是備受期待，而備受期待的感覺也不壞。

……真想把過去懷著這種悠哉念頭的自己狠狠揍飛。

沃倫．格蘭茲魔導少尉稍微在腦內把過去的自己揍飛後，為了處理眼前的事態展開行動。

任務簡單明瞭。

所接獲的是狙擊兵的對抗任務。這意味著要在這片充滿起伏不缺躲藏地點的汪洋沙漠地帶，找出做好偽裝的狙擊兵這種不可能的任務。

就算仔細偵查，敵人也非等閒之輩，沒辦法輕易發現蹤影。既然如此，我方就只能選擇用爆裂式將可疑的地區統統炸燬，不過這麼做也會導致一個困難的問題。那就是根本找不出辦法確認敵人究竟死了沒有。

『司令部呼叫各員。重複一次，司令部呼叫各員。』

加上沙漠的沙塵，就連頑強的步兵步槍都會導致故障。說到機械設備就更是讓人絕望。演算寶珠還算沒問題，但在這個戰場，有必要頻繁確認封入干涉式的子彈的狀況。就算新型的九七式突擊演算寶珠的信賴性再怎麼高，要是關鍵的術彈無法信賴，就沒有比這還要棘手的事了。

然而，上頭卻沒體諒這種情況。或是說，沒辦法體諒吧。畢竟就連處在這種亂七八糟的環境下，隆美爾軍團長也堅決打算進行機動戰。

突然傳來的命令，是催促預定沒有變更的廣播。

『將兩翼合起。重複一次，將兩翼合起。』

一登陸就是機動戰。我非常贊成要趁敵人認為我們會花時間在補給與確立後勤路線等各種事情上而掉以輕心的破綻襲擊。

『Fairy01 呼叫第七戰鬥群。就跟聽到的一樣，把戰線往前推。』

『Cerberus01 呼叫第三戰鬥群。跟隨第七戰鬥群，準備支援突破！』

問題就在於要趁中央牽制敵軍時，以迂迴路徑繞到敵後方包圍殲滅的行動準則上。從海側迂迴的傢伙還算好，但受命要在這堆砂礫中迂迴機動的人可就受不了。

在連可以當作標記的東西都很缺的沙漠中長距離行軍。

而且還是以戰鬥速度前進。光是考慮到第七戰鬥群與第三戰鬥群的訓練程度，就讓人想回去本國或是布雷斯特的沙灘了。

『準備編隊飛行！注意不要脫隊了！』

「已確認信標。是大隊長親自率領！」

是編隊飛行命令。

遵從ＣＰ傳來的命令確認收訊機能。

然後，或許該說果然如此吧。發送導引信標的人是大隊長。是提古雷查夫少校領隊飛行的樣子。戰鬥群那些傢伙就單純只是驚訝，但這究竟是件多麼艱難的事啊。

一面指揮戰鬥一面導航。她毫無疑問擁有著幾乎超乎人類處理能力的頭腦。要是自己的話，肯定絕對會分心在導航上而無法擔任指揮。

儘管想著這些事，格蘭茲少尉也依舊以熟練的動作迅速準備。這雖是第一次在沙漠進行高機動戰，但基本上就跟往常一樣。他在想開後迅速做出的準備，是經由短暫但徹底的反覆動作所訓練出來的成果。

「不想失明的話，就給我戴好護目鏡！」

同時，身為年輕軍官的他也富有靈活性與適應性。是在聽聞要在沙漠戰鬥時，能迅速理解提古雷查夫少校帶來大於一般型號的航空用護目鏡的用意的其中一人。

哪怕厚重的新型護目鏡受到許多抱怨，格蘭茲少尉也依舊徹底要求部下穿戴。

不僅能在某種程度內調節亮度，還具備防砂機能。他直覺性的理解到，要在險惡的南方大陸環境下戰鬥，這將會是絕對必備的裝備。

『Fairy01 呼叫第七戰鬥群。開始進軍。』

『很好，上吧！』

這是場需要穿戴這種裝備開打的戰爭。不管這裡是哪裡、不管這裡是怎樣的環境，既然不同於格蘭茲少尉所屬國家的其他國家想要這塊土地——

那麼，他們就不得不戰鬥。

## 同日　自由共和國暫定國防會議

建下戰果的一方，情緒想必很高昂吧。不過看在讓對方建下戰果的一方眼中，心情可是難以忍受。

戴・樂高將軍帶著嘆息將桌上的紅茶一飲而盡，一臉由衷感到厭煩的表情抬頭望向天花板。眼前所展開的是永無止盡的推卸責任與你來往我的挖苦。瞥了一眼這種情況後，再度低頭看起手邊的文件。

這份戰鬥報告書就連要整理出來，都必須得花費相當的辛勞。不過就是一次交戰的報告，就讓戴・樂高將軍寫到精神嚴重疲憊。手上文件記載的大半報告，比起跟帝國軍的交戰過程報告，有絕大部分是在譴責同僚與讚揚自己等人的榮耀。

要說到殖民地軍的那些傢伙就讓人想長嘆一聲，他們肯定是直到現在都還極為認真地以為，名譽、勇氣與騎士道是重要到需要用戰鬥報告書的大半頁面去撰寫的義務，甚至讓人感到時代錯誤的一群人。

為了會議的會議這句話還說得真好——我偷偷嘲笑起來。這是在為了奪回祖國而展開行動之前，很可能會先自取滅亡的狀況。從本國跟隨而來的將兵們的不滿也快達到極限。

……然而，不對，如今正是因為這樣才要採取行動。

正因為看出這件事，戴．樂高將軍才會耐心十足的配合這齣鬧劇。認為要找出最佳的時機，忍耐是必要的。

「來審議丘魯斯收復計畫吧。」

然後，認為現在時機已經成熟的他，一開口就無視起會議室內的喧鬧，以最高指揮官戴．樂高將軍的身分淡然宣布。

說起逃離前的階級，戴．樂高將軍是少將。相較於年齡算是極為高位，但同時也是有著許多前任的階級。

實際上，聚集在這間會議室裡的將官之中，他是最為年輕，階級也是由下往上數會比較快。照道理來講，他應該是要退居前任者們背後的一名將官。

儘管如此他卻身居上位的理由，單純是因為職責。基於共和國軍國防次長暨陸軍次長這個職位。正因為擁有在必要時代替國防大臣指揮軍隊的權限，他才能率領逃離的共和國軍。

「軍隊的集結狀況如何？」

「恕我失禮，戴．樂高將軍，你剛剛是在說什麼？」

當然，就算擁有權限，這也只不過是文件上的事。

被派遣到殖民地防衛軍的將官們，雖說大半都是脫離升官道路的人，也依舊是戴．樂高的前任者。

怎麼可能會唯唯諾諾地聽從遠比自己還要年輕，而且軍官學校的年次也遠遠不如自己的少將指揮。

況且——戴．樂高將軍以某種清醒的想法補上一句話——看在像殖民地軍的將校們這種被趕出本國的人眼中，像自己這樣在中央平步青雲的人應該是讓他們很不愉快吧。

名目上是為了奪回祖國聚集在一起，但自由共和國的內情其實相當混亂，這種實際情況不是別人，正是戴．樂高將軍自己最為清楚。考慮到這些情況，雖說只是姑且聽從，但殖民地軍肯勉強在組織面上接受自己的指揮權，只能說是運氣好了。

只不過，這與其說是指揮權獲得認可，倒不如說是因為別無他法，所以殖民地軍的指揮官們才沒有反對。就算是這樣——戴．樂高將軍認為自己在他們之中是最有實力的人。畢竟，光是能在某種程度內倚靠手上握有本國部隊的事實，就讓他受益不少。

他在逃離本國時所率領的部隊，儘管有一部分缺乏實戰經驗，但整體上也包含複數的萊茵戰經驗者，外加上當時正在中央更新裝備，所以算是實力非常堅強的部隊。

而且指揮系統打從一開始就以戴．樂高為中心建立完畢，所以不論向心力還是紀律都落實得很徹底。

裝備即使存有補給的問題，但最為完善的也是本國逃離組。比長年待在當地的傢伙們還要充實。這種情況正好說明了殖民地軍的水準吧。更重要的是，因為有與本國前來的精銳魔導師們會合，所以就連戰力也是獨占鰲頭。

然而——同時戴．樂高也在心中警惕自己。

一切也就只有這樣。

不論是與殖民地行政當局的關係，還是各種後勤的負責人，全都得依靠殖民地軍。外加上，雖說是被棄置在這種地區，但將官階級依舊凌駕在本國軍隊之上。

就結果來說，至今就因為這種緊繃的關係，讓狀況與其說是組織性戰鬥，更像是在自己打自己的。

「已有結論了吧，我反對。」

最主要還是戴．樂高自身的立場也相當曖昧。哪怕是一道軍隊的集結命令，想要下令都必須得要經過繁重的手續與談判。就連身為國防次長的權限，也會面臨到殖民地官員們不作為的消極抵抗。

就算在會議上發言，在座將官們也會毫不在意的反駁。而且還一臉認真的宣稱，自己等人時代錯誤的價值觀是忠於名譽與榮耀的騎士道精神的表現之類的話。

不過就戴．樂高的理解，這追根究柢還是在反抗越過他們執行的事務吧。

就連今天也一樣，竟然反對讓以丘魯斯收復計畫的名目集結的部隊進軍。凡事都是這樣。終究是跟裝在舊皮袋裡的新酒一樣。（註：馬太福音第九章17節）

說到底，本來應該是要靠這批部隊支援聯合王國部隊防禦，然而當聯合王國尋求增援時，這些傢伙的部隊卻給我搞出欠缺燃料而無法行動的醜態……也有可能單純是雙方關係惡劣，但這實在是愚蠢的失態。

後勤負責人甚至還有臉說「燃料的所在不明」，挑戰著戴．樂高的忍耐極限。讓人真想大罵，你到底是統治殖民地幾年啦？

此外讓人難以置信的是，竟有一部分的部隊被調去防衛將官們持有的各種權益設施。這就是把殖民地勤務視為某種假期，長年丟著這群笨蛋不管的代價。軍隊將官持有太多具有利益的殖民地資產，結果就是讓軍隊也跟著無法機敏行動。

因此，戴．樂高將軍下定決心。

既然皮袋舊了，那就只好準備一個新的。

「恕我失禮，是全員反對嗎？」

說到底，早在下達命令時，就沒什麼反對不反對的吧。究竟是怎樣的神經讓他們能提出反對啊？儘管懷著這種想法，也依舊是以諂媚的語調，不斷扼殺自己直到今天的這個時候。

「沒錯，守住必要的要衝才是重點。」

「我們無法同意這種作戰。」

浸淫在殖民地權益之中的將官們。本來的話，是很想派憲兵去清查他們的底細，但如今處於戰時，而且敵軍就在眼前。在這種狀況下，最優先的是要將無能的將官驅離指揮系統。既然是這種狀況，若有必要，就算要幫他們準備黃金降落傘也無所謂。

不用說，既然決定要更換將領，就要安排得天衣無縫。在他們指揮下的部隊實際上已獲得掌控。為了在事前摘除軍事抵抗的嫩芽，早已率先掌控住士官與下級軍官。

若是這種狀況，只需要換掉集結起來的殖民地軍的指揮系統，事情就簡單了。最重要的是，殖民地軍姑且不論將官，士官以下的士兵大多是正常的。殖民地勤務頂多一到兩年就會輪替，預估他們之中會有大半聽從中央軍命令的可能性並不小。

外加上從本國逃離的部隊韁繩，戴．樂高也緊緊握在自己手上。因此，在看出有辦法更換這批將官並整合指揮權的現在，不存在任何需要猶豫的理由。

想說就只是要罷免這些傢伙的戴．樂高將軍，就一面特意保持平淡的口吻，一面按照事前在心中擬定好的計畫行事。

「詳情我已知道了。既然各位如此強力反對，那就沒辦法了。」

「戴・樂高將軍，你能夠理解嗎？」

「是的。雖然很遺憾，但要負責指揮自己堅決反對的作戰，想必很痛苦吧。我也有點不忍心拜託各位硬是勉強自己。」

下手要快，並且速戰速決。必須要在對手察覺到異變之時讓大勢已定。因此，戴・樂高將軍就在這時打出人事權這張最後的王牌。

「我已幫各位準備好其他更加適合的軍務了。不需要交接，就請暫時待在海軍司令部擔任參事官吧。」

南方大陸軍海軍司令部參事官。這個職位講白了，就是負責把海軍司令部的冷板凳坐熱的閒職。這是因為海軍司令部的參事官本來是對在戰鬥中下落不明的人，在宣告死亡或發現行蹤前，為了方便行事所給予的職務。

是不論在與不在，都不會立刻造成妨礙的明確表現。換句話說，就是以不存在為前提任命的職務。當然，實權也會徹底遭到剝奪。畢竟這本來是對在戰鬥中下落不明的人發布的職務，這也是當然的事。誰也不會期待下落不明的人能好好工作的。

「「戴・樂高將軍！」」

總算是察覺到事態的傢伙們吵鬧起來，不過戴．樂高將軍一點也不打算聽他們廢話。

早已準備好人數相當的任命書。掌管關鍵的實際可用部隊的中堅以上軍隊將校也決定要支持我這一方。正因為預期能在處理問題時不引發麻煩的爭執，才會行使人事權強行更換人員。

「任命書都已經準備好了。那麼，下官還必須指揮作戰，就先告辭了。僅祝福各位能有新的活躍。」

在以絕無二話的堅決語氣丟下這句話後，戴．樂高就猛烈站起，為了離開房間握住門把。保持著對身後傳來的驚慌叫喊充耳不聞的態度，戴．樂高將軍心中甚至有種「總算是說出口了」的爽快感。

沒錯，我不會再讓那些傢伙繼續在軍中攪亂。不對，是不會再讓任何人阻擾。如今在丟下吵鬧的前指揮官們後，戴．樂高隨即朝在其他房間等待的傢伙們走去。

「各位，久等了。立刻開始行動吧。」

起身敬禮的實戰指揮官們，是由本土跟隨過來的人員，以及新加入的殖民地軍實戰指揮官們所組成的參謀團。這就是現在的共和國軍，自由共和國軍的一切。總之，他們為了實現組織性戰鬥而選擇跟隨戴．樂高。

正因為如此，他們也能理解指揮系統的統一已如此迅速地實現了。

「目前的狀況如何？」

而共和國好歹也是占有列強一席之位的大國。意圖在殖民地東山再起的他們的人才層絕不薄弱。仍保存著參謀、將軍，以及最重要的資深士兵這些軍隊的骨幹。

對於經歷過實戰洗禮的軍官們來說，所必要的情報分析與各種作戰立案，也距離不擅長相當遙遠。

只要正面交鋒，要消滅帝國軍區區兩個師團絕不是什麼難題。同時也很清楚為了正面交鋒擬定策略的重要性。敵方將領隆美爾運用驚人的機動戰，在聯合王國軍集結之前各個擊破。

因此，我方分頭進攻應戰有多麼地有勇無謀，已是眾人的共識。

由於後勤路線的關係，要在沙漠集結軍隊進攻會是件困難的事，這種前提條件會對行軍帶來強大的限制。特別是要經常大規模移動軍隊的話，就沒辦法無視水源的問題。在沙漠凡事都必須要以水源優先。而且只要一度短缺，就會造成重大的補給問題。士兵沒有石油就只能步行，但要是沒有水可是會渴死。

另一方面，全軍就只有一個軍團的帝國軍，應該就有辦法集結全軍一起進軍吧。一處水源帶來的負擔，也因為他們的部隊規模小所以影響有限，這也是毫無疑問的事。

當然，分頭進攻會遭到帝國各個擊破，是相當可以想見的事態。

「一如預期，帝國軍開始行動了。」

正因如此，戴・樂高將軍才會大肆宣揚要奪回失地。向保密能力具有深刻疑慮的將軍們極力主張。為了展現出這種動向，還刻意在集結大量物資的同時，做出打探各路線情況的舉動。

帝國軍離無能相距甚遠，當然能理解我方打算攻略他們據點的意圖吧。聯合王國傳來的情報中，也有著丘魯斯市區已在構築防衛線的報告。

這個狀況，可認為是對方已接收到我方想展示的意圖了。

「那麼？」

只不過——抿嘴一笑。

在場所有人都不自覺露出一臉打著壞主意的表情。這正是他們想要的狀況。

隆美爾將軍很優秀。只是要看過他的戰績的將校，不論是誰都會認同這點。有關於機動戰，說不定還是當代最高的權威，儘管是敵人也必須要如此讚賞吧。

畢竟在沙漠進行機動戰的各種障礙是眾所皆知。要在就連自身位置都會輕易迷失的沙漠中有組織的移動部隊，而且還要在適當的時機讓部隊分頭進攻，這究竟會有多麼困難啊！

光是能讓部隊在沙漠有組織的機敏移動就值得讚賞。是將組織效率充分表現出來的作為。既然是以這種人為敵，那麼與在軍事上離無能相距甚遠的對手正面交鋒，就有過於龐大的風險。

當然，敵方將領也很清楚，就算是港灣，也不可能防禦得住遭到包圍的都市。只不過，光靠一個軍團與在南方大陸的所有共和國軍為敵，就連三歲小鬼也知道有多麼有勇無謀。也就是說，不論是誰都能輕易認識到解決這種事態的必要性。

而既然是與無能相距甚遠的軍人，就能明白解決對策就算再少，也一定會存在的道理。比方說，撤退。要是對敵人來說沒有死守的必要，退往義魯朵雅領地也是一種選擇吧。

然而——他在心中微笑。帝國軍打從一開始就別無選擇。他們就算想撤退，作為遠征軍的帝國軍也絕對必須要確保住港灣設施。而在現況下，他們能使用的港灣設施就只有丘魯斯。

那些傢伙姑且還保有退往義魯朵雅王國領地的選項……但恐怕在現況下，可以認為這在政治面上會是個難以接受的選擇。

既然如此，帝國軍所能採取的手段就只有在集結之前各個擊破，這是誰都知道的推測。簡直就跟教範一樣的事態，正因為如此，所以也能料想到帝國軍的指揮官會如何出招。恐怕，帝國軍會以所能動用的全部戰力確保局部的戰力優勢，分別打擊我方意圖分散進攻的各個部隊，藉此進行機動防禦吧。

因為這是帝國軍指揮官的隆美爾將軍所能採取的最佳解答。

既然知道這點，戴．樂高將軍就沒必要特意出擊讓敵人輕易地各個擊破。倒不如反過來。將夢想著各個擊破的敵人引出巢穴，以龐大兵力將他們壓倒擊潰。

「是的，報告指出他們出擊了。」

然後，盼望已久的消息也已經傳來。聯合王國毛遂自薦的偵查行動，漂亮地掌握住丘魯斯的情勢。

幾乎是零時差收到「帝國軍，自丘魯斯出擊」的通知。自由共和國軍目前已完全掌握住帝國軍的動向。

他們打算奇襲分頭進攻的我們。完全是一如教範的模範對應。倒不如說，是他們已被逼到除此之外別無選擇的地步。

接著，就只需要好好料理他們。

「嗯，這樣與那群笨蛋打交道也算是有意義了。」

為了引他們出洞特意大肆宣揚攻略的意圖。甚至還邊做偽裝工作，邊整備街道。但說實話，由於是讓工兵隊比起擴充街道，更加致力在鋪設雷區上，所以街道是靠步兵在整備就是了。

無論如何，欺敵已獲得成果。

帝國軍已爬出他們的巢穴。之後就是將打算大搖大擺跑來奇襲的帝國軍痛扁一頓。如果是短距離，就算集結全軍，補給線也估計能支撐得住。縱使敵人察覺到我方的集結而撤退，也完全沒有關係。

到那時候，就能在毫無妨礙的情況下分頭進攻了。

「很好，各位。就開始準備吧。」

總算——

這是眾人共同的想法。

總算是能對帝國做出反擊的歡喜。

打著奇襲的如意算盤，一邊將偵查限制在最低限度一邊以速度優先進軍的帝國軍。就將他們引進雷區，狠狠突襲這群打算奇襲的傢伙吧。

雖說是精銳，但輕裝備的快速部隊就用交叉火網捕捉，靠重裝備部隊徹底殲滅吧。眾人皆懷著這種想法在編成軍隊。

如今，能發揮這個成果的日子終於到來。說到數量，毫無疑問是壓倒性的。

而且就算正面交鋒，也絕不會嚴重遜於對手。當然，對手說不定也是身經百戰的幹練老兵，但在這種局面下數量即是一切。再怎麼說，雙方也都是列強的正規軍。只要擁有壓倒性的數量，勝負就已經確定了。

「去回報一箭之仇吧！」

「「「遵命！」」」

因此，共和國軍的士氣高昂。因為他們即將點燃盼望已久的反擊狼煙。所謂，去讓帝國大吃一驚吧。

「還真是困擾。這下豈不是連下午茶的紅茶都缺了。」

自從好不容易逃出熊熊燃燒的丘魯斯軍港以來，與遊牧民族之間的交易就非常順利。

認為雙方建立了相當不錯的關係。要說到情報交換，就實在是很有價值的一項交易。特別是因為有遊牧民的協助，才有辦法監視丘魯斯，掌握住帝國軍的動向。

不過對約翰叔叔來說，目前的工作就唯有一點讓他非常不滿。那就是缺乏對文明紳士來說攸關死活的紅茶。雖然遊牧民族也有著喝茶的嗜好，但那卻不是約翰叔叔所深愛的紅茶。而在不抱持希望的委託本國送紅茶過來的結果，卻是無情地要他在當地採購。人類是脆弱的生物，就算明知不行也依舊會懷著期待，也因此會在聽到這種冷淡答覆後愁眉不展。

想起這件事後，男性深深嘆了口氣。他正是因為身處在這片沙漠，所以也穿著民族服裝的約翰叔叔。

騎著駱駝，混在遊牧民族之中指揮著商隊。他的身影幾乎融入當地人之中，匆匆一瞥甚至無法看出有何差異。

能平安接管到某種程度內精通沙漠的軍官等人還真是幸運。儘管是不幸中的大幸。今後也能經由一部分的遊牧民族繼續交易，所以情報網也有可能維持下去。

要傳給共和國的訊息也已平安送到，讓約翰叔叔總算是能鬆一口氣。

「……不管怎樣，偵察似乎很順利就再好也不過了。」

狀況也從容到讓他有辦法開口抱怨。可說是不錯的狀況。

「客人呀，能遵守與我們的約定吧？」

「這我可以保證。畢竟手上多得是沒地方花的機密費呢。」

儘管如此，身為紳士的約翰叔叔依舊是在心中感慨。明明就欠缺紅茶，卻要因為不缺錢花用而感到高興？約翰叔叔儘管沒品味，但也不是約翰牛精神不足到會對這種事感到高興的人。要說到白廳的那些蠢貨，有時還真想抱怨他們該不會是被西堤區的觀念影響太深。這真是讓人想哭的事態。白廳的那些傢伙應該會要我把錢當紅茶泡來喝吧。最起碼也希望能用運送之類的方式把紅茶送來。

讓人想要求在外地工作的間諜也要有員工福利。說起那些不懂他人辛勞的傢伙，還真是讓人受不了。就是因為這樣，不懂現場狀況的假紳士才讓人困擾。

但也正因為如此，現在才必須專注在眼前的工作上——他將意識拉回到現實。

「所以，我今後也想與你們保持良好的關係。」

儘管腦子裡想著雜七雜八的事，不過約翰叔叔十分優秀。運用遊牧民族的人際網路建立監視網與聯絡網，同時提供一部分遊牧民族武器支援游擊活動。

簽訂接收他們抓到的帝國軍俘虜的約定，和同樣被他們抓到的聯合王國俘虜的引渡協定。

總之，約翰叔叔已建立好與帝國對峙所必要的網路。不用說，他付出了非比尋常的辛勞。

約翰叔叔儘管裝得像沒事一樣的騎在單峰駱駝上，但他至今已經歷過無數次的危險場面。甚至還一度捲入遊牧民族的爭執之中，鞭策著自己的老骨頭親自拿起步槍作戰。

約翰叔叔雖然擅長獵狐狸，但也已經受夠了騎著駱駝襲擊而來的駱駝騎兵。甚至想說下次要有機會，就要帶把衝鋒槍甚至是帝國製的新型突擊步槍過來。

「對我們來說，你們所提供的物資也很管用。」

另一方面，部落長也肯定這起交易。能獲得用來整合鄰近部落的子彈是件值得歡迎的事。最重要的是，由於重兵器與炸藥之類的武器基本上要從外部供應，所以能搶先其他部落自行確保住穩定收購的管道，具有相當大的優勢。

然而，他們與約翰叔叔不同，並沒有向國家宣誓效忠。

「只不過，既然想要我們工作，你們也應該要派出戰士吧？」

……因此，也經常提出約翰叔叔他們絕對無法接受的條件。

聯合王國與遊牧民族之間的聯繫必須保密。假如他們混在遊牧民族之中的事情曝光，就再也沒辦法混在遊牧民族的商隊之中四處潛入。

更重要的是，祕密活動必須是個祕密。比方說，在共和國殖民地上與很可能發動反共和國鬥爭的部落積極合作一事，就絕對不能留下紀錄對吧。

約翰叔叔的辛勞將繼續下去。所以他祈禱——至少這一次自由共和國軍也會確實工作。

## 統一曆一九二五年十月十二日　帝國軍野營據點

「隆美爾閣下，我有意見想要呈報。」

就算是即將夜幕低垂的時刻，帝國軍的參謀軍官們也不允許做出休息這種奢侈的行為。哪怕是就連友軍的航空艦隊都已經投下本日最後的空中偵察報告結束工作的時間，地面部隊的參謀們接下來也還有著要在貧乏的光源與機材中分析戰況的工作。

儘管如此，在所有人都認為暫時會是個寧靜夜晚的時刻，突然造訪的提古雷查夫少校開口第一句話就是要呈報意見。當然，野戰軍官在這種時間呈報意見，讓他們感到不小的驚訝。

疑惑到底是有什麼事啊。

話雖如此，但他們大半也都不覺得奇怪。畢竟，提古雷查夫少校的語調也是離迫切性很遠的事務性口吻。以呈報意見來講並不會特別稀奇。雖說在這種時間叨擾，實在是讓人蹙起眉頭……卻也合乎推崇行動的帝國軍傳統。

因此，沒有人露出指責她沒禮貌的視線。但同時這種舉動，也古怪到幾乎所有人都忍不住向她投以好奇的視線。好奇這名野戰軍官究竟是在擔心什麼事啊。

然而要譚雅說的話，這正是她不得不呈報意見的幕後理由。正因為這些不上不下的視線與軍官們困惑的表情，才讓她打從心底湧現危機感。在這種狀況下、在這種情勢下，幕僚們的臉上卻不帶有危機感。

果然還是該說吧。

「什麼事？」

儘管如此也依舊會聽取意見的上司還真是美好。擁有會提高部下工作意欲的長官，是在軍旅生活中最棒的環境吧。這就是所謂工作起來會很輕鬆的對象呢。

應該能一面在某種程度內尊重雙方的利害關係一面工作——譚雅的心情輕鬆不少。所以能懷著「執行彼此業務時如果有必要，也應該要事先做好預防」的心情。

「我想請你允許我先行偵察。」

說出口的，當然是隱瞞實話但同時對雙方有利的提案。譚雅的實話是不想冒險。所以想要穩健行事。

以軍方的立場，當發生誤算時會很困擾吧。而魔導部隊這個兵科，就性質上是負責執行武裝偵察或追擊戰，抑或是擔任部隊先鋒，總而言之有著會在突發狀況時，被當作救火隊嚴厲使喚的命運。

對譚雅來說，為了避免未來的風險，就算多少辛苦一點也在所不惜。

「這樣很可能會讓奇襲的意圖曝光。妳的理由是什麼？」

「敵情的掌握可能有不完備之處。」

不用說，既然是藉口，就要做好徹底的理論武裝。因為所謂的軍隊，在達到某種程度之前都會是合理的組織。縱使有很多不講理的地方，也沒辦法完全無視理論。

（想也是當然的事。畢竟，就算高呼著扭曲物理法則的理論，也打不倒敵人。）

「應該有派出偵查部隊了吧？」

「我們在現況下完全是依靠部署在丘魯斯的空軍偵察部隊。」

譚雅很清楚作為實際上的問題，要在進軍的同時進行偵察行動相當勉強。所以才會請求航空艦隊的支援——預料會得到這種回答的譚雅發出警告。

「只不過就如你所知，空軍航空艦隊也受到導航機材限制，導致夜間偵察出現困難。」

沒錯，在地面部隊從地面進攻時，由空軍航空艦隊派出偵察部隊，乍看之下似乎非常合理。

而在毫無任何地標的沙漠中，派遣一般步兵偵察也確實幾乎是個不可能的任務。

在這點上，受惠於導航機材的偵察機就展現出優勢了吧。只不過，夜間的航空機也有許多問題。就算說要依靠航空機，但夜間的航空攝影不僅受到嚴重限制，說到底就算拍攝不到影像也不是什麼罕見的事。

當然，我很清楚就算是這樣，隆美爾將軍與幕僚們也依舊努力把事情做到最好。

這是因為現在的進軍，是為了在敵軍集結之前各個擊破，將重點放在機動力上的急行軍。基於時間限制，偵察行動也幾乎沒有徹底進行。當然，帝國軍也並未天真到不會對這種情況感到擔憂。所以安排偵察機，以空陸協同的方式建立合作體制，是值得致上敬意的重要成果。譚雅也承認這點。

只不過，不論他們的努力有多麼偉大，要說到航空機可否在夜間執行對地偵察，就有著很大的技術限制。外加上讓偵察機勉強在夜間飛行，也會大幅增加迫降事故的可能性。墜落的機體殘骸，視情況也很可能會讓對方察覺我方活動的徵兆，這也是個無法忽視的問題。

「就算不提這些，現況下也讓人懷疑情報會有偏頗。」

但就算這些統統不提，也依舊存有一個困難的問題，那就是觀點遭到限制這件事，這讓譚雅身為軍官，不得不基於職務上的義務提出指謫。

偵察行動是由鄰近的航空艦隊負責執行。然而，他們也存有燃料與位在敵軍事空權領域下的問題。讓人不得不質疑，就算駕駛員再怎麼想誠實並努力的完成任務，也還是會有極限吧。

而且，空軍如此努力得到的偵察結果，也只能看出情況的其中一面。要是過度依靠，不僅容易讓情報偏頗，甚至還會導致誤解，這對參謀們來說也是一項重要的指謫。

「我相信既然有疑慮，就有必要採取警戒行動。」

換句話說，這就算是藉口，也沒辦法輕易無視。同時也是對對方有利的提案。有辦法提出讓雙方雙贏的提案，也讓譚雅感到自豪。

「……很好，我就准許吧。」

「感謝。我立刻派出大隊。」

道謝，同時離開房間。立刻召集大隊。由於正處於快速反應待命下，所以就只需要一次呼叫就能得到拜斯中尉回應。

很好——邊感到滿足，邊傳達出擊指示。同時譚雅也一面下令要仔細做好事前準備，一面快步走在沙漠的沙地上，前往自己等人的帳篷。

這是夜間的長距離偵察。而且還是在沙漠上。有必要仔細檢查導航機材。最重要的是，考慮到遭遇沙暴導致通訊中斷的情況，最好還是有備無患吧。要做好在面對沙漠特有的氣象狀況與環境時，能讓部隊單獨行動的一切準備。

然後等譚雅回到帳篷後，就一面讓謝列布里亞科夫少尉幫忙規劃航行圖一面檢討，並與拜斯中尉協議制定偵查區域。考慮到敵軍的武裝偵察與偶然遭遇的戰鬥，以中隊單位分別派遣部隊。讓共計四個中隊形成扇形的偵察線，於偵察後在一定距離的地點集合。儘管老套，但在這種狀況下應該很管用吧。

想要對抗「分頭進攻中」的共和國軍，就一定得要掌握敵蹤。

只要以軍官斥侯的名目掌握到敵蹤，就能降低不利我方的遭遇戰發生的風險。最重要的是，我並不討厭能在事前讓危險降至最低的幕後作業，很高興能穩健謹慎地執行工作。

最重要的是——譚雅露出些許微笑。只要回想起在萊茵戰線被狠狠使喚的情況，光是沒下令要武裝偵察就不得不暗自竊喜了吧。

一旦下令要武裝偵察，就得冒著敵軍的槍林彈雨前進。然而要是單純的偵察，就只要帶回情報就好。就算要有遭受攻擊的覺悟，但跟以被攻擊為前提的偵察相比，這次的偵察任務在心情上能飛得相當輕鬆。

當然，也不能忘記戰場上的一切都存有風險。由於會有遭到敵人追擊的危險，所以早就知道偵察任務本來就帶有一定的風險。然而，這次可是在戰場全區都沒有友軍傳來遇敵報告的條件下偵察。

既然如此，應該能享受相當安全的飛行，還能選擇去找出小規模的突擊部隊加以殲滅。

安全是不需要任何條件就很美好的事。而能安全的累積功績則更加美好。反過來的情況下，也就是當風險高漲到無法忽視的水準時，也只需要立刻回轉採取脫離行動就好，這也是很重要的一點。

於是乎，譚雅那一天是懷著比較輕鬆的心情起飛。

當然，雖說沙漠的夜晚冷冽刺骨，不過也能享受寧靜安穩的美好夜晚，進行略感優雅的夜間飛行。這對經歷過萊茵與北方的人來說，就只是在沒有夜間攔截警報與積極襲來的大規模敵部隊的平穩夜空中飛行的工作。

不過起初還在對順遂的飛行過程感到高興的譚雅，伴隨著時間經過與飛行距離增加，開始漸漸覺得情況不太對勁。

話說回來，也太安靜了。

「……差不多就算碰到敵方哨兵或突擊部隊也不奇怪了。強化對地警戒。」

「遵命。」

「全員別怠慢對地、對空警戒。已經很接近敵軍的進軍預定地點了。留意突擊部隊與哨兵徘徊的可能性。特別是要注意沙漠的起伏。別看漏光源。」

也不是無法理解敵人在警戒我方偵察的情況。

想要隱匿分頭進攻的情報，這行動很合理。我方也得以此為前提謹慎進行偵察行動。

然而，不論怎麼飛都沒有接敵。哪怕飛得再久，別說是敵蹤，就連我們以外的生命體也都沒看到。

「Fairy01 呼叫大隊各員。」

戰場上空無一物，一般來講是值得歡迎的事吧。畢竟沒什麼人喜歡主動投入爭執之中。所以本來的話，沒有敵人會是件值得高興的事。

儘管如此，凡事也都存在著數量雖少，卻也無法漠視的重要例外。比方說，在應該要有什麼的空間或領域上「什麼也沒有」的情況也很糟糕，這將會產生出不是什麼也沒有，而是「什麼沒有了」的問題。

「各指揮官回報狀況。」

「第二中隊，毫無接觸。我等未發現敵蹤。」

「第三中隊，除我們外別無其他蹤跡。」

「第四中隊，沒有接觸。」

所以本來應該要發生的事情沒發生，將會是某種值得擔憂的重大事態的徵兆。

「……不對勁。」

這實在是不可能發生。

因為，沒有敵人。而且還是在本來應該要有敵人的地方上。這如果只有一處還可以容許。然而，一旦預定中的所有地點都沒有敵人，就甚至有種簡直像是在追逐幻影一樣的感覺。

要說的話，就是分頭進擊彷彿是沙上幻影的光景。

……幻影？

這是個假設。

只不過，要是這個幻影的假設是事實的話？

計畫是要將分頭進攻的敵軍各個擊破。原來如此，只要集結起來，我們就束手無策。但要是分成三批部隊，我方不論數量、質量都能擁有壓倒性的優勢。

所以隆美爾將軍要在敵軍包圍丘魯斯軍港之前各個擊破的對策沒有任何錯誤。

「如果敵軍真的分頭進擊的話」。

不過，看來是沒有吧。我方想照著我方的想法在敵軍集結之前襲擊分散的敵部隊，然而敵軍卻根據這種想法集結起來的可能性相當濃厚。恐怕，甚至有可能已經完成布陣了吧。

話說回來，我方司令部還尚未掌握到敵蹤。倘若在這種狀況下遭到我方倍數以上的敵軍襲擊會有怎樣的下場？答案簡單明瞭，這正是蘭徹斯特法則的反向運用。只要敵軍分散兵力就能贏，但集結起來我方就束手無策。

「聯繫ＨＱ！是最速件，不對，是緊急！」

還以為共和國軍那些傢伙會做出分頭進攻的蠢事。被擺了一道，不對，是帝國軍太傲慢了嗎？

——譚雅不甘心地大叫。

「軍方……帝國軍太自大了！」

竟然小看敵人的智慧，這是何等失態。這是停止思考單純沿襲前例的失態。這意味著創新力的欠缺，思考的僵化。在南方展開部隊時，無意識中將殖民地軍視為對手的偏見造成了影響。

是陷阱。這肯定是共和國軍的陷阱。

「中計了！敵人不在這裡！」

那會在哪？這還用說嗎？

肯定是遵循戰力集中的原則。他們已將所持有的資源努力地有效運用。如今那些傢伙，應該正在嘲笑我們的天真判斷吧。

畢竟，集結的敵戰力肯定會投入主戰場。

「大隊長呼叫各中隊！即刻起中斷一切任務。立刻集合。重複一次，立刻集合！」

所以譚雅作為偵察任務中的指揮官，當下察覺到這個狀況所代表的意思。為了通知司令部，立刻下令通訊。

「ＨＱ還沒有回應嗎！」

然而，通訊機材卻參雜著雜訊……也就是說，司令部附近的電波干擾已相當嚴重，讓緊密的通訊聯絡遭到妨礙。

但還是勉強聯絡上了。儘管很勉強，不過就算遭到妨礙，也還是斷斷續續聯絡上司令部的譚雅，就在命令謝列布里亞科夫少尉說明事情後，拚命思考起對策。

「……只不過，接下來該怎麼做？」

問題是，該怎麼對應啊。

實際上，敵野戰軍正在集結當中。現在就算執行交通妨礙或截斷補給線等阻止攻擊任務，也無法期待能在本隊遭受襲擊前造成有效的阻止效果吧。

而且考慮到敵軍一旦集結完畢，本隊就會單純在兵力比上受到壓制的背景，就算要去掩護主軍，所能做出的選擇也非常有限。

畢竟我方軍團已在各個擊破的花蜜引誘下進軍完畢。所謂的軍隊，一旦出動就沒辦法輕易折返。就算司令部決定後退，敵軍也肯定會在無人阻擾之下以追擊戰追上。這樣一來，還來不及構築主要抵抗線，後勤路線就會遭到截斷，然後在南方方面吞下名留青史的大敗吧。

就算逃進丘魯斯軍港，既然沒有制海權，投降就只是時間上的問題。

話說回來，重要的是我該怎樣在這種局面下不讓軍歷受損而逃出生天。譚雅·提古雷查夫少校在她的冷面之下拚命思考。既然不希望帝國軍敗北，就無法否定回頭掩護友軍的可能性。於是譚雅要時間認真思考起這麼做的可行性，不過只能得出不可能的結論。認為帝國軍不可能在這種局面下獲勝。

敵軍擁有壓倒性的優勢。倘若無法各個擊破，就幾乎毫無勝算。

而且，就算選擇據守在工兵隊臨時構築的防衛據點之中等待情勢變化，考慮到這裡是沙漠，情況也很絕望。畢竟在沙漠，水很珍貴。恐怕就跟汽油一樣珍貴吧。如果是在水源地附近的話還另當別論，據守在除此之外的野戰構築陣地，只要被敵軍包圍幾天，就會口渴到痛苦不已的地步。因此，沒有水源的定點防衛風險太大了。

「水，要是沒有水就打不了仗……該死，我就是因為這樣才討厭沙漠。」

譚雅在抱怨的同時也沒有停下思考。在現況下，要在沙漠上以大部隊相互對峙，對帝國軍來說是不可能的事。水會撐不下去。但就算是這樣，後退也只會落得被敵軍持續追擊的下場。就算對峙，只要無法擊破，就會缺水渴死。

要在丘魯斯軍港望著大海體會缺水的痛苦，會是個惡劣的玩笑吧。這也很討厭。

在這種狀況下，能對友軍的勝利做出貢獻的策略，換句話說就跟以敵軍大軍為對手去送死是同樣的意思。毫無勝算的自殺任務我絕對是敬謝不敏。

「該死，這種狀況不就只能去打擊敵方水源了嗎？」

因此對譚雅來說，實際上有可能做到的支援，果然還是會朝打擊敵方補給線的方向收攏。為了避免友軍全滅，有必要進行某種軍事支援。或許該說，這也是為了守住軍歷吧。只不過——此時的她懊悔不已。

自己的大隊雖自豪是精銳，但也僅是一個航空魔導大隊。姑且不論能力，數量上是怎樣都無法彌補。

就算想要避免友軍全滅，進行必要的友軍撤退支援，用正攻法不論如何都接近是不可能的任務。特別是要打擊運水路線，在敵軍具有實質的空中優勢下，就算想長時間滲透也很勉強。而就算想確保我方的水源，有關這個區域的綠洲情報，帝國軍的地圖幾乎就跟什麼也沒寫一樣。期待地方上的遊牧民族友好地伸出援手？這要是辦不到，到時候會口渴到痛苦不已的人可是自己。這我也敬謝不敏。

「想啊，快給我想啊……敵人的思考邏輯是？」

認為帝國軍上當了是敵人的思考邏輯。

也就是說，讓我們深信他們會分頭進攻的共和國軍，所想的將會是「帝國軍已集結起來了」這個事實。

這樣嗎……不對，就是這樣沒錯。

「沒錯，本隊確實是集結起來了。倒不如就反過來利用這個狀況。」

譚雅邊喃喃自語，邊繼續假設如果敵方陷入跟我們帝國軍直到剛剛為止一樣的偏見思考——包圍本隊的敵軍，應該會認為帝國軍的部隊全都在包圍下遭到困住了吧。

當然，基於這種預估，可預期他們應該不會太過重視強力戰鬥單位從他們的後方發動襲擊的可能性。就某種意思上來講，這也算是一廂情願的預測吧。只不過在這種狀況下，這就人類的心理來看是可以期待的推測。

很好——譚雅大吼一聲，只不過就算這個假設是事實，也仍舊苦惱自己能做到什麼。沒錯，從背後突擊是能造成一時之間的混亂也說不定……

但反過來說，混亂是否能維持下去也很微妙。縱使能形成突破口，能否維持下去就只有神知道。也就是說，機率就相當於那個狗屎混帳的存在X的信賴性。

倒不如說，這愈想愈讓人覺得危險性似乎很高。就算假設能暫時性地確保住突破口，軍方也會命令我就算只有瞬間，也要為了維持住那微不足道的突破口堅守下去吧。

乾脆就逃走吧？但要是真的逃走，等著我的絕對是軍事法庭。這是敵前逃亡。還附帶對友軍見死不救。這次跟我在諾登外海犯錯那時不同，應該不會有人像那樣積極地擁護自己吧。

這樣的話，逃亡後的命運就只有默默地派遣行刑隊過來，或是把我送回國經由軍事審判施以槍決，運氣好就會看在情面上派帶著手槍的使者過來要我自決吧。

敵前逃亡這種罪刑，就算想敷衍也有個極限。不對，就算能掩飾過去，不論是好是壞，世人皆期待軍人要在戰鬥之際勇敢奮戰。要是被拱為友軍危機的原因，就會加入不幸的拜恩提督的夥伴行列。（註：在船隻受損撤退後，因未盡全力保衛梅諾卡島而遭到槍決的英國海軍將官）

不會有軍官想步上被視為「未盡全力」的拜恩提督所面臨的命運。與其落得這種下場，還不如選擇無謀戰鬥的軍官，譚雅一直都有在戰場上實際看過。

真是作夢也沒想到，偏偏會是自己被逼迫到這種立場。如果是根據正式的命令脫離倒還另當別論，既然在現況下去救援本隊是軍事上的常識，隆美爾將軍也應該會下達這種命令吧。沒辦法無視他的命令。

既然如此，就需要在所擁有的條件下戰鬥。就只能戰鬥，在前方找出自己的活路。

最優先的目的是生存與保身。為了這點，就不能被認為是對友軍見死不救。所以可能的話，最好是選擇友軍以結果來說蒙受到的損害程度較輕的方式。雖然說，就只是最好能比較輕的程度就是了。只要能證明我讓損害減輕了，救援友軍有功的情況也能讓儒弱的批判減輕幾分。

那麼該怎麼做，才能在守住名譽的同時讓友軍的損害降到最低，順便還逃出生天呢？只要翻開戰史，就會知道沒有比撤退戰還要慘烈的戰場。而且縱使能夠逃出生天，也很少有事例能守護住應該守護的事物。

在這種狀況下，追求要讓陷入重圍的本隊「以最小的損害撤退」的風險非常高。不過，歷史也告訴了我滿足這兩項條件的事例。比方說，關原之戰。東軍與西軍在那裡激戰時的故事相當有名。背叛、謀略、躊躇？不論是哪一則故事，都有許多該從中學習的事。

當時敗軍的下場極為悲哀。不是被沒收大半領地，就是被沒收高額的石高。說起來，甚至還接連發生許多脫離戰場失敗的事例。然而，當中也有著儘管參與戰鬥，但不僅讓主將平安逃離戰場，甚至還高聲誇耀起武威，腦子有點毛病的傢伙存在。

他的名字也就是鬼石曼子。

……島津一族？

換句話說，就是只要突破敵軍中央回去就不算敵前逃亡的理論吧。

不對，可是……譚雅陷入些許糾葛。就坦白說吧。要人突破敵軍中央回去，簡直就是不可能的任務吧——她在心中抱怨。

就像克勒曼突擊（註：指馬倫哥戰役中，克勒曼率騎兵部隊突擊奧軍的事蹟）所代表的那種能在戰史上大書特書的戰例，真懷疑能滿不在乎做出這種事情來的人腦袋到底正不正常。這是個像自己這樣的常識人會活得很痛苦的時代。

不過，要是不做不行的話——

既然別無選擇，這就是義務。

**統一曆一九二五年十月十三日早晨　共和國軍野營據點**

「……看樣子，是贏了呢。」

「是的，閣下。」

眼前是共和國向帝國回報一箭之仇的光景。這正是自萊茵戰線崩潰以來，幾乎所有的共和國軍人一直夢寐以求的情境。

以分頭進攻的假消息引誘敵人上鉤，然後靠集結的戰力，眼看就要將敵人包圍殲滅。在萊茵戰線被帝國擊敗的仇就由我們來報的自負，不僅是參謀們，甚至足以讓全體將兵充滿幹勁。

對戴．樂高將軍來說，這也是以萬全準備迎接反攻作戰的第一步。想當然，做到這種地步的努力能得到回報，也讓他深深鬆了口氣。

儘管漫長，但只要在這裡殲滅帝國軍，就能鞏固南方大陸的守備。奪回丘魯斯，讓反攻大陸的基石變得更為堅固。

如今總算是來到觸手可及的位置了。

也因此——

響起的警報聲就顯得十分刺耳。

「第……第二二八魔導中隊發出 Mayday！」（註：求救訊號）

究竟是發生了什麼事？幾乎擺出這種面容的通訊兵以求救似的表情做出報告。

「同上，右翼直接掩護的第一二魔導大隊傳來了緊急聯絡！該大隊表示，他們就快要遭到突破了！」

寫滿戰況示意符號的地圖上，急忙補充寫上突然從右翼傳來的大量惡耗。然後人人都在寫上最新情勢的地圖晃入視野的同時沉默下來。這意味著，位在右翼的魔導部隊幾乎就快遭到突破的事實。

但眾人皆對此感到困惑，也都在瞬間難以相信地圖上所顯示出的現象。

「第七師團司令部傳來急報！敵看似一個連隊規模的魔導師，正在突擊右翼！」

「什麼！我們不是將他們包圍了嗎？」

總算是收到師團司令部傳來的敵情報告。儘管參謀們稍微期待能收到冷靜的報告，但遺憾的是，他們的這種心願被狠狠地潑了一盆冷水。

前線的高級軍官以粗暴語氣傳來的，是告知他們遭到一個連隊規模的敵魔導師襲擊的報告。是在這種狀況下，讓人想大叫「別開玩笑了」的討厭消息。

這是以包圍為前提的部署，所以兩翼部隊是以攻擊敵軍側面為前提，特別強化了對地的攻擊能力。

阻止敵軍棘手的魔導師，則是大量部署在中央的魔導師的任務。

大致上，兩翼是有著足以阻止大隊程度魔導師的魔導師戰力。

不過對手要是有連隊規模——這就很可能意味著，這個戰場上的帝國軍魔導師幾乎全都不在包圍之中。

「怎麼可能！那麼，中央的魔導部隊究竟是在跟誰交戰！」

但是，這樣不就跟事前情報不合了！戴．樂高不由得頓失話語地瞪向地圖。上頭記載的敵軍戰力預測與實際確認到的敵魔導師規模，應該是看不出嚴重誤差。

實際上，我方的魔導主力目前正在與疑似敵主力的帝國軍魔導師交戰，也才剛剛收到我方目前正基於數量優勢占有上風的報告。

所以基於報告與事前情報一致的敵情來看，敵軍應該是不存在強力的預備魔導部隊。然而，戴．樂高將軍就在這時沉思片刻。

要說有可能的情況——不對，這不太可能吧。該不會我方能保有數量優勢，是因為敵軍抽出了一個連隊規模的魔導師吧？

然而這樣就很可能意味著，敵軍幾乎投入了旅團規模的魔導師在這個戰場上。我們的情報網沒能掌握到這項情報的可能性儘管不會是零……但有自信是詳細把握住帝國軍的動向。

而所推論出的結論，最多就是連隊規模。敵全魔導戰力估計應該就只有這些。在戰場上不可能這麼簡單就能冒出預備戰力。

「給我確認，真的是連隊規模嗎？」

所以腦海中冷靜的部分，就萌生出真的是連隊規模嗎？的疑問。

比方說，會不會是敵人用了某種欺敵手法讓我方產生誤解？

或是情報混亂所導致的誤解？但要是這樣，那各部隊同時傳來的報告該怎麼說？我很清楚這些報告代表著什麼意思。

不過能不能接受，就是另一回事了。

「戴．樂高閣下，已經有兩個中隊遭到擊墜了。」

最重要的是——

參謀們一齊露出的錯愕表情，述說著一切。我非常能體會他們臉上帶著困惑表情透露出來的「怎麼可能會有這種事啊」的心情。

兩個中隊規模的魔導師被打得落花流水的事實。這意味著，戰場上存在著至少能在瞬間壓制這種戰力的敵部隊。

這是因為，如果是在徹底抵抗之後遭到擊破還另當別論，但接敵部隊傳來的第一道通知卻是 Mayday，倘若是一般的戰力差根本不可能會這麼做。

「考慮到第一二魔導大隊正逐漸遭到突破，應該至少有兩倍以上的戰力吧。」

外加上擔任直接掩護的第一二魔導大隊傳來有如悲鳴的報告。

就連他們都正逐漸遭到突破，就表示右翼全面的遲滯防禦也都無法發揮作用。這也就是說，那裡存在著就算有右翼師團的支援，也仍舊無法阻止突破的強力魔導師部隊嗎？

「呃，快把中央的魔導師調去支援！再這樣下去，會讓他們突破包圍！」

面對超乎想像的事態，戴．樂高的腦袋頓時陷入沉思。而讓他回過神來的，是畢安特上校有如慘叫的吶喊。

因為事態超乎想像而暫時愣住的參謀們之中，畢安特上校是最快恢復過來的人。

儘管慢了一步，其他參謀們也開始思考起事態的對策。

右翼的砲列遭到攻擊，就無法阻止敵軍逃離。既然如此，就要掩護右翼。

……這不過是極為正常的判斷。

只不過他們的對手有點不太正常。就在共和國軍對應事態，抽出部隊派去增援的瞬間。

「第五魔導大隊呼叫ＨＱ，敵魔導師正朝我方快速逼近！」

突然傳來的，不是右翼，而是中央擔任直接掩護的魔導部隊有如悲鳴的接敵警報。

「怎麼可能，敵人難道不是要攻擊砲列！」

就在好不容易為了對應事態，從中央派遣預備的第二魔導大隊與抽出的第一混合魔導連隊前往右翼之後……

在這之前都還在右翼肆虐的魔導師們，就突然變更了前進方向——就算再討厭也只能這樣認為了。

這甚至不是要阻止援軍前往右翼的機動。霎時間，人人都困惑地疑惑起，敵人究竟是要前往哪裡。

這不是意圖打破看似就快崩潰的右翼包圍網的行動。並不是這樣。這甚至不是要對付前往右翼的增援部隊的行動。

這是，朝共和國軍中央集團的突擊啊。

「……宛如惡魔一般的傢伙們。」

當說出這個事實時，畢安特上校忍不住喃喃說出這句話。

比在場任何人都還要熟知魔導師的畢安特上校理解到敵人的意圖。不對，或許該說是基於經驗，感受到敵人接下來的目標吧。

打擊右翼的行動本身，恐怕就只是目的之一。共和國要是對事態置之不理，帝國就只需要突破右翼脫離戰場就好。

那要是共和國按照常理增強右翼的戰力呢？

答案很簡單。

就去打擊為了增強右翼而抽出戰力的中央。總不可能從左翼派出部隊到右翼去吧。

既然如此，就會是從中央抽出部隊去牽制右翼的敵部隊。

當魔導師直線突入時，幾乎會因為雜訊與通信障礙讓我方的偵察能力暫時癱瘓。

既然如此，那要是帝國軍掌握到增援部隊出擊的徵兆並採取行動的話呢？

在這瞬間，畢安特上校靠著本能理解到恐怖的事實，脊背竄起一陣寒意。

好不容易抵達右翼防禦位置的魔導師們，就在前往右翼完成部署的瞬間，徹底淪為在中央遭受襲擊的關鍵時刻無法對戰鬥做出貢獻的游離部隊。不對，是被迫成為游離部隊！

敵人的機動看似走投無路地到處亂竄，實際上卻是比惡魔還要惡魔，狡猾至極且無比狡詐的戰術機動。就算理論上讓人懷疑是否有可能辦到，但敵魔導部隊仍然是輕易做到了。

還以為已經徹底明白帝國軍魔導師的恐怖了。

「戴．樂高閣下，請退下。」

「什麼？」

「敵人的目標是這裡！該死！那些傢伙打算重現他們在萊茵幹過的事！」

以「外科性的一擊」剷除司令部。

這種任誰都會嘲笑是痴人說夢的戰略，帝國在萊茵戰線辦到了。

不僅突破以固若金湯的防禦陣地構成的萊茵戰線，而且還攻陷要塞化的司令部。

當時前線部隊所遭遇到的混亂，幾乎達到筆墨難以形容的規模。

……況且對如今的共和國軍來說，戴．樂高將軍是無可取代的人。我們才剛把舊皮袋換成新皮袋。共和國可沒有準備預備的皮袋。

就連自由共和國軍這個名稱都是他們的苦心之作。正因為如此，如今要是能成為共和國軍領袖的將軍在這個瞬間倒下，之後就難以團結抗戰。

對帝國軍來說，就算南方遠征軍團全軍覆沒，只要能拖著戴．樂高將軍一起死就算勝利。

不對，要在這種狀況下殲滅帝國軍相當困難。看在帝國眼中，這頂多就是「遭到攻擊了」這種程度的事吧。

而若為了要阻止這件事發生，將我方的火力與部隊調來對付突擊而來的魔導師的話呢？

至少當初的作戰目的是絕對不可能達成吧。

「各位，給我守住閣下。如今可是關鍵時刻。」

雖然在萊茵遭到突破，但在這裡我絕對不會讓這種事發生。我是再也不會讓司令部遭到帝國軍攻陷了。

## 同日　帝國軍野營據點

「哈哈哈！哈哈哈！哈哈！哈哈！哈哈哈哈！」

聽到這笑聲的同時，一同坐在裝甲車輛上的不幸士官們全都蹙起眉頭。

雖說置身在遭到敵軍包圍的狀況下，他們階級等同是在雲端之上的指揮官突然大笑起來，不論是誰都有權利蹙起眉頭吧。

指揮官要是瘋了誰受得了啊——他們會有這種心情一點也不奇怪。

所以要是平時懂得顧慮屬下心情的隆美爾，應該會在這時候停止大笑吧。但唯獨今天的他是毫不收斂地持續大笑。

「哎呀，這還真是……真是愉快呢。幹得好啊，少校！」

因為就唯獨這次的事態，讓隆美爾怎樣也停不下笑聲。眼前所展開的光景，就是如此具有衝擊性。

儘管想說能在某種程度內綁上項圈控制，但果然還是把她釋放開來的效果會更好。不知道她是聞到什麼，才會在那種時間開始偵察行動。

識破敵軍的偽裝，在本隊與共和國軍接敵之前發出警告是件值得感激的事。

拜這所賜，讓我能稍微做好與優勢敵軍交戰的準備。

同時，有部隊未遭到包圍的情況，應該也能成為撤退的頭緒。不過眼前的情景，讓曾如此打算的自己就像是個白痴一樣。

「想不到，想不到她居然向前方撤退！這怎麼能不笑啊。提古雷查夫少校，這真是漂亮的戰區機動！」

當收到第二〇三航空魔導大隊正在攻擊敵右翼的報告時，我很困惑。

懷疑在包圍網即將完成的現在，這麼做究竟能有多少效果。在那一瞬間，隆美爾將軍也有著會全軍覆沒的覺悟。

所以才會認為第二〇三航空魔導大隊的掩護也頂多是延長自己等人全滅的時間，甚至還考慮起撤退的方法。不對，腦袋裡冷靜的部分，已經認定這是怎樣都會遭到殲滅的狀況。心想著，只要用盡一切方法，或許有辦法讓一部分的部隊逃離這裡生存下去，運氣好還能播下重新編制防衛線的種子。

所以才沒能即時理解到，提古雷查夫少校突然中斷戰鬥，朝敵軍的中心區塊突擊的用意。這是有別於自暴自棄與自我犧牲的突擊——我是在敵軍的動作漸漸受到從自由共和國軍中央蔓延開來的混亂情況波及而變得遲鈍的瞬間理解到這點。

就在這之後，隆美爾將軍的腦袋才總算是想到突擊目的的答案。讓人驚訝的是，打擊右翼的行動是徹底的佯攻。真正的目標，是與我方對峙的敵方主力。而且還是朝最大目標的敵司令部直接攻擊，這才是她所選擇的方法。

所以隆美爾將軍在察覺到這點後，就只能伴隨著稱讚不斷大笑了。

「這種局面，居然只靠機動與確保適當的區域優勢就逆轉了！」

這就算稱她為魔法師也不為過吧。對友軍來說，她應該會是作為破邪之盾「白銀」。不過看在司令部眼中她簡直就是隻「狂犬」！哎呀，還是放開韁繩獲得的戰果更加豐碩。

這應該會讓那些自負不凡的將校們感到頭疼吧。會讓許多人儘管不想承認，但也不得不承認這名下級將校，而且還是這種小孩子，遠比自己還要擅長打仗。

「哎呀，也難怪尋常的將校們會無法好好運用。畢竟，是人都會討厭比自己聰明百倍的獵犬呢……」

以一介野戰軍官來說過於可惜的才能。讓這種人當部下，長官們肯定很難做事。

就連自己也有點難以負荷。

如今我十分清楚，參謀本部……不對，就連西方方面軍儘管討厭她，卻也還是賦予她獨立行動權的理由。該說她是過於能幹的獵犬吧。

多虧她甩開敵方的增援殺入中央區塊的關係，敵軍正陷入一團混亂。本來受到共和國軍殘黨包圍的帝國軍，由於集中起來的戰鬥部隊一直維持著組織性，所以現在甚至有辦法打開局面。

不論要前進或後退都可以。

兩翼因為中央的混亂無法即時反應的狀況，更是足以讓當初的各個擊破方針復活。

辦得到——他露出猙獰的笑容微笑起來。

「打擊敵左翼！是機動游擊戰！打擊敵左翼，就這樣打穿敵軍的中央區塊！」

遭到突襲陷入混亂的右翼就暫時擱著。

最重要的是，作為連結處的中央區塊在提古雷查夫少校的突襲下陷入混亂狀態。既然如此，就剩下左翼了——隆美爾將軍瞬間看出這點。

要打擊儘管從指揮系統中孤立出來，卻保有最具組織性的戰鬥力的左翼。而且刻不容緩。

要做到這點，必須用上所能運用的一切戰力。該怎麼做？隆美爾將軍瞬間陷入沉思，但隨即就因為戰力沒多到可以迷惘而笑了出來。

「輕師團，防衛陣地！其餘的去左翼。將敵左翼擊潰！」

決定讓手上經驗最淺的輕師團擔任後方救援部隊的他，就打算用其餘的全部戰力攻打左翼，企圖瓦解包圍網並將敵軍各個擊破。這樣一來，最壞也能夠確保退路。認為只要穩健行事，就能趁敵軍混亂時造成某種程度的打擊。

能在瞬間做出這些判斷，即是隆美爾將軍的非凡之處吧。

至少，光是能在包圍下保有秩序的持續抵抗就很值得讚賞。也因此他在找出活路後的行動相當迅速。

「告訴少校，『放手去做吧』。」

然後，儘管沒人知道這樣做是好是壞，不過還是把韁繩拋開了。繫著繩子的吉娃娃看起來比較光采，也比較能受到寵愛吧。

不過在戰場上，需要的是能大鬧一場的獵犬。而且她與她的大隊，還是不要加以限制，才能對敵軍造成更多的災難。

既然情況似乎是這樣，就當這是為了達成目的的手段。

「咦？這樣好嗎？」

「那種人就是要讓她放手去做。俗話不是說，狩獵就該交給獵犬嗎？」

隆美爾認為自己只要能率領與敵軍相同數量的軍團，就幾乎不會輸給任何人。所以就算是以提古雷查夫少校為對手也能輕鬆取勝吧。若是作戰層級的機動戰就對自己的本領充滿自負。

不過在大隊規模的部隊運用上，我也很清楚自己比不上她。或是說，比不上她的嗅覺，乾脆地認輸。

方才她用來掌握戰機的機敏機動，快到就連遠觀戰況的自己都無法立即反應過來。

至少，就算想控制她也只是白費力氣。她與她的大隊是貨真價實的戰爭獵犬。跟古代的騎兵軍官是同類。而且還是真正的騎兵軍官。那些傢伙知道要在何時何地，用何種方式突擊。

就算不教他們狩獵的方式也會自行獵取。這樣與其隨便亂教害他們抓不到獵物，還不如直接放養會來得更加合理。

「與其說這些，還不趕快給我準備滲透襲擊！在共和國砲兵恢復秩序之前，無論如何都要貼上去！」

總之提古雷查夫少校與第二〇三航空魔導大隊的運用，等以後再慢慢考慮就好。比起這點，最重要的還是現在的對策。

要是不擊潰共和國砲兵隊，就會單方面遭到砲擊。要是不趁著這個好機會行動，就是無能中的無能。我可不想在戰史上被嘲笑是白白浪費友軍努力的無能。

「遵命！我立刻去做。」

得要稱讚獵兵的俐落動作。

就連置身在這種情勢之下也能迅速行動的獵兵，真不愧是自萊茵歸來的士兵。雖說人員沒有滿編，但懂得該做什麼的表現讓他們相當派得上用場。懂得行動的士兵勝過不懂得行動的士兵。

就這點來講，輕師團就……算了，等他們習慣之後應該會稍微有用一點。至少能讚稱他們有在學習戰鬥的方式。

「將殘存的砲兵集中起來！我可不想給人從背後攻擊。等陣地轉移完畢後，不管怎樣就先朝敵中央集團開砲。這種時候就不管彈數限制了！總之就是開砲、開砲，拚命開砲！」

「目的是牽制的話，有必要投入這麼多砲彈嗎？」

「突擊時可沒辦法帶著砲兵一起衝。更重要的是也有必要支援維持現有陣地的輕師團防禦。好啦，動作快。」

只不過，靠單一部隊防禦果然會有個極限吧。要是缺乏防禦支援的置身在包圍之下，防線很容易就會崩潰。這樣一來，就會讓突擊中的全體部隊產生動搖。

這是重視速度的機動戰。既然必須要將弱點暴露出來的時間壓到最低的話，就只能讓士兵跑起來了。

這樣一來，就更加不可能帶上砲兵隊。那麼等他們陣地轉移完畢後，就只能先讓他們發揮火力。受到有效運用的砲兵隊，肯定能在攻防時派上用場。不論要攻擊也好、牽制也好、防禦也好。只要把砲兵留在防禦陣地作為暗招，肯定就能在機動戰的同時也做好陣地防衛。

有能做到的把握。沒錯，活路已經打開了。

「這是與時間的戰鬥。動作快！各位，開始行動了！讓裝甲部隊向前進！」

chapter VI

「抱歉，我立刻就去。」

看到光明的情況讓司令部恢復活力。這是宛如黑白世界重新奪回色彩一樣的鮮明變化。而就連他——隆美爾將軍也不例外。明明遭到包圍，隆美爾將軍的情緒卻十分高昂。不可思議的是，有種船到橋頭自然直的感覺。靠著作戰與部下們的奮戰，逆轉劣勢、抓住轉機的瞬間，感覺還真是愉快啊。

要是這世上真有神，祂還真是做了一件奇妙的事呢。

「哈哈哈，我也不能笑少校呢。逆轉確實很愉快。很好，就去讓那些傢伙大吃一驚吧。」

「哈哈哈哈哈哈哈哈哈哈哈！這還真是驚人呢！」

「哈哈哈哈哈！就是說啊！」

共和國軍司令部。

本來應該是靜謐但充滿幹勁的室內瀰漫著詭譎的氣氛。參謀們表情僵硬地注視著在房間中央發出空洞大笑的兩名高級軍官。

其中一位是他們的指揮官戴・樂高將軍。另一位是就連在場軍官當中，也被視為實戰經驗最為豐富的老將畢安特上校。

自己等人的最高指揮官與最可靠的老將突然大笑起來。在戰場上，沒有比這還要更恐怖的事了。當該說是核心要員的人們不去處理危機反而大笑起來時，懷疑「他們該不會是瘋了吧？」而感到戰慄的參謀軍官們，表情全都僵硬起來。

於是一時之間猶豫該不該傳呼軍醫的參謀們，就在短時間內陷入深刻的糾葛之中。

無視周遭人的混亂，戴．樂高將軍與畢安特上校兩人就像是覺得很好笑似的一塊不停笑著。然後在場的參謀們之中有數人在仔細觀察之下，理解到他們的笑有一半是近似看開的笑後，就感到「自己也只能笑了」而跟著笑了起來。

等到眾人笑完一遍後，理解事態的他們隨即吐出一句——真是胡鬧的現實。對他們來說，這是對這個荒謬現實發出的怨言。

確信會得到完全勝利的布局。就只是兵分三路壓制遭到包圍的帝國軍，這種忠於理論的簡單作戰。依照事前的預測，這曾經是能讓自由共和國軍從帝國軍手中取得完全勝利的體制……現在則必須得用上「曾經」這個過去式。

「想不到……想不到居然用作戰層級的暴力顛覆戰略！幹得還真好啊。」

這如今已被徹底粉碎了。哪怕我們在戰略層級上沒犯下任何過錯。僅靠著作戰中進行的戰術機動造成的結果就顛覆了戰略的差距。理論上這應該是不可能會有的事態，然而現實卻是大勢已定的戰局遭到徹底逆轉。

突襲右翼的敵連隊在那之後，就以與我方增援交錯的形式突襲中央。

# chapter VI

畢安特上校直轄的部隊隨即上前迎擊，但令人驚訝的是敵人就在受到迎擊的瞬間開始後退。一面藉此困住共和國的最精銳集團，一面輕易粉碎掉意圖重新建立組織性抵抗的嘗試。

敵人要是發動攻勢，就只需要派一部分兵力牽制防禦，同時用本隊打擊帝國軍的殘存部隊就好。但要是敵人後退，我方就不得不去攻擊。

當然，照道理來講應該是相反才對。但就算這麼說，沒辦法置之不理的他們，就被迫要面對處理。

只不過就狀況來看，能自由選擇的方式也很少。遭到突擊的右翼混亂到讓人看不下去，左翼正與打算突圍的敵主力激烈交戰。在這種戰況下，沒辦法放任敵方的一個魔導連隊自由行動。

然後——

儘管想說這不太可能。

儘管人人都曾一度在腦海中預想過，但還是認為不可能發生而否定的事態。

「敵魔導師散開成數個單位？這是，急……急速回轉！」

所有人都不禁啞口無言。

想說這怎麼可能。

想說居然有辦法做到這種事。

這是將敵我的實力差如實呈現出來的光景。

「──就像是在用捉迷藏戲弄我們一樣。」

就跟兩人喃喃自語的一樣，就在迎擊部隊儘管猶豫但還是決定追擊敵人的瞬間──

帝國軍就像是等待已久似的，趁著隊列出現些許凌亂的空隙突破防線。

雙方同時加速的結果，雖說是反航戰，但相對速度幾乎達到難以交戰的領域。就算我方的魔導師死馬當活馬醫地發動攻擊，也幾乎就連擦傷都沒有留下。儘管如此，帝國方卻實實在在地宰掉數名共和國方的魔導師。

「該死，派出預備部隊，與正在追擊的傢伙們一起夾擊！」

只看位置的話。要是大略俯瞰雙方的配置，就會發現帝國軍的突擊部隊以位置來看是遭到複數的魔導師包圍。這乍看之下，包圍殲滅也只是時間上的問題。能讓他們逃離的空隙太少，共和國軍魔導部隊保有數量優勢包圍對手。

只不過，看在現場親眼目睹的人眼中，實際上的情況可是截然不同。

敵魔導師們儘管遭到包圍，也依舊反過來啃食著包圍方。宛如在嘲笑數量優勢似的，靠著火力與機動力輕易壓制共和國軍魔導師的光景，簡直就是一場惡夢。

接著他們就彷彿在嘲笑共和國方試圖控制局面的努力一般，筆直朝著戴．樂高所在的司令部不顧一切地突擊。

「不行！太快了！」

然後就跟這句抱怨哭訴的一樣，敵人的速度實在太快了。早在預備部隊升空之前、追擊部隊追上之前，他們就會達成目的了吧。

就只為了要解決一個人，那些傢伙特意闖到這種地方來。

不過，至少畢安特上校早就覺得應該會發生這種事而暗中做好覺悟。決定無論如何，都要避免重蹈遭到斬首的萊因覆轍。

「快做反魔導師防禦！要遭受直擊了！退避！司令部要員退避！」

不顧周遭的驚慌失措，畢安特上校毫不遲疑地把戴．樂高將軍推進防空洞。不過就在感覺到「這樣會稍微來不及」的瞬間，畢安特上校也沒有遲疑。

他立刻朝戴．樂高將軍背上狠狠踢去，並在把人踢進防空洞後，立刻撲在他身上充當盾牌。緊接著，跟著一起撲進防空洞的參謀們非常幸運。就在他們撲進防空洞，身體某處準備受到撞擊之前——

「……！」

某人顫抖著聲音喊出警告，條件反射性地做出動作的某人連忙趴下身子。就在順從本能，幾乎是在無意識中想要避開危險的低下頭，做出嘴巴半開並摀住耳朵的姿勢的瞬間……

他們以鼓膜感受到爆炸聲的震動。

等到趴在地上的他們抬頭起來後，眼前所看到的是直到方才還是指揮所位置的區域慘遭魔導師蹂躪的光景。對人規格的爆裂式儘管零星，也依舊經由榴彈與五〇公斤炸彈進行的襲擊。

而在撲進防空洞裡的他們目瞪口呆地目送之下，只見帝國軍魔導師悠哉甩開防守方的地面射擊，並將上前追擊的自軍魔導師們輕易擊墜。

共和國軍的魔導師們儘管如此也依舊拚命追趕。然而他們的奮戰卻毫無意義，帝國軍的傢伙們就在身處防空洞裡的司令部首腦陣營的注視之下，輕輕鬆鬆地甩開追擊逐漸遠去。

這是在轉眼間發生的事。不僅遭到對手襲擊，還讓對手輕鬆逃離，完全拿對方束手無策的光景，讓幾乎所有的參謀都看得啞口無言。

那就是帝國軍的魔導部隊；那就是在萊茵橫行霸道的傢伙們。當大多數的將校因為這過於強烈的衝擊而渾身僵住時，身為少數例外的畢安特上校當場確認起損害與狀況。

司令部在魔導師術式的直擊下全毀。照這個樣子，設備應該是全都報廢了。看來只能使用預備指揮所了吧。有準備還真是太好了。

「……你還好吧，閣下？」

「聖母保佑！再慢一點，要是再慢一點可就危險了。真沒想到我會有這麼一天慶幸能有一個會毫不遲疑把我踹飛的部下呢！」

而最重要的是，指揮官還活著。

這該說是幸運吧。戴．樂高就只有受到在撲進防空洞時──或是說被踢進去時的摔傷。由於多虧了畢安特那一腳才沒有釀成大禍，所以也沒辦法責怪他就是了。

儘管如此，就算是在強顏歡笑，他們也仍有餘力把這事當成笑料一笑置之。

畢安特上校根據這種氣氛判斷，如今已勉強避開了最糟糕的事態。敗北的危機，在萊茵得知司令部遭到炸燬時的衝擊。不能讓這種事再度發生。

儘管如此，他還是注意到戴．樂高將軍就像是在祈禱一般倏地閉上雙眼的模樣，但這也是無可厚非的事吧，就連他內心裡也嚇得提心吊膽。

畢竟這次也差一點就要讓他們砍掉共和國軍的腦袋了。在萊茵是因為不知道狀況所以來不及反應，但第二次就在千鈞一髮之際避免犯下相同的錯誤。

這正是上帝保佑吧。祖國的未來，需要世代相傳的共和國榮耀。就算只是餘暉，但他們想要保存榮耀光芒的決心勉強度過了危機。

「損害如何？」

「雖然陷入混亂，但勉強控制住了。要撤退嗎？」

還能夠戰鬥。至少還能有下一次機會。

這裡是南方大陸。是共和國與聯合王國的地盤，不是帝國的根據地。

長期戰絕對不會不利。正因為如此。應該要恢復保留戰力與擴大敵人損耗的方針吧。基於這種想法，戴．樂高當場決定要抑制損害並且撤退。

當然，是有種「這次輸了」的實感。這就是被擺了一道的感覺吧。只不過身為戰略家的他，已經接受這個事態加以解決了。

「嗯，這也是沒辦法的事……現在就先撤退吧。撤退，準備東山再起。通知部隊撤收吧。嚴禁深追。重整態勢。」

就算會戰也打不贏。這樣的話，那就不要會戰就好。將他們拖進消耗戰，用銼刀慢慢消磨他們。能在這裡活下去，就已是一種轉機。自己，還有共和國是不會輸的。這場戰爭只要能在最後一刻站直雙腳就好。這也就是對共和國來說的勝利。

「哈哈哈，看到了嗎？少校。那些傢伙的蠢臉！」

「哈哈哈，我懂你的心情，但還是給我自重一點。」

很難得的，真的是很難得的，譚雅的心情非常好。

她就像個符合年齡的小孩子一樣發自內心咯咯笑起，飛在大隊前頭愉快地發出笑聲。只要情緒高漲，再怎麼古板的人都會露出笑容。能對高興的事坦率地感到高興正是健全的精神。

「哎呀，就連好好護送少校都做不到。那些傢伙雖以風流自豪，意外地卻是一群相當不解風情的法國蝸牛呢。」

「什麼話，是他們飛太慢。這也是沒辦法的事吧。」

九七式就連在帝國軍正式採用的演算寶珠當中，也有著特別優秀的高度與速度。不過與其說是優秀，倒不如該說是卓越。實用交戰高度是被視為目前交戰極限的高度八〇〇〇英尺。只要勉強一點，甚至還能達到一萬二〇〇〇英尺的高性能。

當然，這種款式最適合在襲擊後立即脫離，進行這種保身第一主義的戰術。速度、高度與上升力優秀的艾連穆姆九七式，以完全符合突擊寶珠之名的性能自豪。

九五式是嚴重缺陷品，但九七式能夠使用——是就連譚雅也會舉雙手讚美艾連穆姆工廠的寶珠。也因此讓她經常使用平時安心安全的九七式，甚至成為她中意的愛用品。

不過要是真的陷入窮途末路的事態，也不得不無視內心的無數糾葛，哭著放棄自己之所以是自己的心靈自由。生命果然是無可取代的事物。

不過話說回來，這次也沒必要面對這種究極的天人交戰。不用被迫面臨艱難的抉擇，這種好事就算不是譚雅也肯定會變得心情愉快。

「這也是無可奈何的事呢。畢竟，對於龜在流行緩慢的殖民地中的共和國軍人來說，帝國的發展趨勢快多了呢。」

因此，就連譚雅也難得一見地有心情狂妄說笑。這次能不用受到那個老是讓我擅自詠唱起讚美神的詩歌的詛咒，真是太棒了！

「不管怎樣，就向我們的九七式乾杯吧！」

艾連穆姆工廠偶爾也是會好好工作呢。

「說得沒錯。多虧有它，讓打野鴨也變得相當輕鬆呢。」

光看表面，我的大隊可是驍勇奮戰。甚至能誇下豪語，幾乎只靠我的大隊就擾亂了敵軍。

雖說是加強大隊，但只靠著一個大隊，就打破包圍友軍的包圍網！

恣意擺布著敵軍增援，同時引誘並牽制著敵軍的主力部隊！

最後還回轉突襲進行對地掃射！

只是適當地東逃西竄，其實毫無戰果的情況，只要用上美麗詞藻修飾就會是這種感覺。這就像是舊日本軍所謂的「霸氣四溢之我等部隊，面對敵軍之凌厲前鋒，果斷地給予打擊且未遭受損害，目前正遵照所指示之任務進行轉進」是一樣的調調。

想說光只有躲避敵人會有點危險，最後還隨便進行了對地攻擊，所以也有完美的藉口。

雖然有不時遇到光只是飛來當靶，感覺應該是自以為魔導師的新兵的外行人集團，所以也賺了不擊墜數。不過老實講，該不該把這些算進擊墜數裡，要說微妙也確實有點微妙。

畢竟把光只是飛過來當靶的小雞算進擊墜數裡，反而會得到負面評價，所以才讓人為難。帝國軍的擊墜數審查相當嚴格，就算不打算灌水，也最好是避免做出會惹來這種疑慮的舉動。

就算獲得一打單位的狩獵成果，相較於萊茵戰線的敵人，這就像是在拿著垃圾當寶炫耀，只會落得遭到同僚們嘲笑的下場吧。妳就這麼想要炫耀狩獵的成果嗎?——我可受不了被友軍如此嘲笑。

要是算進擊墜數裡,肯定會被人在背後指指點點「到底是有多想要擊墜數啊」,所以發現到這件事的譚雅就喃喃說道:

「要確實記清楚,這是打火雞的擊墜數喔。」

「嗯,妳說得沒錯。可不能做出虛偽的報告呢。」

沒錯,WW2不也說了嗎?在東方戰線與露助(註:日本人對俄羅斯的人歧視用語)交戰的擊墜數,跟在西部戰線與美英軍交戰的擊墜數,意義可是截然不同。

「只不過,敵人也挺執著的。看來是還追在後頭的樣子。」

懷著不想讓目前的紀錄受損的想法回頭望去,發現敵兵似乎是幹勁十足。瞬間思考了一下,實在是非常不想帶著大野狼脫離戰場。

最重要的是,會追上來進行追擊的部隊應該就會是精銳了。

而且明明就幾乎飛到加速極限了都還甩不開,也讓人有點不太爽。或許該提案建立騷擾行為規制法,但既然戰場上沒有這種規定,也就只好自力救濟了吧。

「很好,就陪他們玩玩吧。各位,用釣野伏(註:戰國大名島津義久首創和實踐的戰法,是將全軍分為三隊,一隊負責當誘餌,兩隊負責伏擊上鉤的敵軍)。去陪客人玩一場吧!」

為了脫離戰場，也想先伏擊解決掉大野狼。既然難得進入類島津模式，那麼就連這裡也仿效他們應該也不錯。

首先。追擊過來的可是他們。自己儘管比較希望文明地進行和平對話——譚雅在心中喃喃自語。但在戰場上要是遇到敵人殺過來，除了宰掉他們外也別無其他對應方法了吧。

「「「Ja！（註：德文的肯定）就隆重地疼愛他們吧！」」」

聽到譚雅的號令，部下的反應完全就跟她期待的一樣豪邁。

非常好的是部下的戰意旺盛。拜這所賜，讓我不用煩惱要偽裝成非常難演的落荒而逃，並扮演敗走的愚蠢帝國兵這種愉快誘餌角色的志願者。這算是有著以戲弄小狗狗為樂的壞習慣吧。

「Fairy01呼叫02與05，你們是誘餌。不僅要擔任殿軍的位置，還要偽裝成在小丑們的攻擊下落荒而逃的樣子。」

首先要假裝讓兩個中隊擔任殿軍。這邊的重點是偽裝。戰意旺盛的敵軍，大都會像是朝紅披風衝去的鬥牛。部下儘管不紅，但聽說鬥牛只要是會晃動的披風，不論什麼東西都會衝過去。

所以就仿照這個例子，假裝敵不過敵人追擊的撤退。讓兩個中隊扮演遭到追擊搖搖晃晃的魔導師角色，同時讓其他部隊就像是失去秩序一樣假裝逃跑拉開距離。

一面偽裝成喪失戰意敵前逃亡的樣子，一面左右散開。再來就只需要把只知道向前衝的蠢蛋們引誘到最適當的地點。

「其他人各自散開。將敵人引誘到空域D—3後，從三方向殲滅。」

在作為誘餌的兩個中隊將敵人引誘到D—3空域的瞬間，原本四處逃竄的全體部隊就開始轉守為攻。組成圓錐狀的半包圍體制，讓射線交錯，一面留意彼此位置一面形成交叉火網。

當這個陣型完成的瞬間，敵人就淪為甕中之鱉。

「很好，各位，是教育的時間了！」

於是譚雅狂妄地喊道，就來教育一下他們，遭到包圍的恐怖就算是在空中也不會改變的事實吧。但可憐的是，要說到敵兵有沒有機會活用他們學習到的知識，就是不同次元的問題了。

然後面對朝著狹小空域毫不留情地投射大量術式的第二〇三航空魔導大隊，意氣揚揚追擊過來的共和國方魔導師們就無計可施的一個接著一個力竭墜落。這種光景就算不是看在譚雅眼中，也會是讓人氣勢高漲，極為順利的一場勝利。

而對譚雅．馮．提古雷查夫魔導少校來說，這不僅能幫擊墜數灌水，也費不了多大的工夫。

這正是能輕鬆獲得壓倒性戰果的絕妙手法。

「哈哈哈哈，簡直是笑到停不下來呢！」

所以這也讓她活潑起來，甚至發出難得一見的大笑。所謂，偶爾也該輕鬆一下的笑聲。

今後要是也能這樣就輕鬆多了——不過就在譚雅差點說出這句話時，她才總算是注意到自己這句話帶有什麼意思而當場愣住。

沒錯……今後要是也能這樣的話。

……「今後也」？

這就是所謂的樂極生悲吧。瞬間冷卻下來的思考，以及讓人感到毛骨悚然的可怕未來預感。然後恢復冷靜的譚雅腦袋就回想起自己的客觀狀態。下一瞬間，她就在短暫沉思過後，露出彷彿吃到黃蓮的苦澀表情搖起頭來。

沒錯，現在確實是大獲全勝。如今也像是在打火雞似的，單方面地擊墜共和國魔導師。但戰爭本來不是這樣的。

打得這麼輕鬆會讓感覺麻痺。擊潰森羅萬象的敵兵獲勝。光看這場戰鬥，就知道我們註定能極為輕鬆地取勝。只不過，要是期待一直都會是這種戰鬥可就錯了。

首先，要是能以這麼大的優勢推動戰局，不就應該以結束戰爭為前提行動嗎？

「……唔？」

這樣的話，為什麼要繼續這種戰鬥？——這種疑問讓譚雅忍不住發出呻吟。譚雅就連拜斯中尉在一旁露出疑惑表情都沒注意，在返回本隊的歸途上專心思考，而最後根據眼前情勢所想到的結論，則讓她不得不承認一個令人驚愕的事實。

在著陸的沙漠據點卸下裝備並讓部隊解散後，譚雅就一面從儲水桶中倒出涼水喝著，一面露出茫然的表情看向在無邊無際的沙漠中絡繹不絕的帝國軍車隊。

是將本國配給的補給品運送過來的卡車。這所有的車隊儘管受到與沙漠的艱苦搏鬥折騰，也還是趕過來幫助我們獲取勝利。雖不知道是誰的主意，但聰明地用駱駝取代馬匹搬運部分貨物的方法也讓效率提高了吧。

於是，努力就在現在獲得了成果。倘若是現在，倒也還好。

敵人就只有共和國軍殘黨這些難以稱為強敵的對手與聯合王國的派遣部隊。姑且不論數量，既然訓練程度凌駕在敵軍之上，就能確定一直都會是打火雞的戰況。但反過來說，這也是將帝國軍寶貴的車輛浪費在這種程度的敵人身上，最後還對補給線造成極大的負擔。

……要是按照傑圖亞閣下的想法，以單純的政治派兵「對共和國施加壓力」，同時擴大對義魯朵雅王國的影響力，南方大陸派遣部隊確實會是一種解答沒有錯。

只不過這……譚雅將達到喉嚨就快說出的一句話吞回去並嘆了口氣。

不論是盧提魯德夫中將所考慮的掃蕩共和國殘黨，還是傑圖亞中將所考慮的政治目的，全都是以「主要參戰國不會再繼續增加」為前提所做出的選擇。派遣部隊是根據帝國軍吃緊的後方情況與兵力情況，經由現狀下所能做到的最大努力才得以實現。

考慮到這種吃緊的財政狀況，讓譚雅無法不去擔心，帝國軍這難道不是採用了過於危險且迂迴的策略嗎？

……不論是要放手一搏，懷著與聯合王國海軍同歸於盡的覺悟讓大洋艦隊去奪取制海權，還是樹立共和國的傀儡政權單方面的談和，方法應該是要多少有多少。

但就譚雅來看，帝國海軍目前正傾向迴避軍事風險、保留戰力的存在艦隊理論。無法否認這作為戰略手段是具有一定的合理性，但這毫無疑問不是打倒敵人的戰略。

正因為如此，才會對本來應該只是旁枝末節的南方大陸共和國殖民地派遣部隊進行殘敵的追擊與掃蕩。就算考慮到對義魯朵雅王國的外交顧慮，這也是本末倒置的行為。

帝國等同是在毫無意義地浪費自身戰力的質量優勢。在小規模的個別戰鬥中，帝國軍的將兵是絕對不會輸。在戰術層級上，目前首先就凌駕在敵軍之上。不論是機動戰與打破大規模包圍的作戰層級的機動與展開，就連補給問題參謀本部也極為確實地幫我們安排妥當。

僅限於軍事層面來看，經由南方大陸的情勢對聯合王國與共和國殘黨施加政治面與軍事面上的壓力並拉攏義魯朵雅的政策，確實不是什麼嚴重的錯誤。

然而，這也只是基於單純的軍事觀點所採取的策略。或是說——譚雅稍微修正想法。參謀本部說不定打從一開始就只有提議純軍事的政治策略，認為之後的事是帝國政府的工作，所以不打算越權而已。

只不過，就算是這樣也讓譚雅不得不抱頭苦惱。

「……再繼續擴大戰線下去究竟有什麼意義？」

抱持著沙漠的領土，而且還是前共和國殖民地的土地，究竟是能讓帝國獲得多少利益？要是連後方政治應該要保持的冷靜透徹的戰略思考，都受到戰場上追求的見敵必戰的鬥志煽動的話？

譚雅一想到這裡，就因為那令人毛骨悚然的未來預想圖戰慄不已。

「假設，假設真是這樣……那該怎麼做，才能讓本國的政治家們結束掉這場戰爭啊？」

喃喃說出的，是一句自言自語。

然而這句話，對譚雅來說就宛如是種詛咒，讓她不得不感到可怕的惡寒。帝國的政治家們真的有辦法讓戰爭結束嗎？

我們帝國軍在戰場上打贏了戰爭。還握有主導權。正因如此帝國才能體驗到最好的日子。

沒錯，這是對政治與軍事來說最好的時期。

……那麼，假如現在正是最好的時期呢？

即使是這樣——我發出感慨。哪怕現在是最好的時期，帝國如今也依舊在看不到終點的戰爭中一味地消耗寶貴的國力。

**統一曆一九二五年十一月一日　聯合王國庶民院**

「各位聯合王國的臣民們，我今日在此有事想要宣布。帝國，那個可怕的軍事國家將其矛頭

對準我們的日子，如今已經到來。」

首相透過收音機向聯合王國人民述說的聲音，宣布著嚴酷的現實。

「而且不幸的是，我也不得不告訴各位，他們具有向我們發動攻擊的意志。不過，請容許我這麼說。希望這件事能稍微安撫各位的情緒，我代表聯合王國向各位保證，至少他們絕不可能從海上攻打過來。」

不過有別於內容，演講者的語氣隱約帶著幽默。

「只不過，就連自古受到長年讚揚的木板壁壘，在我們所面臨到的最惡劣的敵人面前，也會受到沉重的考驗吧。有如過往那樣的戰爭已經過去了。」

所以首相一面談著戰爭的變化一面告知。

「事到如今我們不能悄然接受，而是要明確地承認我們即將迎來一個恐怖的時代。」

這會是一場艱苦的戰爭吧——這句話讓所有專心聽講的人都理解到這件事。

「這場戰爭將會十分殘酷，並強迫我們忍耐很長的一段時間吧。恐怕，我們必須要奮戰到敵我雙方有一方倒下為止吧。而且還會是一場要竭盡祖國所有力量的戰爭。」

伴隨著對戰爭的預言，首相堅決說道。

「只不過，我向親愛的祖國保證。」

一字一句地明確說出。

「我們總有一天，一定會擊敗他們。」

這是讓某人在酒吧大喊「沒錯」，許多人點頭附和的一句話。

「如今我們只能祈禱。在距今一千年後的聯合王國，我們孩子的子孫們能反覆看著由我們當中的某人所撰寫的，寫有『如今這個瞬間，正是帝國最好的時代』這句評論的歷史書。」

這正是他們的本分。

「如今對我們來說，確實是足以稱為灰暗時代的最惡劣的時代，同時也是對帝國來說最好的時代。」

這是認定我們將能長久到一千年後的傲慢自信。

「那麼各位紳士小姐們，就讓我們向這個最惡劣的時代乾杯吧。然後，就但願我們的子孫們能說出這句話吧。那個時代，正是對帝國來說最好的時代。而現在，就讓我們向永恆的祖國所體驗到的最惡劣的時代乾杯！」

（《幼女戰記③ The Finest Hour》結束）

# Appendixe

## 附錄

【歷史概略圖】

# 歷史概略圖

## 第三年❶

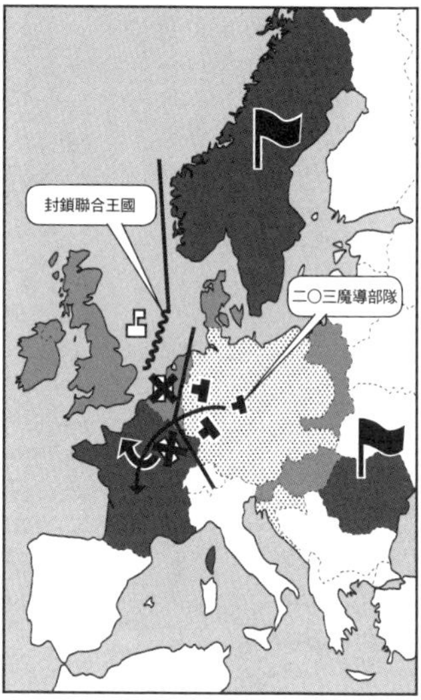


**旋轉門作戰→聯合王國過遲的介入**

1 聯合王國開始外交介入。作為預期開戰的預備措施配置艦隊戰力。

2 帝國軍「衝擊與恐懼作戰」發動。

3 第二〇三航空魔導大隊選拔中隊毅然執行坑道戰術。

4 旋轉門作戰啟動。

## 第三年❷

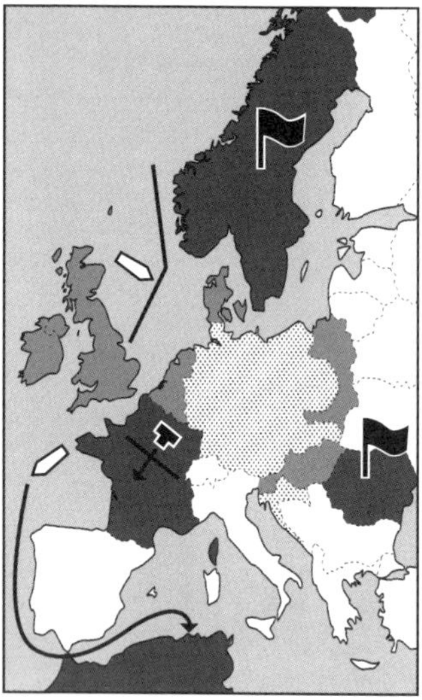

**共和國首都失陷**

1 聯合王國參戰。但由於情況與預期嚴重背離，耽誤到地面部隊的動員。

2 共和國軍主力投降。

3 帝國軍朝首都進軍。

4 戴．樂高將軍啟動以共和國本土失守為前提的緊急逃離計畫。

5 第二〇三航空魔導大隊，停戰前爆發抗命未遂事件。

6 共和國艦隊開始逃離。前往南方大陸殖民地。

7 帝國以終戰為目的開始分析情勢。

## 第三年③

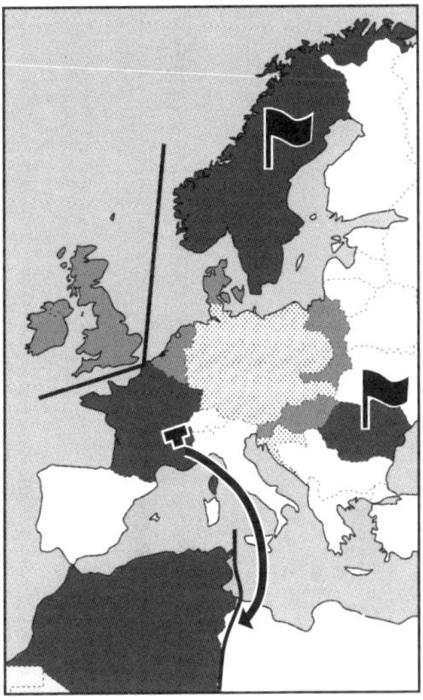

**平穩狀況→南方大陸遠征**

1 以牽制並威壓共和國作為主要目的，並顧慮到與義魯朵雅王國的外交關係，進行基於政治目的派兵。
2 共和國基於重新編製殖民地軍的指揮系統與防衛殖民地的目的出擊。
3 帝國軍以機動戰術擊退共和國軍。
4 鬥牛犬的演說。

### 總評

帝國軍毅然決定以作戰層級進行坑道戰術與斬首戰術這種大膽的機動展開的「旋轉門作戰」，獲得足以在戰史上大書特書的決定性勝利。
隨後帝國軍靠著純粹的軍事優勢占領共和國的首都。
由於沒能預測到這種事態，導致聯合王國太慢介入戰局，無法阻止共和國本土的淪陷。
在戰爭趨勢受到擔憂的過程當中，帝國軍為了追求更進一步的戰果朝南方派兵。
當遭受派兵的南方大陸產生新的戰線後，帝國軍就在當地展現出傑出的戰術機動能力，讓共和國與聯合王國雙方被迫陷入苦戰。
無論是哪個國家的歷史學家，都因此完全同意以下的事實——
這個瞬間正是帝國「最好的時代」。

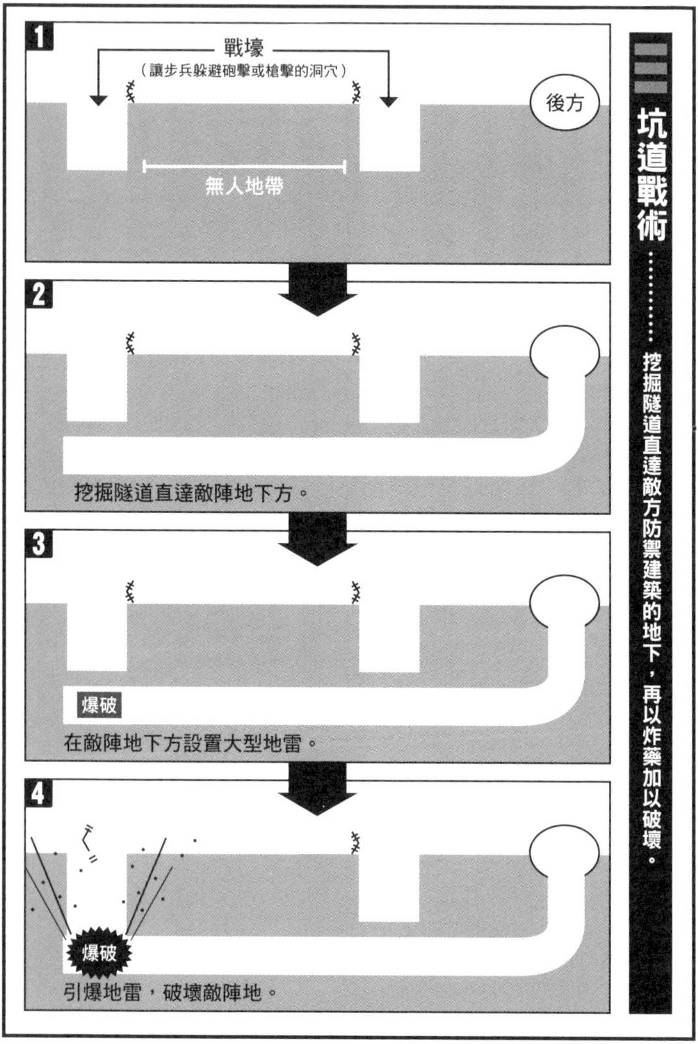
坑道戰術……挖掘隧道直達敵方防禦建築的地下，再以炸藥加以破壞。
1
戰壕
（讓步兵躲避砲擊或槍擊的洞穴）
後方
無人地帶
2
挖掘隧道直達敵陣地下方。
3
爆破
在敵陣地下方設置大型地雷。
4
爆破
引爆地雷，破壞敵陣地。

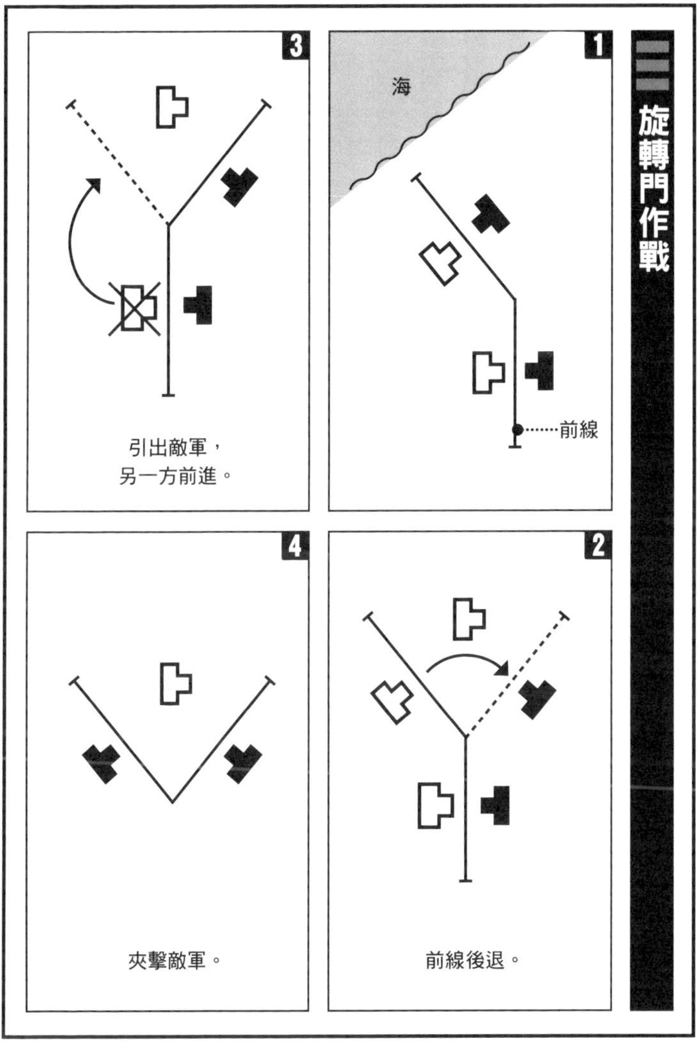
旋轉門作戰
1
海
前線
2
前線後退。
3
引出敵軍，
另一方前進。
4
夾擊敵軍。

# 帝國軍萊茵戰總整理

1

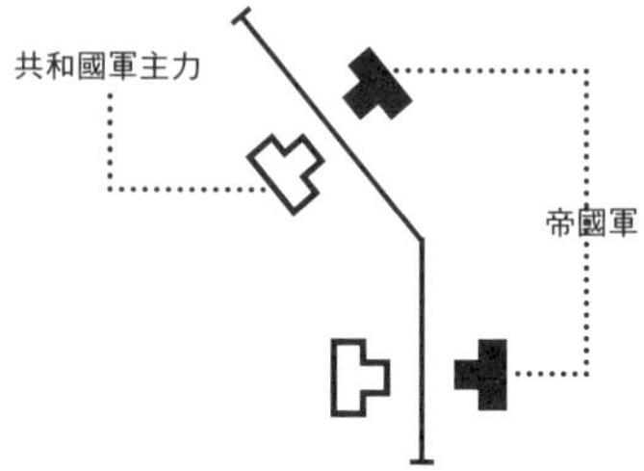


帝國軍與共和國軍在萊茵戰中對峙。

2

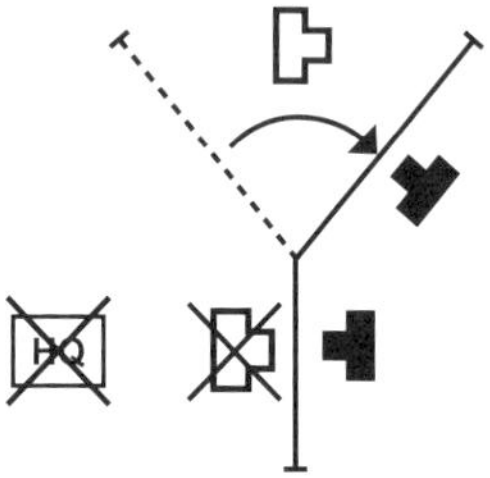

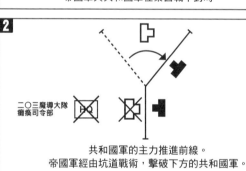

共和國軍的主力推進前線。
帝國軍經由坑道戰術，擊破下方的共和國軍。

3

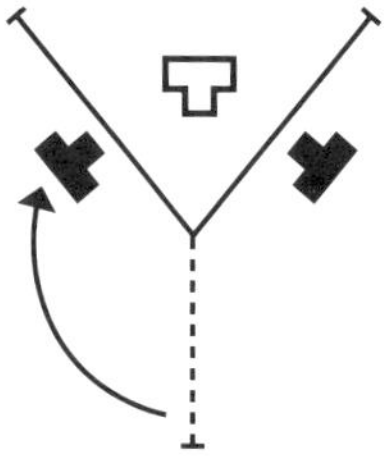

以旋轉門的要領夾擊共和國軍主力。
欠缺補給的共和國軍主力在遭到包圍後投降。

## 後記

拿起第三集閱讀的讀者們，好久不見。是不是讓各位久等了呢？這讓我汗顏之至。而對於初次見面，一次購買全套的勇者，但願你能在「這一側」有著無限量的前途。

總之，這次雖然是期間限定，但是有廣播劇可以下載喔，是廣播劇喔（註：日本情況）！真是太驚人了。大概是我在自己也不知道的情況下出現經常幻視的毛病，假如不是，各位就應該也有看到情報吧。

這一切令人驚訝的安排，可說全都是按照計畫進行吧（大本營發表）。前次受到所謂東側企業的惡質妨礙，導致克勞塞維茲所謂的「摩擦」阻礙了我的作業效率。這次沒有受到這種惡質的妨礙，所以就一如預定期限……是一如預定期限喔。

倒不如說比預定期限還早吧？畢竟明明已是「秋天」，我卻是在沒有暖氣，而是開著冷氣的房間裡寫這篇後記。

我可沒說謊。這裡的氣溫在我寫到此時，可是華氏八十三度這種可笑的氣溫。

就容我來說明理由吧。要兼顧原稿與現實行程是非常艱苦的戰鬥。不過成功達成的我就這麼颯爽地前往機場，默默地迅速坐上前往北美的飛機。誇口自己成功調整好原稿與現實行程的時間的我，簡直是不知憂鬱為何物。

然後悠閒地在美國南部因為美國尺寸的食物量受到消化不良所苦的我，看到的是加拿大出現恐怖攻擊的新聞。太可怕了——就在我為了連上新聞網站而拿出平板後，哎呀，有新郵件。是有人在擔心我的安危吧——伴隨著心頭的暖意點開郵件的我當場愕然失色。

這不是要在╳日之前交出後記＋α的郵件嗎？啊，神呀。

基於這個理由，我今日就在美國南部的某去處，一面焦急想著事情明明不該會是這樣啊，一面過著敲打鍵盤的生活。大概等到第三集送到各位手中時，我也有辦法站在日本的大地上了吧。Maybe。

人類總是會在事情完成的時候落入陷阱之中。也有種學到殘心的重要性的感覺，但像這樣認為已經把事情做好的時候是最危險的呢。也就是說，這是我忘記勝利後要綁緊頭盔的繫繩這句箴言所付出的代價。

（註：殘心是日本武術的一種心態，就算獲勝後也不能掉以輕心；勝利後要綁緊頭盔的繫繩是日本俗語，意思是就算打勝仗也不保證不會遭受偷襲，所以不能卸下頭盔放鬆警戒）

所以在猛然回顧自己的所作所為後，也認為自己有必要反省。

比方說，雖是老梗，但海邊的劇情很讚對吧。不過如今我也深深反省自己是不是太過討好讀者了。雖說是各位讀者們提出的要求，但這樣是不是太過忠於慾望與煩惱了呢？讓我紳士地猛烈反省。最後還擔心這樣會不會受到責罵，無顏面對自己的良心。本作可是健全性受到公認的市民刊物，今後我會再稍微用心注意，將描寫道德的正確性放在心上。

希望各位讀者能海涵這次的過激描寫。

有關第四集，我承諾將會積極地朝媲美閃電戰之速度（官方數據）送到讀者手中的方向，儘管是私下約定，也在此發誓會盡量在早期階段進行確實的檢討。

最後我要感謝幫我做出美好設計的椿屋事務所、陪我進行煩人校正的校正大人、總是答應我無理要求的篠月大人、責編藤田大人、協助錄製廣播劇的各位，以及其他許許多多的讀者們。

二〇一四年十一月　カルロ・ゼン

# 新約 魔法禁書目錄 1~10 待續

Kadokawa Fantastic Novels

作者：鎌池和馬　插畫：はいむらきよたか

**為了守護一名少女的性命與笑容，**
**上条當麻邁向戰場──**

從全世界手中拯救歐提努斯的方法，就是「讓魔神歐提努斯失去力量」……為了讓魔神變回人類，必須從「密米爾之泉」裡取出魔神的一隻眼睛。過去的可靠伙伴全成為襲擊上条的「強敵」。這場戰鬥，可能是上条人生中最絕望，存活率最低的一戰──

各 NT$180~280/HK$50~85

Kadokawa Light Novels

台灣角川

國家圖書館出版品預行編目資料

幼女戰記. 3, The Finest Hour / カルロ.ゼン作；薛智恆譯. -- 初版. -- 臺北市：臺灣角川, 2016.04

面； 公分

譯自：幼女戦記. 3, The Finest Hour

ISBN 978-986-473-044-5(平裝)

861.57 105003097

Kadokawa
Fantastic
Novels

# 幼女戰記 3
## The Finest Hour

（原著名：幼女戦記 3 The Finest Hour）

2016年4月27日 初版第1刷發行
2024年4月25日 初版第8刷發行

作者：カルロ・ゼン
插畫：篠月しのぶ
譯者：薛智恆

發行人：台灣角川股份有限公司
總監：呂慧君
總編輯：蔡佩芬
主編：林秀儒
編輯：邱瓈萱
設計指導：陳晞叡
美術設計：黃永漢
印務：李明修（主任）、張加恩（主任）、張凱棋、潘尚琪

發行所：台灣角川股份有限公司
地址：104台北市中山區松江路223號3樓
電話：（02）2515-3000
傳真：（02）2515-0033
網址：www.kadokawa.com.tw
劃撥帳戶：台灣角川股份有限公司
劃撥帳號：19487412
法律顧問：有澤法律事務所
製版：巨茂科技印刷有限公司
ISBN：978-986-473-044-5



---